Gloria … 15

Aug. 2018
Las Palmas

PLAZA & JANES

P & J

EXITOS

«OCÉANO», Libro tercero:

Maradentro

Alberto Vázquez-Figueroa

PLAZA & JANES EDITORES, S. A.

Foto de la portada:

THE IMAGE BANK

Primera edición: **Mayo, 1985**

Editado por PLAZA & JANES EDITORES, S.A.
Virgen de Guadalupe, 21-33. Esplugues de Llobregat (Barcelona)

Printed in Spain – Impreso en España

ISBN: 84-01-32118-2 – Depósito Legal: B. 17213-1985

Jimmy Angel, Al Willians, McCraken, Dick Curry, Gustavo Henry y Jaime Hudson, *Barrabás*, existieron realmente y algunos viven aún, o al menos vivían en la época en que se desarrolla este relato.

ALBERTO VÁZQUEZ-FIGUEROA

La margen derecha aparecía alta, agresiva, recubierta de una vegetación enmarañada que admitía todos los matices y todas las tonalidades de todos los verdes que la Naturaleza fuera capaz de imaginar, violada esa uniformidad únicamente por los destellos que lanzaban a intervalos inmensas orquídeas multicolores, y cuando —muy de tanto en tanto— los altos árboles abrían un hueco en la espesa selva, era tan sólo para mostrar los negros farallones de lejanos contrafuertes rocosos que semejaban inmensos castillos de cuyas almenas brotaban gruesos chorros de agua que caían en forma de blancas y hermosas colas de caballo.

La orilla izquierda, sin embargo, se presentaba acogedoramente plana y sin accidentes, salpicada por diminutos bosquecillos de ceibas, caobos, paraguatanes y chaguaramos, porque el Orinoco, el inmenso, oscuro y caudaloso Orinoco, separaba de forma exacta, clara y casi matemática, las agrestes cumbres y la martirizada geografía de piedra negra del Escudo Guayanés, de la suave, ilimitada y soporífera monotonía de las planicies venezolanas.

Como un apretado cinturón que quisiera formar casi un

círculo, el río aislaba las mesetas de los llanos, y, por lo tanto, al descender por el centro de la caudalosa corriente, podría decirse que la banda de babor de las embarcaciones pertenecía al mundo de los caballos y las vacas, y la de estribor al de los jaguares y los monos, porque nunca, en ninguna otra parte del planeta, tan sólo unos cientos de metros de agua sirvieron de tan nítida frontera a universos tan dispares.

Selva y crestas a un lado, pastos sin horizonte al otro, y al frente un agua profunda y lodosa que la proa hendía velozmente, porque un ruidoso y potente motor empujaba con fuerza la ancha y sobrecargada curiara (1).

Su único tripulante, un hombre alto, enjuto, de piel muy tostada por el sol sobre la que destacaba la inusitada claridad de unos ojos de un azul traslúcido, parecía dormitar con el sombrero echado sobre la frente, pero en realidad su vista permanecía atenta a cada detalle del cauce del río, pues tras haber pasado gran parte de su vida en aquellas regiones, «Musiú» Zoltan Karrás había aprendido por experiencia que, pese a su aparente calma, el Orinoco era en realidad un río traicionero que parecía complacerse en hacerle naufragar en los momentos en que más seguro se sentía.

Los peligros del Orinoco no estaban en sus rápidos de aguas arriba que un piloto avisado sabía evitar, ni en la intrincada maraña de los mil canales sin salida de su inmenso delta plagado de caimanes, anacondas y pirañas; el mayor y más temido de los peligros del gran río lo constituían las traidoras rocas sumergidas casi a flor de agua, contra las que los cascos estallaban como huevos, o las imprevistas y desconcertantes corrientes que se apoderaban de las embarcaciones y comenzaban a empujarlas de modo inexorable para acabar estrellándolas contra los gruesos árboles o la escarpada orilla de la margen derecha.

Ya eran tres las ocasiones en que los ríos de La Guayana le habían dejado empapado y furioso viendo cómo cuanto po-

(1) «Piragua indígena».

seía iba a parar al limo del fondo o las tripas de los caimanes, y aunque reiniciar una y otra vez la vida partiendo de la nada parecía ser su inexorable destino, el húngaro se sentía demasiado cansado como para naufragar de nuevo y estudiaba por tanto con particular atención los más nimios detalles que pudieran indicarle que el Orinoco se mostraba dispuesto a cambiar de actitud.

—¡No me cazarás, viejo! —musitó sonriendo apenas mientras introducía la mano en el agua haciendo que se alzara una pequeña cortina en torno a ella—. No dejaré que vuelvas a gastarme una de tus estúpidas bromas.

Y allí aparecía ahora, a unos tres kilómetros de distancia, la más pesada broma del Orinoco; la más temida, la que más hombres y embarcaciones se había tragado a lo largo de su historia; un paso entre dos islotes con aspecto de iguanas dormidas; estrecho y traicionero canal que en época de crecida se convertía en auténtica pesadilla para quienes osaran aventurarse corriente abajo.

«Comecuriaras» le llamaban las gentes de la región, y era cosa sabida que los habitantes de los ranchitos que se alzaban en la playa de la siguiente curva sobrevivían en parte gracias a los ingresos que les proporcionaba el río depositando frente a sus chozas los restos de innumerables naufragios, e incluso se aseguraba que la diversión predilecta de los lugareños, era apostar sobre las posibilidades de éxito o fracaso de las embarcaciones que hacían su aparición aguas arriba.

—¡Tendréis que esperar! —masculló el húngaro—. Si queréis apostar sobre mi pellejo, tendréis que esperar a que me llene las tripas y descanse...

Buscó a su izquierda, descubrió un grupo de ceibas que se alzaban junto a una diminuta ensenada que constituía un perfecto «sesteadero», y viró lentamente a babor trazando una amplia curva para regresar contra corriente y encallar de proa.

Saltó a tierra, sujetó firmemente la larga cadena al grueso tronco de la más cercana de las ceibas y, tras lanzar una última ojeada a los islotes que desde allí no recordaban ya en absoluto iguanas durmientes, tomó su corta cerbatana y se adentró, silencioso y vigilante, en el bosquecillo.

A los pocos momentos reaparecía en la orilla con un «marimonda» sujeto por el rabo, y de un solo tajo le cortó la cabeza, pues pese a sus años de selva aún no se había acostumbrado a asar los monos con cabeza incluida ya que le asaltaba entonces la sensación de encontrarse a punto de devorar a su primo Alejandro al que le estalló entre las manos un garrafón de gasolina y quedó exactamente con el mismo aspecto y la misma expresión que un simio sobre las brasas.

Casi medio siglo había transcurrido desde aquella mañana inolvidable, y aún la tenía presente como si continuaran rechinando en sus oídos los gritos de agonía del chicuelo, los llantos de su madre y los rugidos de dolor y desesperación con que su padre se había abalanzado sobre aquella antorcha viviente en un inútil intento por arrancar a su único hijo de las garras de la más espantosa de las muertes.

Infinitos cadáveres e indescriptibles sufrimientos había presenciado desde aquel lejano día de final del verano del primer año del siglo, pero ni tan siquiera los compañeros destrozados en su misma trinchera, o los esqueletos-vivientes que había visto surgir como fantasmas de los campos de concentración, le habían impresionado tanto como aquella dantesca escena que parecía haber puesto punto final a sus felices años infantiles.

Lanzó un resoplido y comenzó a tararear una vieja canción como si aquélla fuera la única forma de ahuyentar los malos recuerdos, y se disponía a colocar sobre las brasas unos plátanos que sirvieran de acompañamiento al mono, cuando alzó el rostro y descubrió río arriba una extraña embarcación de altas bordas que navegaba por el centro mismo de la corriente.

Jamás, que él recordase, se había echado a la cara un navío semejante, pues parecía un velero pese a que no portaba palo alguno, y su quilla debía navegar tan profunda que constituía un milagro que no hubiera sido arrancada de cuajo por una roca o un árbol sumergido.

—Me parece que hoy los caimanes almuerzan —se dijo—. Ese pendejo se estampa contra el risco como Zoltan que me llamo.

Cuando aún faltaba poco más de quinientos metros para que llegara a su altura, el barco comenzó a ganar velocidad y eso le sorprendió aún más.

—¡Afloja o te la pegas! —comentó en voz alta, como si el desconocido patrón del navío pudiera oírle—. A esa leche no podrás virar a tiempo ni con dos motores...

De improviso le asaltó una idea absurda y poniéndose en pie rebuscó en la piragua hasta encontrar sus viejos prismáticos, con los que pudo comprobar que el estrambótico barco que se aproximaba velozmente no disponía de ningún tipo de motor.

Ni motor, ni velas, ni nada que sirviera para gobernarlo; nada, salvo un timón a cuya rueda se aferraba un mozarrón de enormes espaldas y negro cabello ensortijado cuyos ojos permanecían clavados en las turbias aguas que se abrían ante su proa.

—¡Espero que sepas nadar! —exclamó, y casi al instante comenzó a agitar los brazos tratando de llamar su atención avisándole del peligro que le acechaba, pero el otro se limitó a mover la mano en un gesto amistoso que le obligó a lanzar un reniego:

—¡Será cretino! Pues no va y me saluda...

Tentado estuvo de permitir que se lo llevaran los demonios a lo más profundo de las aguas, pero en ese instante tres nuevas figuras humanas hicieron su aparición sobre cubierta y le horrorizó advertir que dos eran mujeres que de igual modo respondían a sus señas con un simpático ademán de despedida.

—¡Locos! —fue todo lo que se sintió capaz de murmurar—.

Una cuerda de locos que no tiene ni la menor idea de hacia dónde se dirigen.

Regresó junto al fuego advirtiendo que el «marimonda» comenzaba a chamuscarse, le dio la vuelta, y no pudo vencer la tentación de tomar de nuevo los prismáticos y enfocarlos sobre las dos mujeres que a su vez le observaban.

Una de ellas tenía un rostro sereno y hermoso aunque de expresión fatigada y triste, mientras la otra, muy joven, alta y de majestuoso porte, se le antojó de una belleza tan irreal, que tuvo que atribuirla a un efecto óptico motivado por la imperfección de las viejas lentes o su propia imaginación.

¡*Maradentro*!

El nombre del barco, en popa, destacaba con letras enormes; letras que le obligaban a pensar en el cariño que alguien había puesto al escribirlas; alguien para quien aquel nombre y aquel navío debía poseer sin duda un especial significado.

—Europeos... —comentó para sus adentros—. No tienen aspecto de criollos, ni esa línea de velero es propia del Caribe... —Apartó el mono del fuego y se dispuso a cortarle una pata—. ¿Pero qué demonios hacen unos europeos con semejante trasto en este río...? ¿De dónde vienen y adónde creen que van...?

Le sorprendió descubrir que, sin que su voluntad pareciera intervenir en ello, había recogido su almuerzo aún humeante y se encontraba soltando la cadena, decidido a empujar con todas sus fuerzas y poner a flote la pesada curiara.

Saltó dentro, permitió que la corriente la arrastrara unos metros, cebó el motor que arrancó al primer intento y giró a fondo el mando de modo que la proa se alzó sobre las aguas como un caballo encabritado lanzándose en furiosa persecución de la embarcación que se alejaba.

Minutos después había conseguido ponerse a su altura y arbolándose a su costado apagó el motor para hacerse oír, permitiendo que el río les arrastrase juntos.

—¿Conocen el Paso? —fue lo primero que preguntó.

—¿Qué Paso?

Señaló adelante:

—Aquel entre las islas. Es el más peligroso del Orinoco... Nunca lo atravesarán con ese barco. Se estrellarán contra las rocas.

—¿Usted va a cruzarlo...?

—Lo he hecho varias veces, pero yo llevo un motor que me saca del apuro en el momento justo... Ese armatoste no tendrá tiempo de virar...

—Entiendo...

Los dos muchachos, el mozarrón que manejaba el timón y que mostraba un tórax de Hércules y el otro —tal vez su hermano—, más alto y de aspecto más delicado, estudiaron con atención las islas que parecían venir hacia ellos como amenazantes monstruos dispuestos a devorar su nave y el segundo pareció tomar una decisión:

—¿Le importaría ir delante y mostrarnos el mejor camino...? —pidió.

—En absoluto —replicó—. Pero les repito que con este barco no van a conseguirlo. No tienen margen de maniobra...

—Ya no podemos hacer otra cosa. Resultaría más peligroso intentar salirnos del centro de la corriente... ¿Qué profundidad tiene el agua en el Paso?

El húngaro enfiló los prismáticos e hizo un rápido cálculo mental:

—Ahora debe tener entre veinte y veinticinco metros. ¿Quiere que ponga a salvo a las mujeres...?

—Nosotras nos quedamos... —fue la firme respuesta de la mayor, y de nuevo le sorprendió la serena belleza de sus facciones, de las que podrían encontrarse rasgos en cada uno de los que parecían ser sus hijos.

—Como quiera, señora... —admitió—. Pero creo que corren un riesgo inútil... —Saludó alzándose apenas el manoseado sombrero—. De todos modos estaré esperándoles a la salida del canal. —Hizo una pausa—. Si «trabucan» (1) no

(1) Zozobran.

traten de nadar hacia la orilla... Manténganse en el centro de la corriente y esperen a que los recoja. ¡Suerte!

—¡Gracias...!

Arrancó de nuevo, metió gas y la proa se elevó una vez más mientras la canoa parecía dar un salto hacia delante.

A partir de ese instante tan sólo una vez se volvió a observar el barco, porque toda su atención tenía que centrarse en el cauce del río que había comenzado a murmurar a medida que sus aguas se apretaban buscando precipitarse, cada vez más veloces y peligrosas, por el estrecho y traicionero paso.

Afirmó los pies en los costados, se aferró con fuerza a la borda con la mano izquierda y redujo potencia permitiendo que la corriente le arrastrara aunque sin arriesgarse a que el motor se detuviera en el momento más inoportuno.

El sudor le corría por la frente, pero no hizo ademán de intentar enjugárselo, mantuvo hábilmente con el peso de su cuerpo el equilibrio de la frágil piragua de madera de «chonta», y en el momento exacto, segundos antes de que la contracorriente le golpeara por la banda de babor, aceleró a fondo y viró noventa grados a estribor consiguiendo que el traicionero chorro de agua le empujara por la popa sacándole, casi en volandas, del peligroso pasillo entre las islas.

Al saberse a salvo trazó un amplio círculo y permaneció a la espera, de proa a la corriente, observando cómo el *Maradentro* enfilaba a su vez el pasadizo, ganaba velocidad convirtiéndose en un juguete de las aguas, y éstas amenazaban con arrastrarle contra la isla de la izquierda, estrellándolo o volteándolo en cuanto la fuerte contracorriente le golpeara el casco.

Pero cuando le faltaban apenas cincuenta metros para alcanzar el punto crítico, advirtió cómo las mujeres arrojaban por cada una de las bordas pesadas rocas sujetadas a fuertes cabos que se fueron al fondo frenando por unos instantes la velocidad de la embarcación. Surgió humo de los toletes sobre los que corrían las maromas, luego el timonel gritó:

«¡Larga a babor!», al tiempo que giraba por completo la rueda del timón, y la pesada embarcación, retenida tan sólo por su amura de estribor viró casi en ángulo recto, en el lugar exacto en que él mismo lo había hecho y permitió que la contracorriente la empujara por la popa, sacándola a aguas tranquilas mientras el segundo cabo era arrojado también al agua.

—¡Carajo! —exclamó estupefacto—. ¡Si no lo veo, no lo creo!

OCÉANO ATLÁNTICO
0 km 100
VENEZUELA
GUYANA
BRASIL
GEORGETOWN
CIUDAD GUAYANA
CIUDAD BOLIVAR
EL TIGRE
Ciudad Piar
Soledad
Upata
El Callao
Tumeremo
El Dorado
Macizo de las Guayanas
Sierra Pacaraima
Sierra Parima
Sierra de Lema
La Gran Sabana
Serranía Merume
Sierra Imataca
Sierra de Nuria
Sierra de Guampí
Serranía de Maiguallida
Serranía de Mato
Sierra de la Cerbatana
Serranía Turagua
Orinoco
Caroní
Caura
Paragua
Cuyuní
Esequibo
Mazaruni
Potaro
Ventuari
Erebato
Manapire
Zuata
Pao
Burobur
Rupunum
Delta del Orinoco
Tucupido
Valle de la Pascua
Las Mercedes
El Socorro
Santa María de Ipire
San Mauricio
El Chaparro
Cantaura
Sta. Barbara
Pariaguán
San Tomé
San José de Guanipa (El Tigrito)
Oritupano
Temblador
Coloradito
Tucupita
Barrancas
Los Barrancos
Araguao
Misión San Francisco de Guayo
Jotajana
Curiapo
Las Piedras
San José de Amacuro
Mora Juana
Santa Clara
Nuevo Mamo
Mucura
Moitaco
Mapire
Parmana
Cabruta
Las Bonitas
Santa Rosalía
Caicara
Santa Rita
Maripa
La Urbana
Las Trincheras
Las Lajitas
El Trueno
Turagua 1839
El Pao
792
El Palmar
San Pablo
La Pastora
El Miamo
Guasipati
El Manteco
El Perú
Casanare
Santa Bárbara
San Pedro de las Bocas
La Paragua
El Casabo
Canaima
Bolinche
Harrison
Polvo de Oro
Puerto Caituma
Nueva Guayari
Coquerito
Caridad
Purgatorio
Maiparú
Suasua
La Reforma
Curachi
Parida
Aurora
Puerto Tagina
Buena Esperanza
Bartica
Mina Pedro
Isano
Moranjana
1890
Venamo
Camarán
Kilómetro 88
Auyan Tepuy 2953
Camarata
2620
Ptary-tepuy
Uruyén
Luepa
Camuda
Seba
Omay
2042
Cangaruma
Cavanayén
Urimán
Aparurén
Uonquén
Chirimata
Monte Roraima
2772
Arabopo
Pedra Petta
Santa Elena de Uairén
Uonán
Apoypué
Paraytepuy
Asiasito
Ycabarú
Conquista
1006
Barro
Paramacatoy
Kurupucari
Apoteri
Anay
Providencia
Uraricuera
Letem
Papagayo
Paraiso
São Francisco
Radiador
1585
Santa Rosa
Rozendo
2100
Gualquinima
Carapo
1672
Chanaro
Enaña
Arabelo
1600
1408
Motocuruña
1800
Curutu
Guaña
Catisimiña
Suiña
Guanajuña
Castaña
1890
Cacurí
Cerro Guanay 2300
2285
2441 Cerro Yavi
San Juan de Manapiare
Yacuaray
Marahuaca 2579
2400 Cerro Duida
La Esmeralda
San Antonio
Sierra de 1320
8°
4°
64°
60°

—Aún no lo entiendo.

—Es como un caballo al que súbitamente le tiran de una de las riendas. Se vuelve hacia ese lado... Además nuestro timón es tres veces mayor que el que normalmente se necesitaría y aunque resulta muy pesado, le confiere al barco una gran maniobrabilidad...

—Muy astuto.

—De otra forma nunca hubiéramos logrado sortear los bajíos...

Se encontraban los cinco a bordo del *Maradentro* anclado en un tranquilo «sesteadero» a unas cuatro millas aguas abajo del paso, dispuestos a repartirse el mono que el húngaro había cazado.

—¿De dónde vienen?

—De Los Llanos. Allí construimos el barco.

—Es un barco pendejo (1) para andar por estos ríos.

—Es que nosotros vamos al mar. Pronto le pondremos palos y velas...

(1) Estúpido.

Era Asdrúbal, el menor de los dos hermanos; el timonel que parecía capaz de alzar en vilo una vaca sin esforzarse, el que había dado la explicación, y fue su madre, Aurelia, que estaba concluyendo de colocar los cubiertos sobre la tosca mesa, la que añadió:

—Somos pescadores; de Canarias, y lo que pretendemos es volver al mar...

—¿Y qué hacían unos pescadores en Los Llanos?

—Es una larga historia... —La sonrisa de la mujer, triste sin duda alguna, conservaba sin embargo una innegable frescura—. Tuvimos que emigrar, luego murió mi esposo y nos establecimos en Caracas, pero no era sitio para nosotros y acabamos sin saber cómo en Los Llanos. —Tomó asiento y acarició la borda de pulida madera—. Pero ahora tenemos un barco y todo volverá a ser como antes... —Le miró directamente a los ojos—. ¿Usted de dónde es?

—Húngaro.

—¿Húngaro? —se asombró ella—. Pues también está bastante lejos de su casa. ¿A qué se dedica?

Él se encogió de hombros:

—Eso depende. A veces busco oro. A veces, diamantes. A veces convivo con los indios, y a veces, las más, me dedico a ir de un lado a otro y no hacer nada.

—¿Un aventurero?

Era Yáiza, la muchacha; aquella fabulosa criatura que de cerca se le antojaba aún más hermosa de lo que le había parecido desde la orilla del río, la que había hecho la pregunta mientras servía la bandeja con el mono ya trinchado y adornado con patatas y tomates, y sonrió levemente al replicar:

—Bueno —dijo—. Eso depende también de lo que considere un aventurero. Yo lo único que pretendo es vivir sin tener que encerrarme ocho horas diarias en una oficina, soportar a un jefe malhumorado, y dormir en una colmena... —Hizo una pausa—. Si a causa de ello en ocasiones me ocurren aventuras, no creo que por eso tenga que ser, necesariamente, un aventurero.

—¿Y en estos momentos adónde va?

—A la «bulla».

—¿La «bulla»?

—Ha estallado una «bomba» en Turpial, a orillas de Curutú, un afluente del Paragua.

—¿Una bomba? —se asombró Aurelia—. ¿Y quién la puso?

El húngaro no pudo contener una corta carcajada.

—Nadie, señora... Nadie. Se dice que ha estallado una «bomba» cuando se descubre un yacimiento de diamantes. Acuden gentes de todas partes y se organiza lo que se llama una «bulla». Yo estaba en Caicara cuando llegó la noticia, cargué mis «macundos» (1) y me eché al río. A lo que parece aún se puede agarrar la «guiña» y hacerse con unos reales para ir tirando un par de años. La cuestión es llegar antes que los aviones.

—¿Cómo puede llegar en piragua antes que en avión?

—Porque los aviones aún no tienen donde aterrizar y no podrán hacerlo hasta que se instalen suficientes mineros y cada uno haya registrado su propiedad. Entonces se ponen de acuerdo y en un par de días limpian un claro de selva para que aterricen avionetas que les abastezcan de comida y se lleven los diamantes. Pero entonces llegan gentes de la ciudad y cuando esa «peste» empieza a caer sobre la «bomba» todo se vuelve un «mierdero». Los buscadores suelen ser gente dura, pero respetan el trabajo del vecino. Los aficionados —«La Peste»—, es veneno capaz de robar a su madre o abrirle las tripas a su padre por ver si se tragó una «piedra» (2).

—¿Es que todo el que quiera puede ir a buscar diamantes? —inquirió interesado Sebastián, el mayor de los hermanos—. ¿No hay ninguna ley que lo impida?

«Musiú» Zoltan Karrás tardó en responder, concentrado como estaba en arrancar con los dientes un pedazo de carne

(1) Objetos personales.
(2) Diamante.

de una pata del mono, y con esa misma pata señaló hacia la selva, al otro lado del río.

—En aquella orilla no existe ley capaz de impedir nada. Salvo pequeñas concesiones que se han hecho a tres o cuatro compañías mineras, el resto de La Guayana, desde el Orinoco hasta la frontera con Brasil, está considerada «Zona de Libre Aprovechamiento». Lo que encuentres es tuyo, y ni siquiera tienes que pagar impuestos... —Mordió de nuevo con fuerza y afirmó convencido—: ¡Así es la cosa!

—¿Y alguien se ha hecho rico buscando diamantes?

—Depende de lo que se considere rico —replicó al rato el húngaro—. Yo tengo un amigo al que todos llaman *Barrabás*, que encontró en la vieja mina de «El Polaco» la piedra de ciento cincuenta y cinco quilates que más tarde sería el famoso «Libertador de Venezuela». Pero ésa es una larga historia —añadió—. Hay algo que me gustaría saber antes de irme: ¿Por qué un barco construido en Los Llanos, se llama, precisamente, *Maradentro*? Parece un contrasentido...

—*Maradentro* es el apodo de nuestra familia...

—Entiendo. —Zoltan Karrás pareció dar por concluido el magro almuerzo, y se puso bruscamente en pie. Era muy alto, flaco y casi desgarbado, pero se le advertía fuerte y fibroso y en la mejilla derecha lucía una larga cicatriz que resaltaba su acusada personalidad—. He de irme —dijo—. El viaje es largo y me gustaría acampar en las bocas del Caura esta misma noche... —Extendió la mano y fue estrechando con fuerza la de todos—. ¡Suerte! —concluyó—. De ahora en adelante, de lo único que tienen que preocuparse es de los bajíos de esta orilla. —Sonrió agradablemente—. Aunque después de lo que he visto, no creo que tengan problemas...

Saltó a su embarcación, y tras agitar por última vez la mano, arrancó y minutos después se perdía de vista en la curva del río.

Aurelia, Yáiza, Asdrúbal y Sebastián Perdomo *Maradentro* estuvieron observándole hasta que desapareció, y fue Asdrúbal el que expresó en voz alta el sentir general:

—Un tipo simpático.

—Y un aventurero, aunque no quiera admitirlo.

—¿Será verdad eso de que cualquiera puede hacerse rico buscando diamantes...?

Su madre lanzó una larga mirada de reconvención a Sebastián, que era quien había planteado la cuestión aparentando no darle importancia, y advirtió:

—Dejemos el tema... No quiero oír hablar de oro, ni diamantes. El Orinoco es tan sólo el río que nos lleva al mar y no pienso poner los pies en aquella orilla bajo ninguna circunstancia.

—No sé a qué viene eso —protestó su hijo—. Tan sólo estaba haciendo un comentario.

—Conozco tus comentarios... —Fue la respuesta—. Y conozco el brillo de tus ojos al oír hablar de un lugar donde se pueden encontrar diamantes. En cuanto terminemos de comer quiero ponerme en marcha y no pienso detenerme hasta llegar al mar.

—Antes de salir al mar, tenemos que aparejar el barco, montar los palos, buscar velas y acoplar un motor.

—De momento podemos pasarnos sin motor —señaló ella—. Tu abuelo y tu padre navegaron treinta años a vela y me gustaría suponer que la aportación de mi sangre no bastó para degenerar la capacidad marinera de los *Maradentro*. ¿O no es así...?

Los tres alzaron el rostro y la miraron. Podría creerse que desde el momento en que había sentido bajo sus pies la cubierta de la goleta, Aurelia Perdomo había comenzado a recuperar la confianza en sí misma y volvía a convertirse en la mujer corajuda y animosa que había demostrado ser hasta la muerte de su esposo. Venezuela, y más concretamente la desconocida agresividad de sus Llanos habían conseguido desmoralizarla momentáneamente, pero ahora, tal vez por la cercana presencia del mar o por el hecho de que el barco le proporcionaba la sensación de poseer nuevamente un hogar del que nadie podía expulsarla, empezaba a retomar el control de su vida.

Pese a ello, Sebastián aún se sintió con ánimos como para aventurar una opinión:

—Si un hombre de esa edad se encuentra con fuerzas como para buscar diamantes, no sé por qué Asdrúbal y yo no podríamos intentarlo.

—«Ese hombre» tiene aproximadamente la edad de vuestro padre —le hizo notar Aurelia—. Y te recuerdo que él se bastaba para zumbaros la badana a los dos juntos con una sola mano... —Sonrió divertida—. Y además se supone que conoce su oficio, mientras que ninguno de vosotros sabría distinguir un diamante de un culo de vaso... ¿O crees que es cuestión de llegar, decir ¡Aquí estoy! y que te salten a las manos?

—No. Supongo que no será tan fácil...

—Entonces, «zapatero a tus zapatos». Lo vuestro es pescar. En eso sois buenos, y a eso tenéis que dedicaros... —Se volvió a su hija—. ¿Lo has recogido todo...? —quiso saber, y ante la muda afirmación palmeó repetidamente las manos instando a ponerse en movimiento—. ¡En marcha, pues! —concluyó—. El mar nos espera.

Asdrúbal volvió al timón, Sebastián lanzó amarras y empujó con la pértiga, y pronto se encontraron navegando de nuevo y observando cómo por la banda de babor continuaba pastando el ganado, mientras por estribor los árboles se adornaban con miles de loros, guacamayos, garzas y rojos «corocoros» (1) cuyos gritos ahogaban el rumor de la corriente.

Pero en cuanto advirtió que su madre dormitaba a la sombra de la toldilla de proa, Sebastián se deslizó sin ruido hasta donde su hermano permanecía atento a mantener el barco en el centro del cauce y en voz muy baja, inquirió:

—¿Crees que resulta tan fácil eso de encontrar diamantes en La Guayana?

(1) Ibis rojos.

—El tipo parece que hablaba en serio, pero ella tiene razón: ¿Qué carajo sabemos nosotros de diamantes? ¿Tienes idea de cómo se buscan?

—Ni la más mínima...

—Pues debe ser como si a un minero le das un barco y le dices: «¡Ahí está el mar!» No pesca ni una cabrilla.

—Nadie nace aprendido.

—Supongo que no... ¡Pero mira esa selva! Impenetrable como un muro. Tan sólo sobrevivir en ella debe ser un problema... Si además hay que buscar diamantes, no te cuento...

—Otros lo hacen.

—¡Otros...! Y tal vez yo mismo lo intentaría si estuviera tan solo como ese húngaro... —Señaló con un ademán de la cabeza hacia su madre—. ¿Pero qué haríamos con ellas?

—Podríamos dejarlas en un lugar tranquilo.

—¿Tranquilo? —se asombró Asdrúbal alzando inconscientemente la voz—. ¿Crees que encontraríamos un sitio donde dejar a Yáiza sin que a los tres días todos los hombres de la región pretendieran violarla, raptarla o casarse con ella? Recuerda lo que sucedió en Caracas, en Los Llanos, y donde quiera que hemos ido en estos últimos tiempos...

El recuerdo de su hermana y de los problemas que su belleza planteaba parecieron tener la virtud de convencer a Sebastián de que resultaba inútil continuar discutiendo sobre el mundo de los diamantes, puesto que la única misión para la que el Destino parecía haberles reservado, era para convertirse en protectores y eternos guardaespaldas de la extraña y desconcertante criatura que «atraía a los peces, aplacaba a las bestias, aliviaba a los enfermos y agradaba a los muertos».

—¡Olvídalo...!

—Olvidado.

—De todos modos, en algún lugar tendremos que aparejar el barco. Hay que elegir los palos, cortar y coser las velas e instalar el cordaje... Eso nos va a costar tiempo... —Hizo una significativa pausa—. ...Y dinero.

Asdrúbal le dirigió una larga y significativa mirada y acabó por mover de un lado a otro la cabeza como si comprendiera que estaban intentando embaucarle:

—¡Escucha! —dijo—. Sabes que lo único que deseo es volver al mar, porque allí es donde me encuentro más a gusto, pero ya una vez te dije que eres el hermano mayor y que por tanto tú debes tomar las decisiones. Si crees que nos conviene ir a buscar diamantes, nos vamos a buscar diamantes, pero no te andes con rodeos.

—¡Está bien! ¡Olvídalo!

—Por segunda vez, lo olvido. Ahora, quien tiene que olvidarlo eres tú.

Sebastián fue a añadir algo, pero se interrumpió; su hermana había hecho su aparición sobre cubierta surgiendo de la camareta de proa, y tras detenerse un instante a enderezar el toldo que protegía a su madre del temible sol del mediodía guayanés, acudió a popa y se acodó en la borda, a contemplar la alta selva y los impresionantes macizos de oscura roca que se recortaban en el horizonte.

—Conan Doyle situó en una de esas mesetas su *Mundo perdido*... —dijo—. ¿Os acordáis: aquel libro grande, con tapas marrones y dibujos de diploducos...? —Se volvió a mirar a sus hermanos, y al advertir que al parecer sabían a qué se estaba refiriendo, añadió—: Aseguraba que por haber estado aislados del resto del mundo durante millones de años, en sus cumbres sobrevivían animales prehistóricos... ¿Podría ser cierto...?

—¡Cualquiera sabe! —replicó Sebastián—. Aunque probablemente si existieran bichos prehistóricos, no serían diplodocos, sino más bien lagartijas.

—Aunque así fuera... —admitió Yáiza—. Impresiona saber que están ahí, frente a nosotros y que si fuéramos capaces de trepar por esas paredes, podríamos encontrarlos...

—Yo me conformaría con encontrar diamantes.

—¡Y dale...!

Yáiza giró sobre sí misma, se recostó en la borda, y observó alternativamente a sus hermanos. Se diría que no necesitaba hacer preguntas para saber qué era lo que pasaba por sus mentes como si hubiera sido testigo de la conversación que habían mantenido minutos antes.

Por último, dirigiéndose al mayor, inquirió:

—¿Te gustaría intentarlo...? —Ante el significativo silencio, añadió—: ¿Quién te lo impide...? ¿Mamá? ¿Yo? ¿O Asdrúbal que tiene prisa por llegar al mar...? —Se volvió de nuevo hacia la selva y continuó hablando sin mirarles—. El mar siempre estará en el mismo sitio, mamá acabaría aceptando, y en cuanto a mí, si hay algo que aborrezco, es saberme una carga. Si no deseas continuar siendo un pescador muerto de hambre y crees que podrías hacerte rico buscando diamantes, búscalos.

—Somos una familia y hemos luchado por continuar siéndolo ocurra lo que ocurra. — Fue la firme respuesta—. No se trata de lo que sería mejor para mí, sino mejor para los cuatro.

—Pero eres tú quien debe decidir.

—No en este caso. No sería justo. Asdrúbal desea volver al mar, mamá quiere continuar en el barco, que es su hogar, y tú, aquí, te sientes segura... ¿Qué significa, frente a eso, la ilusión de que tal vez sabría encontrar diamantes en esas selvas? ¡No! —añadió convencido—. Mamá tiene razón: «Zapatero a tus zapatos.»

—¿Y cuando no se quiere seguir siendo zapatero? —Les miraba de nuevo—. Los Perdomo siempre nos hemos conformado con pescar, y tan sólo podemos sentirnos orgullosos de nuestra honradez, y de que nos llamen *Maradentro*... No es mucho para quien se ha matado a trabajar durante más de diez generaciones...

Se hizo un silencio durante el cual estuvieron observando una larga curiara tripulada por dos indígenas que remaban acompasadamente río arriba y que interrumpieron su labor para contemplar aquel alto y pintoresco navío, inusual en semejantes latitudes. Al fin, Asdrúbal, que se había limitado a escuchar con la vista clavada en el cauce del río, señaló:

—Hay algo más.

Le miraron.

—¿Qué?

—No lo sé, pero te conozco y presiento que sabes algo... ¿Qué ocurre? ¿Se te ha aparecido algún muerto, y te ha contado cosas que los demás no debemos saber?

—Hace tiempo que no me visitan.

—¿Entonces? ¿A qué viene ese interés por cambiar de vida? Siempre creí que lo único que deseabas era regresar a Lanzarote y que todo fuera como antes.

—Nada será nunca como antes. Han ocurrido demasiadas cosas... Si nosotros no somos los mismos, ¿cómo pretendes que los demás lo sean? Yo, lo único que sé es que estamos aquí, pasando de largo ante las puertas de uno de aquellos mundos fabulosos con los que soñábamos de niños, y que tal vez algún día nos arrepintamos de no haber sido capaces de echarle siquiera una ojeada... —Extendió la mano y acarició con afecto la de su hermano mayor—. Y me dolería imaginar que durante todo el resto de vuestras vidas me culparíais por no haberlo hecho.

—Sabes que jamás te culparíamos.

—Tal vez vosotros no, pero yo sí. Yo me culparía por haber sido, como siempre, un lastre... —Sonrió con aquella sonrisa suya que parecía iluminar el mundo—. Papá decía que nunca hay que arrepentirse de aquello que hicimos, sino de aquello que nunca nos atrevimos a hacer...

Las noches sobre las aguas del Orinoco parecían diferentes a todas las demás noches del planeta, porque a un lado tan sólo mugía de tanto en tanto una vaca, relinchaba un caballo o cantaba un «yacabó» solitario, mientras que al otro, la algarabía de los cien mil habitantes de la espesura no consentía un minuto de descanso y podría creerse que establecían un turno rotativo despertándose o asustándose continuamente los unos a los otros para así mantener latente aquella eterna explosión de vida consustancial a la existencia de la jungla guayanesa.

A intervalos, una oscura nube surcaba el cielo descargando a su paso cortinas de agua, como si más que de un fenómeno atmosférico se tratase de una gigantesca esponja que un dios burlón se entretuviera en empapar en el río para escurrir más tarde sobre los habitantes de sus orillas disfrutando al escuchar sus gritos de protesta y sus malhumoradas interjecciones.

Luego hacía su aparición una luna en creciente que sacaba destellos a las gotas que iban resbalando sobre las hojas y las flores, y que rielaba sobre la tersa superficie de un río que se ensanchaba, aquietándose, como si buscara descansar tras su largo y agitado corretear por entre islotes, cañones y raudales.

Una suave brisa del sudoeste mantenía a los mosquitos en las charcas de la llanura y refrescaba el aire tras todo un largo día de calor húmedo, pegajoso y asfixiante, y la noche era por tanto el momento que Yáiza elegía para sentarse a proa y meditar sobre cuanto había acontecido en los días anteriores, y sobre aquella cercana selva que ejercía sobre su ánimo una profunda fascinación y al propio tiempo un instintivo rechazo.

Aunque nadie se lo hubiera dicho y ningún difunto hubiera acudido en los últimos tiempos a hablarle del pasado —o del futuro—, Yáiza «sabía», con aquella particular percepción que siempre había poseído, que de algún modo su vida se encontraba ligada al agreste territorio que se iba deslizando junto al barco, y la densa espesura guayanesa y sobre todo sus altas mesetas de caprichosas formas actuaban como un gigantesco imán contra el que se esforzaba por luchar, aun presintiendo que semejante lucha constituía una batalla perdida de antemano.

La aparición del hombre de la curiara se le antojó un aviso de que su largo viaje hacia el mar iba a truncarse, porque desde el primer momento creyó descubrir en él rasgos ya conocidos, como si —aun sabiendo que era imposible— imaginara que lo había visto antes, o percibiera inexplicables detalles familiares en su rostro o en su forma de hablar y de moverse.

¿A quién le recordaba?

Buscaba inútilmente en su memoria aquella voz, aquellas facciones o aquella confianza en sí mismo, pero no obtenía respuesta a sus preguntas y de igual modo se esforzaba por averiguar por qué en un determinado momento —cuando aferró su vaso— tuvo la sensación de que no era la primera vez que se enfrentaba a aquellas manos, largas, fuertes y nervudas.

Más tarde, al verle perderse de vista en la curva del río, experimentó un extraño desasosiego, como si su rápida marcha no estuviera prevista, ya que hubiera deseado que continuara hablándoles del universo diferente y misterioso que se iniciaba allí, en el punto exacto en que los bejucos y las lianas caían a plomo sobre el agua permitiendo que la corriente los arrastrara.

El húngaro buscador de diamantes había inquietado a su madre y había despertado la curiosidad de sus hermanos, pero para Yáiza había constituido sobre todo una decepción, puesto que en un principio imaginó que era aquel «algo» que estaba esperando desde hacía varios días; un «algo» que, sin embargo, no había cristalizado, desapareciendo de su vida casi con la misma rapidez con que había llegado.

¿Por qué no se quedó a contarles más cosas sobre los diamantes? ¿Por qué no les habló de las tribus que se ocultaban en lo más profundo de la floresta, las fieras de la selva, o los animales prehistóricos que tal vez habitaban en la cumbre de los tepuys (1) que se vislumbraban más allá de las copas de los más altos árboles?

¿Quién era aquel *Barrabás* que había encontrado el mayor diamante de la historia de Venezuela, y qué había hecho con la fortuna que la suerte tuvo el capricho de ofrecerle? ¿Por qué la mina en que descubrió la piedra estaba abandonada y por qué sus anteriores propietarios se marcharon cuando tenían al alcance de la mano un diamante de ciento cincuenta quilates...?

De niña, Yáiza amaba sentarse en el patio trasero de su casa y escuchar las mágicas historias del abuelo Ezequiel o las exageradas aventuras marineras de Maestro Julián, *el Guanche*, al igual que amaba las novelas de Salgari o Julio Verne, y aún recordaba los grabados a pluma con que un fantasioso dibujante había intentado captar las aún más fantasiosas visiones de Conan Doyle y su *Mundo perdido*, aquel libro so-

(1) Tepuys: Altas y solitarias mesetas muy planas de paredes verticales

bre unas negras y misteriosas mesetas que entonces se le antojaba tan distante como la propia Luna, pero que ahora vislumbraba sin tomar conciencia de que era hasta allí hasta donde volaba su imaginación cuando se preguntaba si existirían en verdad lugares semejantes.

La corta visita del húngaro de la cicatriz en la mejilla y los ojos de agua le habían devuelto a sus sueños de niña o al descubrimiento de que aquellos grabados a plumilla cobraban vida saltando de las páginas de un libro para confirmarle que aún se podía encontrar oro, diamantes e indios salvajes en las montañas y quebradas que se distinguían en lontananza, para esfumarse luego como si su tiempo de vida real se hubiese consumido, y se viera obligado a regresar —como en los cuentos— a las páginas del libro del que se había escapado.

¿Qué edad tendría?

Resultaba difícil calcularlo porque su piel entretejida de finas arrugas no parecía concordar con la viveza de sus ojos o la espontaneidad de su sonrisa, y aunque probablemente había superado con mucho el medio siglo, cabría imaginar que —al igual que los personajes de los libros— era un hombre sin edad que así había nacido, así había vivido y así seguiría siendo cuando todos cuantos le habían conocido llevaran más de cien años muertos y enterrados.

Ni tan siquiera su nombre recordaba; tan sólo que el fondo de sus ojos se encontraba saturado de miles de paisajes e infinidad de recuerdos amargos que sin embargo no habían hecho mella en su ánimo, como si su alma hubiera sido templada de tal modo que ningún acontecimiento consiguiera quebrantarle.

—Un hombre extraño, ¿verdad...? Extraño y fascinante.

Su madre había surgido de las tinieblas, y tras acariciarle suavemente el cabello tomó asiento a su lado y juntas contemplaron cómo se esforzaba la Luna por abrirse camino entre espesas masas de nubes.

—Me gustaban las cosas que contaba.

—A mí, no. Son cosas para escucharlas a miles de kilómetros de distancia, y no aquí cuando se tienen tres hijos con la cabeza llena de pájaros. Sebastián se agita en su litera sin pegar ojo, y tú contemplas el río, la selva y esas montañas, como si cada hoja que brilla se te antojara un diamante del tamaño de un huevo de paloma.

—No me interesan los diamantes.

—Lo sé. Tú no los necesitas, pero aún recuerdo cuántas preguntas solías hacerme sobre los libros que leías, y cómo atosigabas a tu abuelo para que te contara portentosas aventuras que jamás le habían sucedido... —Chasqueó la lengua con gesto de incredulidad—. Eras capaz de aceptar aquellas mentiras con tal de que continuara con sus cuentos.

—¿A ti no te ocurría lo mismo de pequeña...?

—Dentro de un orden, hija... Dentro de un orden. Y es que a vosotros, los *Maradentro*, en lugar de sentido común os proporcionaron una segunda dosis de fantasía... —Le acarició nuevamente el cabello—. Así hemos tenido luego tantos problemas...

Yáiza guardó silencio, pero al fin se volvió a su madre y la miró de frente, directamente a los ojos.

—Sebastián quiere intentarlo —dijo.

—¿Qué? ¿Buscar diamantes? —Aurelia afirmó repetidas veces con la cabeza—. Sí. Ya lo sé. Sebastián salió a mi familia y supongo que tendré que hacerme a la idea de que nunca será un lobo de mar, pero tampoco me gusta la idea de verlo convertido en un vagabundo zarrapastroso.

—A mí no se me antojó zarrapastroso.

—Porque lo estabas mirando como a un héroe de novela, pero llevaba la camisa raída, los pantalones remendados, el sombrero mugriento y los pies descalzos. ¿Crees que a una madre puede apetecerle que su hijo se convierta en algo semejante?

—Sebastián no pretende quedarse. Tan sólo hacer una prueba.

—Todo es siempre en principio una prueba, hija; fumar,

beber, el juego, la droga, e incluso el hombre con quien acabas casándote... —Aurelia agitó la cabeza con gesto pesimista—. Si va a buscar diamantes y no los encuentra, habrá perdido su tiempo. Pero si por casualidad los encuentra, perderá su vida porque ya ninguna otra cosa le interesará más que la aventura de intentar suerte nuevamente.

—Tal vez se conforme con obtener el dinero que necesitamos para ponerle un motor al barco.

—Podría creerlo si supiera que existe un sitio adonde ir, pero lo cierto es que andamos sin rumbo y no tenemos ni la menor idea de lo que va a ocurrir cuando lleguemos al mar... —Se advertía un profundo deje de amargura en su voz—. Resulta duro reconocerlo, pero lo cierto es que nos hemos convertido en una familia de gitanos que en lugar de vagar por los caminos, navega por los ríos y los mares.

—A mí me gusta. Estamos siempre juntos y no hay hombres que me espíen ni mujeres que cuchicheen cuando paso. En Caracas llegué a pensar que acabaría volviéndome loca. Es maravilloso poder pasear por cubierta, sentarme o moverme sin estar pendiente de si alguien me mira... —Hizo una significativa pausa—. Además, desde que estamos a bordo los muertos no vienen a visitarme.

—¿Crees que has perdido el «Don»?

—Es pronto para saberlo, pero que no vengan los muertos puede ser un síntoma...

—¿Sigues queriendo perderlo?

—No ha servido más que para dejar el camino sembrado de cadáveres y a la hora de la verdad, cuando realmente lo necesité, no me valió de nada. Desde que tengo memoria sueño convertirme en una muchacha «normal».

Aurelia extendió la mano y tomó la de su hija, acariciándola con ternura:

—Tú nunca serás «normal», pequeña —señaló—. Al menos, lo que la gente entiende por «normal»... —Suspiró profundamente—. Está mal que tu propia madre lo diga, pero es cierto: Tú eres «distinta» desde el momento en que te concebí. —Jugueteó con sus dedos como si estuviera comprobando que no le faltaba ninguno—. Nunca quise contártelo para que no aumentara tu confusión, pero quizá sea mejor que lo sepas... —Sonrió a sus recuerdos—. Aquel verano habíamos ido a pasar unos días a Isla de Lobos porque tu padre iba a emprender un largo viaje a los «caladeros» de Mauritania y la última noche, con luna llena y un calor asfixiante, nos bañamos en la laguna. La marea estaba alta, el agua nos llegaba al pecho, y allí, sobre aquella arena blanca y dentro de aquel agua tibia y transparente, hicimos el amor. —Su voz cambió de tono y se hizo más densa, más plena de matices—. Y cuando más hermoso era todo, millones de pececillos entraron por la bocaina y nos rodearon saltando, acariciándonos las piernas, y lanzando a la luz de la luna destellos plateados. Fue algo tan irreal, fantasmagórico y hermoso, que en ese mismo momento tuve el convencimiento de que había quedado embarazada y traería al mundo una criatura diferente.

—¡Pues qué gracia!

—¡No debes lamentarlo, hija! No debes lamentarlo. Por pesada que se te antoje la carga de ser «distinta», mucho más pesado resulta el hecho de ser «común». El mundo está repleto de gente hastiada de una existencia que en nada se diferencia a la de cuantos le rodean y darían años de su vida por que algo los distinguiese de los demás.

—Hay muchas formas de distinguirse, y la mía resulta demasiado amarga porque cada vez que conozco a alguien me pregunto qué clase de daño voy a causarle.

—No es tu intención causar ese daño. Jamás has incitado a ningún hombre, y si pierden la cabeza no eres responsable por lo que les ocurra. Es como si una joya se sintiera culpable porque alguien quisiera robarla.

—¡Mamá! —protestó su hija—. ¡Vaya comparación...! Lo lógico es que una muchacha le guste a los hombres y pretendan acostarse con ella... —Negó con la cabeza repetidas veces como si le costara un gran esfuerzo aceptarlo—. Lo que no resulta lógico, es que todo el que lo intente conmigo acabe mal.

—Eso es exagerado. La mitad de los muchachos de Lanzarote lo intentaron y salvo el que quiso emplear la violencia, a los demás, no les ocurrió nada. Pronto o tarde aparecerá un hombre que te guste y con el que te casarás. Los demás no son tu problema porque si quisieras contentarlos a todos no podrías levantarte nunca de la cama.

—¿Y cuándo aparecerá ese hombre?

—Cuando menos lo esperes, hija. Cuando menos lo esperes. Yo estaba sentada en una playa estudiando Derecho Romano, cuando alcé la cabeza y me dije: «¡Qué bestia es ese tipo que está sacando la barca del agua!» —Sonrió como burlándose de sí misma—. Luego añadí: «Qué bestia y qué alto»; «Qué bestia, qué alto y qué guapo». Y a partir de ese momento cambié el Derecho Romano por la cocina, y te juro que durante un cuarto de siglo fui la mujer más feliz del mundo. A ti te ocurrirá lo mismo.

Apareció por estribor la ancha boca del Caura que en aquella época contribuía a aumentar considerablemente el caudal del Orinoco, y cuando se encontraban estudiando la mejor forma de penetrar en su corriente sin que les desplazara con brusquedad hacia la orilla opuesta, lo distinguieron acampado a la sombra de un araguaney, agitando la mano, sonriendo, e indicando con grandes aspavientos que fondearan junto a su vieja curiara.

—¿Qué hace aquí? —le gritaron cuando aún no había subido a bordo—. ¿No tenía tanta prisa...?

—¡Vainas de Venezuela! —replicó el húngaro sin perder su humor—. Se supone que es uno de los principales productores de petróleo del mundo, pero el maldito surtidor está seco. —Se encogió de hombros—. Dicen que aquí mismo, debajo del Orinoco, existe un auténtico mar de petróleo, pero hoy en sus orillas no hay gasolina ni para un mechero. Llegará mañana... —Sus ojos se clavaron en Aurelia y el tono de su voz sonó levemente distinto al señalar—. Pero no importa —añadió—. Me apetecía invitarles a cenar. He matado un *pécari* (1) y he preparado un menú que se van a chupar los dedos... —Rió divertido—. En mis tiempos fui cocinero.

—¿Cuántas cosas ha sido?

Rió de nuevo, alegremente:

—¡Demasiadas! —admitió—. Pero le aseguro que como cocinero no lo hacía del todo mal.

No lo hacía mal, en absoluto, y la cena, servida bajo una lona encerada, junto al fuego y a la orilla del agua, constituyó un auténtico banquete, pues resultaba evidente que «Musiú» Zoltan Karrás había sabido adaptarse a la vida de la selva aprendiendo la forma de sacarle provecho a cuanto la Naturaleza ponía al alcance de su mano.

—Hay quien puede morirse de hambre o envenenarse en la jungla —dijo—. Pero un auténtico minero sabe cómo subsistir sin más ayuda que su experiencia y un cuchillo. Y cuando tenga que elegir entre cargar con el «bastimento», o con la pala y las «surucas», aquel que se vea obligado a elegir las provisiones está perdido, porque cuando llegue al yacimiento no podrá trabajar sin «surucas» y todo su esfuerzo habrá resultado, por lo tanto, inútil.

—¿Qué es una «suruca»...? —quiso saber Sebastián.

El húngaro alzó la lona que cubría su embarcación y mostró un juego de redondos cedazos de diferente grosor que aparecían cuidadosamente apilados a proa.

—Sirven para cerner la tierra y el cascajo de modo que pase de uno a otro, del más ancho al que es casi una malla. Así se va viendo si entre el material se enconde alguna piedra. —Chasqueó la lengua—. En toda selva se puede matar un mono o una serpiente con que aplacar el hambre, pero en ninguna encontrarás nada que sustituya a la «suruca». He visto a mineros pagar mil bolívares por una cuando en San Félix no cuestan más de veinte. —Su voz se enronqueció—. Y también he visto matar por ellas. A Gaetano Siri le partieron el corazón de un machetazo porque se negó a vender una de sus sobrantes.

(1) Cerdo salvaje.

—¿Quién lo mató?

—Su primo, Claudio Siri. Y nadie se lo echó en cara. Habían llegado juntos desde Nápoles, llevaban seis años vagando por las minas y cuando al fin se les presentó la oportunidad de hacer fortuna, Claudio perdió sus «surucas» en un derrumbe, y su primo se negó a venderle las que no estaba utilizando.

—No es razón para matar a un hombre.

—En La Guayana, sí. Gaetano quería regresar rico a su pueblo para contar a todos que su primo seguía «comiendo mierda» en Venezuela, pero fue Claudio el que volvió rico y a él se lo comieron las pirañas.

—Se diría que aprueba esa muerte —le recriminó Aurelia.

—Y en el fondo la apruebo —fue la sincera respuesta—. El minero que no es capaz de ayudar, no ya a un amigo, sino a cualquier otro buscador que se encuentre en apuros, merece lo que le ocurra. Esa selva es muy dura y si no tuviéramos un mínimo de solidaridad acabaríamos peor que las fieras.

—Nadie les obliga a ir. Hay formas más sensatas de ganarse la vida.

—¿Como cuál...? Yo he sido camionero, soldado, cocinero, albañil, boxeador, dependiente de comercio, estibador y oficinista, y le aseguro que, de todas las formas que conozco de ganarse la vida, la más sensata, la única que te permite ser libre, sentirte dueño de tus actos, y confiar en que algún día tus esfuerzos tendrán una recompensa, es la de minero... —Abrió los brazos en un amplio ademán que podía significar mucho o no significar nada—. ¿Y quién sabe si Dios no te habrá elegido para reencontrar «La Madre de los Diamantes»...?

—¿Quién es «La Madre de los Diamantes»?

—«La Madre de los Diamantes» no es una persona. Es una mina. Un yacimiento portentoso del que se supone que provienen, arrastradas por las aguas de los ríos, la mayoría de las «piedras» de La Guayana. Muchos dudan de su existencia, pero yo conocí al viejo McCraken; uno de los dos únicos hombres de este mundo que la encontró. Y se hizo tan rico, que, como no tenía familia, cuando supo que iba a morir, hizo construir un hospital, un asilo y un orfanato y aún le sobró dinero.

—No lo creo.

El húngaro miró con sorna a Aurelia Perdomo que era quien había hablado, y sonrió con marcada intencionalidad:

—Usted no lo cree porque no quiere creer en esas cosas, pero se trata de un hecho histórico. En mil novecientos once, el escocés McCraken y su compañero el irlandés Al Willians, recorrieron durante cinco años las selvas de Ecuador, Colombia, Brasil y Venezuela, en busca de diamantes, hasta encontrar aquí, en La Guayana, una mina fabulosa. Al poco tiempo y durante el viaje de regreso, McCraken cogió las fiebres y Willians, en una expedición exploratoria, aseguró haber descubierto un río que nacía en las nubes. Cuando se tropezaron con unos indios les contó lo que había visto y le respondieron que se trataba del «Río Padre de todos los Ríos», pero que por haberlo visto moriría con la próxima luna llena. Willians se rió, pero durante la siguiente luna llena, ya muy cerca de Ciudad Bolívar, le mordió una «mapanare» y murió. —El húngaro hizo una pausa como para permitir que sus oyentes tuvieran tiempo de meditar en lo que les estaba contando—. McCraken continuó hasta Nueva York y vendió sus diamantes, pero comenzó a derrochar dinero, y al poco tiempo se encontró de nuevo al borde de la ruina.

—¿Pero no decía que murió rico? ¿En qué quedamos?

—¡Paciencia...! —Se diría que Zoltan Karrás se estaba burlando de Aurelia Perdomo, o que se esforzaba por aumentar la curiosidad de quienes le escuchaban, que permanecían, en verdad, pendientes de sus palabras—. Estaba al borde de la ruina, pero no arruinado, y con lo que le quedaba se fue a buscar al piloto más famoso de su tiempo, Jimmy Angel, un norteamericano que había derribado no sé cuántos aviones alemanes durante la Primera Guerra Mundial y trabajaba en un circo aéreo. Le ofreció diez mil dólares y un porcentaje sobre los beneficios, si le llevaba a donde él dijera, y aterrizaba donde le indicara. Jimmy Angel aceptó, y en mil novecientos veinte vinieron aquí, a La Guayana, donde McCraken lo tuvo un montón de días dando vueltas sobre la selva hasta que al fin, un atardecer, le obligó a aterrizar en lo alto de una meseta totalmente plana; un tepuy de más de siete mil metros de altura. Esa noche, el viejo desapareció y a la mañana siguiente regresó con dos cubos, ¡dos cubos!, repletos de diamantes. De nuevo obligó a Jimmy Angel a dar vueltas y más vueltas, y por fin lo enfiló de regreso a Caracas, le regaló una pepita de oro que Jimmy lleva siempre colgada del cuello y regresó a Nueva York, donde volvió a vender en «Tífanis» todo lo que había conseguido. —Guiñó un ojo con intención—. ¿Qué? ¿Cree o no cree ahora en «La Madre de los Diamantes»...? ¡Ahí está, en la cumbre de uno de esos castillos de piedra, pero nadie ha sabido encontrarla nunca más!

—¿Lo han intentado?

—¡Naturalmente! Casi todos los buscadores de la región hemos soñado con reencontrar la mina del escocés, y de hecho la mayoría de las exploraciones que se han llevado a cabo entre el Roraima y el Orinoco, perseguían, velada o abiertamente, el mismo objetivo.

—¿Y ese McCraken no dejó un mapa? —quiso saber Yáiza, que había escuchado embobada el largo relato—. ¿Por qué quiso llevarse su secreto a la tumba?

—No se lo llevó... —fue la aclaración del otro—. Poco antes de morir se tropezó con Jimmy Angel en Texas y le confesó que nunca había hecho ningún plano del lugar del yacimiento pero que se encontraba en lo alto de una meseta de mil metros de altura, al sur del Orinoco y al este del Caroní. Jimmy vendió cuanto tenía, se asoció con un ingeniero llamado Dick Curry, compraron un avión e iniciaron la búsqueda. Se estrellaron, primero en Nicaragua, y luego, por dos veces, aquí en La Guayana, hasta que Curry renunció a intentarlo por aire, emprendió una expedición a pie y lo mató un jaguar la noche de luna llena en que dicen que vio al «Río Padre de todos los Ríos».

—¡Pero eso no parece más que una leyenda...!

—¡No tan leyenda! No tan leyenda, y voy a explicar por qué... —Zoltan Karrás había encendido una negra cachimba extrañamente parecida a la que utilizaba el abuelo Ezequiel, y se había acomodado recostándose contra un tronco caído mientras permitía que Asdrúbal llenara una y otra vez su tazón de café. Era sin duda un narrador nato que amaba sentarse junto al fuego y hablar de viejas historias o lejanos mundos, por lo que lanzó una bocanada de humo, sonrió a su concurrencia, y decidió continuar su relato.

—No es una leyenda... —repitió convencido—. Al perder su tercer avión, Jimmy volvió a Estados Unidos, trabajó como piloto acrobático en una película cuyo título no recuerdo, compró otro aparato y regresó a Ciudad Bolívar... —Fumó despacio, haciendo una larga pausa, y luego se inclinó hacia adelante como intentando darle intimidad a su narración—: Un día de mil novecientos treinta y seis distinguió a lo lejos el Auyán-Tepuy y llegó a la conclusión de que era aquel en el que había aterrizado con McCraken. Se aproximó en un día extrañamente despejado de nubes, y al girar en torno a él, contempló, asombrado, al «Río Padre de todos los Ríos»: una gigantesca catarata de mil metros de altura que en los días en que la cumbre del Tepuy se encontraba cubierta de nubes parecía surgir del cielo. Había descubierto la catarata más alta del mundo: «El Salto Angel», que la mayoría de la gente cree que se llama «Salto del Angel», pero es en realidad «El Salto de Jimmy Angel», en honor del piloto que lo descubrió cuando buscaba la mítica «Madre de los Diamantes» del escocés McCraken... ¿Qué les parece?

—¡Una historia fascinante!

—¡Pues aún hay más...! El húngaro rió como un niño travieso—. Jimmy Angel seguía fascinado por la mina y un día, en compañía de su esposa, un venezolano llamado Gustavo

Henry y un «baqueano» (1), aterrizaron en lo alto del Auyán-Tepuy, pero la época era mala y había tanto fango que las ruedas se hundieron y no pudo volver a despegar. Durante casi un mes, permanecieron arriba, buscando la mina, comiendo ranas y tratando de encontrar una forma de descender por aquellas paredes cortadas en vertical, y cuando al fin consiguieron escapar a través de un río subterráneo, llegaron a Ciudad Bolívar con la salud quebrantada y arruinados. Pero Jimmy es un tipo testarudo y se ha ido a Panamá a trabajar como piloto de correo aéreo para conseguir otra avioneta. La suya continúa en la cima... —Hizo una pausa—. No entiendo mucho de aviones, pero me dio la impresión de que, cambiándole el motor, aún podría volar... El fuselaje y la cabina se conservan intactos. El problema es sacarla de allí...

—¿Usted la ha visto? —se sorprendió Sebastián, y ante la muda afirmación, insistió—. ¿Dónde? ¿En lo alto del Auyán-Tepuy?

—¡Ujummm...! —fue la respuesta—. Exactamente donde él la dejó. Dimitri, el negro Porcel, un «arekuna» y yo, trepamos por la pared sur y llegamos a la cumbre, pero aunque removimos hasta la última piedra del cauce del Churum-Merú, el río que allí nace y que es el que forma la catarata, no dimos ni con el más miserable diamante. Jimmy se equivocó, y el yacimiento debe estar en cualquiera de los otros cien malditos tepuys que se alzan a todo lo ancho de La Guayana.

—¿Piensa seguir intentándolo...?

Zoltan Karrás contempló largamente a Asdrúbal Perdomo, meditó unos instantes, y por último negó con un gesto:

—Tengo cincuenta y siete años —dijo—, y me pesa demasiado el trasero como para pasarme otra semana colgando de una pared de piedra mientras los rayos me estallan en las narices. El negro Porcel se ahogó en un raudal del Caroní, Dimitri montó una ferretería, y el indio volvió a sus selvas. ¡No! —negó convencido—. ¿Para qué querría yo tantos mi-

(1) Guía.

llones...? ¿Para construir hospitales a mi muerte? Ahora me conformo con encontrar algunas «piedras» de tanto en tanto. La ambición es cosa de jóvenes.

—Pero usted no es viejo...

—¡Gracias! —fue la exclamación—. Viniendo de una niña como tú, es todo un cumplido... ¿Cuántos años tienes? ¿Diecisiete?

—Dieciocho.

—Yo apenas tenía poco más cuando ya estaba en una trinchera en España, en el treinta y siete, y en Yugoslavia, en el cuarenta y dos. Pero ha llovido mucho desde entonces, y tengo la impresión de ser tan viejo que nací, no antes de que empezara el siglo, sino incluso antes de que empezara el mundo... Por mí «La Madre de los Diamantes» puede quedarse donde está, aunque lo que en verdad me gustaría es que, algún día, Jimmy la encontrara. Él es el único que realmente se la merece (1).

(1) Jimmy Angel se estrelló en Panamá en 1956. Su esposa esparció sus cenizas sobre el Salto que lleva su nombre, y su avión continúa en la cima del Auyán-Tepuy. *(Nota del autor.)*

Resultaba difícil conciliar el sueño después de haber oído hablar de «La Madre de los Diamantes», y «El Río Padre de todos los Ríos», o de cómo un piloto aventurero y un loco se había tropezado con la más alta catarata del planeta, «La Última Maravilla del Mundo», cuando su única intención era convertirse en un hombre inmensamente rico.

Le resultaba difícil a Aurelia, preocupada por la impresión que las palabras del húngaro podían haber causado en el ánimo de sus hijos, y le resultaba aún más difícil a esos hijos, para los que parecía haberse abierto de improviso un nuevo horizonte directamente entroncado con aquellos sueños infantiles que durante tanto tiempo se les antojaron lejanos e irreales. Ahora, un hombre que había vivido tales sueños y había participado en tan portentosas aventuras, se encontraba allí tendido en un «chinchorro» colgado entre dos árboles, durmiendo tan plácidamente como si en lugar de a orillas del salvaje Orinoco se encontrase en la más pacífica y confortable casa de Budapest.

—¿Habría sucedido todo tal como había relatado? ¿Era posible que hubiese existido un escocés que llenaba cubos de diamantes, y un héroe de guerra que continuase persiguiendo la quimera de llenar cubos semejantes con diamantes semejantes?

Era como volver a escuchar las olvidadas fantasías de Maestro Julián, *el Guanche*, con la diferencia de que ahora tales fantasías sonaban a realidad, porque parte de sus protagonistas aún vivían, y los lugares en que se habían desarrollado se encontraban al otro lado de la corriente de agua que continuaba fluyendo, majestuosa e inmutable, como si el ancho y profundo Orinoco se complaciese en limitarse a ejercer de mudo testigo de los mil hechos portentosos que habían ocurrido —y aún continuarían ocurriendo— a todo lo largo de su margen derecha.

Resultaba en verdad difícil conciliar el sueño tratando de imaginar cuántas gemas de más de cien quilates ocultaría en su seno el yacimiento del que los ríos iban arrancando lentamente los diamantes, y quién sería el osado que treparía sucesivamente a todos los tepuys que se alzaban en lo más recóndito de las selvas para conseguir hundir sus manos en aquel indescriptible tesoro al que únicamente dos hombres habían tenido acceso a lo largo de la Historia.

¿Qué aspecto tendría «La Madre de los Diamantes»? ¿Sería un simple hoyo sobre el que cruzaba un riachuelo; una profunda caverna, o la falda de una ladera que el agua iba lamiendo día a día...? ¿Qué explicación habría dado a Jimmy Angel aquel viejo escocés que no había querido confiar su hallazgo al papel prefiriendo mantenerlo fresco en su memoria? ¿Chocheaba cuando le confesó que lo encontraría en la cima de una meseta al sur del Orinoco, o le engañó a sabiendas para que nadie pudiera aprovecharse de un descubrimiento que le había costado años de esfuerzo?

Habían quedado flotando tantas preguntas bajo el araguaney y la lona encerada, o sobre los restos de la hoguera y la lona del playón, que resultaba comprensible que su sola presencia ahuyentara el sueño obligando a los ojos a permanecer clavados en las altas estrellas y que al amanecer, cuando Zoltan Karrás despertó fuera para encontrarse a Sebastián pacientemente sentado frente a él.

—¡Lléveme con usted! —pidió.

—¿Adónde?

—A donde pueda encontrar diamantes.

El húngaro señaló con un ademán de la cabeza hacia la goleta en cuyo interior dormían Yáiza y Aurelia:

—¿Y qué harías con ellas?

—Mi hermano las cuidará hasta mi vuelta. Pueden quedarse en Ciudad Bolívar y aparejar el barco. No me necesitan para eso y mientras tanto tal vez yo consiga algún dinero... —Hizo una corta pausa y su voz sonó suplicante al añadir—: ¿Me enseñaría a buscar diamantes?

«Musiú» Zoltan Karrás tomó asiento en su hamaca, extendió la mano, se apoderó de su renegrida y cochambrosa cachimba y la encendió con parsimonia:

—El problema no está en aprender a buscar diamantes, hijo —replicó—. Eso puede hacerlo hasta el más lerdo aunque sea un trabajo pesado y decepcionante. El problema está en llegar hasta donde se encuentran... —Señaló con la pipa hacia la orilla opuesta—. La selva es muy dura: es húmeda, calurosa e insalubre, y se encuentra repleta de serpientes, arañas, bestias, indios, mosquitos, hormigas venenosas e incluso murciélagos-vampiros... Es un viaje muy largo; primero Caura arriba y luego, a pie, a través de riscos y quebradas porque en esta época del año las trochas y senderos se han convertido en un fangal y por el río Paragua no hay quien suba; su cauce no es más que una maldita sucesión de raudales y chorreas. —Negó convencido—. Nunca se lo aconsejaría a un novato, y para mí significaría una tremenda responsabilidad si algo te ocurriera. Tu madre tiene aspecto de haber sufrido mucho y no me gustaría contribuir a darle un disgusto. —Agitó la cabeza convencido—. No; la verdad es que no me gustaría nada en absoluto.

—El disgusto se lo daría yo. No usted.

—Pero consideraría que tengo parte de culpa. A veces hablo demasiado y no me doy cuenta de que con mis historias puedo causar daño... —Extendió la mano y golpeó afectuosamente la rodilla de su interlocutor—. Contado al amor del fuego, todo resulta bonito y las aventuras de McCraken o Jimmy Angel pueden antojársete maravillosas, pero te aseguro que la realidad es muy distinta. Muy dura y muy distinta.

—Ganarse la vida pescando también es duro. O de peón albañil. O de «vaquero» en Los Llanos... —Le miró largamente y había un profundo convencimiento en sus palabras cuando añadió—: No me asusta lo que es duro, sino lo que no ofrece esperanzas.

—Eso lo entiendo, pero te advierto que para la mayoría de los mineros de La Guayana tampoco hay esperanzas. Por cada McCraken que consigue morir rico, conozco mil que no disponen ni de ataúd en el que irse al otro barrio. Los entierran desnudos en el mismo hoyo en el que llevaban un mes cavando en busca de esa «piedra» que nunca aparece.

—Usted ha logrado sobrevivir.

—Yo he sobrevivido a todo, jovencito... —replicó el húngaro riendo divertido—. A veces creo que me trajeron al mundo con el único propósito de que me dedicara a hacerle quiebros a la muerte. Aquí donde me ves, soy el único tipo que conozco al que fusilaron los turcos y aún puede contarlo... —Se abrió la camisa y mostro su abdomen cuajado de cicatrices—. ¡Mira! —añadió—. Balas turcas.

Sebastián observó aquel estómago terso y bronceado por el sol guayanés y luego alzó los ojos y le miró de frente:

—Prométame que durante el viaje me contará su vida —pidió.

—¡Ah, carajito insistente! —exclamó el húngaro—. A ti no habría muchachita que te negara el coño... —Indicó con un ademán hacia Aurelia que había hecho su aparición sobre la cubierta del *Maradentro*—. ¡Ahí tienes a tu madre! —dijo—. Si la convences, y no me corre a palos, te llevo a la mina.

La respuesta de Aurelia fue tajante:

—Si tú vas, vamos todos.

—¿Estás loca?

—Loca me volvería si me quedara esperando... —Hizo una significativa pausa, pero se la advertía segura de sí misma cuando añadió—: Si lo que pretendes es separarte definitivamente del resto de la familia no voy a impedírtelo porque ya tienes edad para elegir tu propio rumbo, pero si vamos a continuar siendo los Perdomo *Maradentro,* no nos quedaremos cruzados de brazos en Ciudad Bolívar a la espera de que te hagas rico o te maten las fiebres.

—¡Pero la mina no es sitio para ti...! ¡Ni para Yáiza...!

—En ese caso tampoco lo es para ti.

—Eso no es lógico. Ni justo.

—¡Me importa un pimiento...! Como dicen en mi tierra: «O todos monjes, o todos canónigos...»

—La mina no es sitio para mujeres... —fue la sentencia de Zoltan Karrás cuando minutos después le plantearon el problema.

—¡Eso es lo que yo le he dicho! —se apresuró a puntualizar Sebastián—. Pero ella insiste... —Se volvió a su madre mientras con la mano señalaba al húngaro—. ¡Escúchale! —rogó—. Él conoce bien ese mundo y sabe que no podéis ir.

—¿Por qué?

—Porque siempre ha sido así.

—Pues ya es hora de que cambie... ¿O es que no ha habido nunca mujeres en un campamente minero? El otro día dijo que llegaban con «La Peste».

—Sí, claro... —admitió «Musiú» Zoltan Karrás un tanto confuso—. Pero se trata de otro tipo de mujeres: prostitutas y aventureras.

—¿Quiere hacerme creer que jamás ha visto una mujer «decente» en una mina? ¿La esposa, la madre, la hermana o la hija de un buscador? ¿Nunca? ¿Quién cocina, quién lava la ropa, o quién los cuida cuando enferman...?

—Algunas he visto... —replicó el otro desganadamente—. Pero casi siempre son negras, indias o mestizas nacidas en la región y acostumbradas a este clima y esa forma de vida...

—Negó con un gesto de la cabeza—. No me las imagino en un poblado minero. ¡No! No me las imagino.

—¿Se negaría a llevarnos?

—Yo no he dicho eso.

—Ya sé que no lo ha dicho... —Aurelia se mostraba agresiva—. Pero acepta que Sebastián le acompañe. Respóndame sinceramente y sin rodeos: Si los demás decidiéramos ir también, ¿se negaría a llevarnos?

—Tendría que pensármelo.

—¿Por qué? ¿Cree que está en mejores condiciones que Yáiza o yo de soportar una caminata a través de la selva?

Zoltan Karrás los miró alternativamente, y al fin concluyó por darle una patada a una rama y lanzarla al río.

—¡Maldita sea! —farfulló—. ¡Esto me pasa por charlatán! Yo estaba tan tranquilo comiéndome un mono sin meterme con nadie, y ahora resulta que me atacan porque considero que la mina no es lugar para mujeres. ¡Yo me largo! —concluyó—. Me largo, y si tropiezo con alguien me haré el pendejo y le hablaré en húngaro. —Agitó la mano en un brusco ademán de despedida—. ¡Chao! —concluyó.

Comenzó a soltar la cadena de su curiara dispuesto a empujarla al agua, pero súbitamente se envaró como si una corriente eléctrica le hubiera recorrido el cuerpo porque Yáiza había colocado suavemente una de sus manos sobre su antebrazo al tiempo que rogaba:

—¡Por favor! ¡No se vaya!

Él pareció querer decir algo aunque no acertó con las palabras, y la muchacha insistió:

—No se vaya. Nos gustaría que nos contara más cosas...

Zoltan Karrás la miró a los ojos, y necesitó unos instantes para recuperarse antes de replicar:

—Creo que ya he hablado demasiado, y es mejor que continúen hacia el mar, que es lo que conocen. ¡Adiós!

—¡Adiós!

Saltó al interior de la canoa y entre Asdrúbal y Sebastián concluyeron de empujarla hasta que la corriente la tomó de lleno y la arrastró río abajo.

El húngaro agitó por última vez la mano y se alejó a toda velocidad, penetrando en el cauce del Caura por el que desapareció, y todos se miraron decepcionados y confusos, pero Asdrúbal pareció leer en los ojos de su hermana, y súbitamente inquirió:

—¿Va a volver?

Ella asintió en silencio.

—¿Cuándo?

—En cuanto se dé cuenta de que está solo.

—¿Nos llevará a la mina? —quiso saber Aurelia.

—Únicamente si tú en realidad deseas que nos lleve —fue la respuesta—. ¿Lo deseas?

—No. Pero vosotros sí y no pienso pasarme el resto de la vida sintiéndome culpable por haber impuesto mi voluntad.

—Nunca te lo reprocharíamos.

—Lo sé, y eso es lo malo. Jamás nos reprochamos nada los unos a los otros y tal vez nos convendría darnos una buena sacudida de vez en cuando. —Lanzó una ojeada a cuanto se encontraba desperdigado a su alrededor—: ¡Bien! —señaló—. Empecemos a recoger. Vuelva o no vuelva, es hora de ponernos en marcha...

—A ti te cae bien —sentenció Asdrúbal.

—Naturalmente —admitió su madre—. Es simpático y cuenta unas historias fascinantes, pero a su edad podría tener un poco más de fundamento. Me parece muy bien que a los jóvenes les guste la aventura, pero llega un momento en que un hombre tiene que sentar la cabeza, y ése la tiene también llena de pájaros.

—¡Ahí viene...!

En efecto, la curiara había hecho su aparición descendiendo por el Caura para trazar un amplio círculo y emproar directamente hacia donde se encontraban.

Permanecieron muy quietos, y a la espera, y fue Zoltan Karrás el primero en hablar, cuando apenas había varado la embarcación en la arena:

—¡Yo no me hago responsable! —señaló—. Las trataré como a hombres y lo que pueda ocurrirles es su problema... ¿De acuerdo?

—De acuerdo.

—Suban a bordo entonces, buscaremos gasolina, les remolcaré hasta Aripagua, y mi compadre Socorrito Torrealba cuidará del barco hasta su vuelta... Ese trasto no puede navegar por aguas poco profundas.

Obedecieron. Obedecieron porque habían tomado conciencia de que no les quedaba otra solución que obedecer, ya que desde el instante en que abandonaron el cauce del Orinoco ascendiendo por las aguas del Caura, comenzaban a adentrarse en tierras de La Guayana, y aquél era un mundo misterioso y salvaje del que todo lo ignoraban.

Incluso ese agua fue bien pronto distinta —oscura pero limpia—, pues los ríos que descendían de los contrafuertes del Escudo Guayanés aparecían de un color casi negro que les diferenciaba de los afluentes «blancos», sucios y embarrados que llegaban de Los Llanos del Oeste.

Cambió también un paisaje en el que la selva alta y frondosa daba paso de improviso a extensas sabanas cubiertas de gramíneas de luminoso color dorado, salpicadas aquí y allá por apretados bosquecillos de palmeras «moriche», aisladas acacias o floridos araguaneys de un amarillo rabioso, mientras a lo lejos se perfilaban, recortándose contra un cielo de un azul intensísimo, las rectas moles de tepuys a los que podría confundirse con una inacabable sucesión de altivas fortalezas.

—Es un lugar hermoso —comentó Yáiza.

—Y aparentemente pacífico —replicó Asdrúbal—. Pero cuando se convierte en selva, cambia. Es como si la Naturaleza se complaciera en ir mostrando alternativamente las dos caras de su moneda; ahora selva, ahora sabana. Y allí, al pie de las mesetas, los árboles se apiñan de tal modo que parecen una muralla que intentara impedir el paso hacia las cumbres.

—¿Hacia «La Madre de los Diamantes»?

Asdrúbal se volvió a su hermana, y no pudo menos que sonreír:

—Hacia la mismísima «Madre de los Diamantes»... —replicó—. ¿Crees que realmente existe?

—El escocés la encontró, ¿no es cierto? —Yáiza señaló la espalda del húngaro que les precedía remolcándoles en su curiara—. Él está convencido de que existe, y no cabe duda tiene más experiencia que nosotros.

—¿Crees todo lo que cuenta?

—Hasta ahora no ha dicho una sola mentira.

—¿Cómo lo sabes?

Yáiza se encogió de hombros:

—No lo sé, pero lo sé... —replicó riendo de su propia frase—. Es cierto que trepó hasta la cima del Auyán-Tepuy, y que estuvo en todas esas guerras.

—No parece húngaro.

—¿Cuándo habías visto a un húngaro?

—Nunca... Bueno, sí. Una vez vi uno. Tocaba el violín.

—Sería un cíngaro.

—Es posible... —admitió él sin comprometerse—. Sea como sea, lo cierto es que éste, si no tuviera los ojos tan claros, parecería venezolano... Me cae bien... —concluyó—. Me cae muy bien mientras no se haga demasiadas ilusiones respecto a mamá.

Su hermana le observó largamente y por último, como si le costara trabajo admitir lo que había oído, inquirió:

—¿Mamá?

Él asintió con un leve movimiento de cabeza:

—Se queda muy quieto cuando la escucha y aunque se diría que sus ojos son incapaces de expresar nada, a menudo le brillan.

—No me había fijado.

Asdrúbal pareció sorprenderse:

—Pues será la primera vez que no te fijas en algo...

Yáiza se fijó esa misma noche, mientras, sentados en torno a la gran mesa del amplio «caney» del cauchero Juan Socorro Torrealba, Aurelia Perdomo hacía un somero relato de lo que había sido la vida de su familia a partir del momento en que un señorito lanzaroteño quiso violar a su hija y Asdrúbal tuvo la mala suerte de matarlo.

Los ojos de Zoltan Karrás, como bolas de cristal de gaseosa, no se apartaban un instante de su rostro, pero había algo inexplicable en aquella mirada; algo que iba más allá de la admiración que pudiera sentir un hombre maduro por una mujer atractiva; una especie de búsqueda de detalles ocultos, de rasgos conocidos, de gestos que pugnaban por devolver a su memoria otros gestos tiempo atrás olvidados.

Era como si «Musiú» Zoltan Karrás estuviera tratando de redescubrir a Aurelia Perdomo, y fue después del café, cuando el viejo Torrealba se disponía a echar mano a su mejor botella de ron, cuando Yáiza, sin tomar conciencia de lo que hacía, dejó escapar un nombre:

—*Rosa de los Vientos.*

El húngaro le dirigió una larga mirada de agradecimiento, y sonrió mientras asentía convencido:

—Llevo dos días intentando recordar a quién se parece tu madre, y ésa es la respuesta: se parece a *Rosa de los Vientos.*

—¿Es una charada? —quiso saber Aurelia—. ¿A qué estáis jugando?

—No jugamos a nada... —replicó el húngaro con naturalidad—. *Rosa de los Vientos* era una miliciana anarquista con la que conviví en Madrid en el treinta y siete.

Aurelia se volvió a su hija e inquirió confundida:

—¿Tú la conoces?

—No.

—No pudo conocerla... —se apresuró a señalar Zoltan Karrás—. La mataron ese mismo año.

—¿Entonces...?

Durante un largo minuto, en el que no se escuchó más que el gorgoteo del ron que Juan Socorro servía a sus invitados, todos se miraron y resultaba evidente que ni Torrealba, ni Sebastián, ni Asdrúbal Perdomo tenían idea de lo que se estaba hablando.

—¿Entonces...? —repitió impaciente Aurelia—. ¿Cómo es posible que Yáiza asegure que me parezco a ella y a usted no le sorprenda?

—Porque captó una idea que me daba vueltas en la cabeza... —La miró fijamente—. Ella puede hacerlo. ¿Es que no lo sabía?

—¡Mierda!

Juan Socorro Torrealba permitió que el líquido rebosara del vaso que estaba sirviendo mientras observaba, profundamente sorprendido, a la educada señora que había dejado escapar tan inapropiada interjección.

—¿Qué ocurre? —quiso saber—. ¿Por qué se arrecha? —Se volvió a su compadre—. ¿Has dicho algo malo?

—Le molesta que haya advertido que su hija tiene algo de «santera» y «adivinadora...». —Bebió su ron con parsimonia—. ¿Tú lo habías notado?

—Desde que entró por esa puerta... —admitió el cauchero— ... se le nota, como se le nota que es alta y tiene los ojos verdes. Rió mostrando que le faltaban cuatro dientes—. ¿Acaso pretende ocultarlo? Aquí le va a resultar difícil, porque vivimos rodeados de brujos, hechiceros, «piachés» «ojeadores», «ensalmadores», «milagreros», y toda clase de gentes con poderes ocultos... —Sirvió de nuevo el vaso que su compadre había vaciado y añadió—: Estas selvas y estos tepuys tienen un atractivo especial para los «dotados».

Aurelia fue a responder agriamente, pero el húngaro se apresuró a extender las manos en actitud conciliadora.

—¡No se enfade! —pidió—. Socorrito no ha querido molestarla y las cosas son como dice. Al igual que la India o el Nepal, estos ríos y estas mesetas atraen desde muy antiguo a quienes se sienten fascinados por cuanto resulta misterioso o inexplicable. Están convencidos de que aquí encontrarán respuestas a extrañas preguntas que siempre se hicieron, porque éste es el último lugar de la Tierra que aún puede considerarse esencialmente virgen.

—¿Usted cree en esas cosas?

—Poco importa lo que yo crea. Lo que importa es lo que veo, y cuando veo que su hija es capaz de leer un nombre que tan sólo está en mi subconsciente, no me queda más remedio que admitir que hay cosas que escapan a mi entendimiento... —Hizo una pausa que aprovechó para apurar el nuevo vaso que el cauchero le había servido, y añadió—: Algunos de los mejores yacimientos de este territorio se descubrieron porque alguien escuchó «La Música», «Makunaima» se apareció indicando el punto exacto en que había que buscar, o un rayo milagroso partió un árbol como en las minas de oro de El Callao.

—¡Tonterías...!

—¿Y usted lo dice? —intervino Juan Socorro Torrealba incrédulo—. ¿Usted, que trajo al mundo una criatura que tiene más poder que veinte hechiceros juntos...? —Sacó la lengua por entre una inmensa mella de sus dientes y la agitó de un lado a otro en lo que podría considerarse un tic nervioso—. No está bien que yo intervenga, puesto que nadie me da vela en este entierro, pero le repito que aquí, al sur del Orinoco, su hija va a tener demasiados problemas a causa de sus poderes. —Movió la cabeza pesimista—. Demasiados —concluyó.

Socorrito Torrealba les prestó una canoa en la que cargaron la mayor parte del combustible y las provisiones, lo que les permitió instalarse cómodamente en la curiara del húngaro llevando la otra a remolque, aunque, acostumbrados como estaban a la amplitud de la goleta por cuya cubierta podían moverse libremente, el hecho de tener que permanecer sentados durante horas sin espacio ni para alargar las piernas, constituía a menudo un auténtico suplicio.

El Caura bajaba crecido, pero en ocasiones se veían en la necesidad de meterse en el agua y empujar las embarcaciones para salvar una torrentera o incluso sacarlas a tierra y arrastrarlas por la orilla bordeando un pequeño salto.

—¿Cómo se las hubiera arreglado solo?

Zoltan Karrás se encogía de hombros:

—¡Con paciencia! —era su respuesta—. Si este río les parece difícil, esperen a conocer el Paragua y el Caroní. Cerca de San Félix existen raudales que nadie ha sido capaz de salvar nunca. Entre aquellas rocas se ocultan millones de diamantes, pero todos cuantos trataron de apoderarse de ellos se ahogaron.

Habían ido dejando atrás cada vez más aislados poblados y caseríos, y continuaban alternándose las zonas de espesa vegetación selvática en que los árboles, los bejucos y las lianas nacían al borde mismo del agua, con anchas sabanas despejadas que al llegar al cauce del río se transformaban en un zócalo de roca cuarteada y resbaladiza a causa de las largas y verdosas algas que crecían entre sus intersecciones, y que eran las que teñían de tonalidad oscura las limpias aguas.

—Es un color que repele —hizo notar el húngaro—. Pero gracias a esos fondos de roca y a esas algas no tendremos problemas con el agua potable. Y probablemente tampoco con los caimanes. No les gustan estos ríos, aunque sí suelen gustarles a las anacondas.

—¡Me consuela saber que no serviremos de merienda a un caimán, sino a una anaconda...! —comentó Aurelia con marcada ironía—. Siempre hay clases.

—No lo tome a broma... —fue la respuesta—. Un caimán agazapado puede arrancarle una pierna de un mordisco sin darle tiempo a reaccionar. El ataque de la anaconda, a no ser que sorprenda en aguas profundas, deja tiempo para arrearle un tiro o un machetazo... Lo importante ante cualquier ataque es conservar la calma —puntualizó—. No hay fiera en la selva que cause más víctimas que el pánico.

Más tarde y a lo largo de las inacabables y monótonas horas de navegación, les fue mostrando cada especie de árbol y sus características, mencionando igualmente cada ave por su nombre, desde los pequeños «piapoco» de buen augurio, a los guacamayos, arrendajos, turpiales, gallitos de roca, «pájaros-leones» y las infinitas clases de loras y colibríes que poblaban el Escudo Guayanés.

Zoltan Karrás era como una gran enciclopedia viviente que amaba la selva y los ríos, y amaba igualmente a sus animales, pues incluso para la repugnante «araña mona» o la más ponzoñosa de las serpientes tenía siempre una palabra de disculpa:

—Ninguna serpiente malgasta su veneno si no se siente atacada... —aseguraba—. Tan sólo busca sobrevivir y lo hace utilizando las armas que la Naturaleza le proporcionó. Nunca mata por matar, como hacemos nosotros... —Luego señaló hacia las copas de los más altos árboles, de los que colgaban, boca abajo, verdaderos racimos de enormes murciélagos de color pardo—: Ése sí que es un bicho odioso que la Naturaleza podría habernos ahorrado —añadió—. Para nada sirve, más que para chupar sangre e inocular enfermedades, y es la criatura más dañina, inútil y repelente que pueda existir... Es el «epakué» de todo lo bueno que puso Dios sobre la Tierra.

—¿El qué?

—El «epakué»... —Hizo un amplio gesto con la mano, volteándola—. El «Contrario»... —aclaró—. Para la mayoría de las tribus de esta región, el mundo tan sólo se divide en cosas buenas y malas, o por así decirlo: el Bien y el Mal. El Bien es el «Intié» y su contrario, o su «epakué», es el «Taré»; el Mal... El sol es «Intié», pero su «epakué» las sombras, son «Taré»... Frente al «Intié» de la Tierra que produce sus frutos, está su «epakué» de las aguas profundas que ahogan a los viajeros. Frente al «Taré» de las aguas profundas está su «epakué» de los árboles que flotan... Frente al «Intié» de los árboles que flotan, el «Taré» de las anacondas... Y así hasta el confín del Universo, porque todo, hasta la más humilde hormiga, tiene su «epakué» y los murciélagos-vampiros constituyen el «epakué» de todo lo que es bueno.

—Extraño mundo...

—Tardarán en conocerlo —sentenció—. Y cuanto más profundicen en él, más portentoso se les antojará. Para mí el Orinoco no era más que un inmenso río y La Guayana un territorio selvático en el que se alzaban antiquísimas formaciones rocosas. —Sonrió apenas y movió la cabeza como si a él mismo le costara trabajo admitir el grado de su propia ignorancia—. Con eso me bastaba, pero después de tantos años de recorrer estos bosques he llegado a la conclusión de que, cuanto más aprendo sobre ellos, más ignoro... ¿Sabían que en un solo kilómetro cuadrado de selva hay aquí más especies de insectos y plantas que en toda Europa...?

Los *Maradentro* se miraron y al fin Sebastián, como hermano mayor y portavoz de la familia, negó un tanto confuso:

—No. No lo sabíamos.

—¡Pues así es! —puntualizó el húngaro, como si se sintiera profundamente orgulloso de ello—. Más especies de plantas e insectos que en toda Europa, y más especies de mariposas que en el resto del mundo. Es un portento —concluyó—. Un portento que jamás me canso de admirar.

Y en efecto, el húngaro jamás se cansaba de admirar el paisaje que se iba abriendo ante la proa de su embarcación, o cada detalle de las orillas, los árboles o sus moradores, y con frecuencia se detenía a estudiar de cerca una determinada orquídea o a observar cómo un colibrí introducía su largo pico en una flor manteniéndose quieto en el aire gracias al velocísimo aletear de sus gráciles alas.

Luego a medida que el cauce se estrechaba, las chorreras y raudales se hicieron más frecuentes, y llegó un momento, a los dos días de haber dejado por la derecha el río Erebato, que era más el tiempo que pasaban empujando las embarcaciones que navegando sobre ellas.

Al fin, cuando el que parecía ser el último afluente importante del Caura quedó definitivamente atrás e hizo su aparición una nueva sabana de alta hierba, el húngaro pareció dar por concluida la travesía y señaló un bosquecillo de acacias.

—Aquél es un buen lugar para esconder las curiaras —dijo—. Un poco más arriba un salto nos corta el paso y al pie del cerro debemos encontrar una «pica» que nos lleve hasta el Paragua.

—¿Qué es una «pica»...?

—Un sendero abierto en la espesura, que en cuanto te descuidas se cubre de vegetación y hay que «picarlo» o machetearlo de nuevo. Lo importante es no perderlo nunca, porque a veces desaparece bajo la hojarasca y en ese caso lo más probable es que te quedes en la selva para siempre.

—¿Qué distancia hay hasta el Paragua?

—Unos cien kilómetros, pero antes espero encontrar uno de sus afluentes.

Ocultaron por tanto las embarcaciones con ramas y hojarasca, comieron algo, y emprendieron a pie el camino a través de la extensa llanura de una hierba crecida que les llegaba al pecho, y que de tanto en tanto tenían que segar a machetazos, y aunque la marcha no era rápida, resultaba evidente que el húngaro era andarín de largas distancias que sabía coger un paso y seguirlo durante horas sin experimentar cansancio alguno.

Procuraban sortear las amplias manchas de vegetación que iban surgiendo aquí y allá, y ascendieron por fin hasta una suave colina cuya cima constituía un otero natural desde el que Zoltan Karrás se volvió a contemplar por última vez el Caura que se alejaba trazando una amplia curva hacia el Nordeste.

—Allí está el cerro Guaiquinima —dijo señalando al Noroeste—. Ahora tengo que encontrar la «pica» que nos lleve hacia el Este. Lo mejor es que descansen mientras yo echo un vistazo.

Se acomodó la pesada mochila; bebió un corto trago de agua, y reemprendió la marcha dejándolos en aquel mirador natural contemplando la infinita soledad de las sabanas, las selvas y las montañas guayanesas.

Se miraron y podría decirse que por la mente de los cuatro Perdomo *Maradentro*, de Playa Blanca, en Lanzarote, pasaba exactamente el mismo pensamiento.

—¡Estamos locos!

No importa cuál de ellos lo hubiera dicho; la corta frase expresaba el sentir general, porque tan sólo unos locos podían encontrarse sentados en el confín del universo aguardando el regreso de un desconocido que podía muy bien no volver nunca.

Jamás, ni aun cuando naufragaron y se vieron remando sobre un diminuto bote en medio del Océano, experimentaron semejante sensación de abandono, porque el silencio de aquel lugar, por el que ni siquiera el viento corría y el tiempo parecía haberse detenido, impresionaba mucho más que un mar al que estaban acostumbrados de siempre.

—Desde que abandonamos el río, no hemos visto ni un solo animal —señalo Yáiza de improviso—. Ni un pájaro, ni un mono, ni tan siquiera una largatija o una serpiente... Se diría que aquí la vida se concentra en la selva, junto al agua, y el resto es un desierto dejado de la mano de Dios.

Era cierto. Por no haber, no había ni moscas, y la quietud, una quietud exasperante como no habían encontrado nunca en parte alguna, parecía haberse adueñado de la tierra, como si Dios tan sólo se hubiera acordado de crear el paisaje, olvidándose luego de dotarlo de vida y movimiento.

Así era La Guayana; contraste tras contraste; explosión de ruidos y agitación en un lugar y quietud absoluta unos kilómetros más allá; selva y sabana; agua y tierras secas; rocas muy negras y arena blanquísima; altas mesetas y profundas quebradas.

—¡Estamos locos!

—Y más loco está quien asegure que aquí hay diamantes —sentenció Aurelia—. Aquí no puede haber más que desolación y muerte.

—Aún podemos volver. Aún se ve el bosque en que ocultamos las embarcaciones y ese río nos devolvería al Orinoco.

—¿Y él?

—Tal vez lo ha pensado mejor y se ha marchado solo.

—Nunca lo hará.

Asdrúbal se volvió a su hermana, que era quien había hecho tan rotunda aseveración.

—¿Por qué tienes tanta confianza? —quiso saber—. ¿Y por qué nos hemos puesto en sus manos? ¿Quién es y qué sabemos de él, aparte de que se trata de un aventurero...?

La única respuesta válida les llegó dos horas más tarde,

cuando se escuchó un disparo y al mirar hacia el Este distinguieron la figura del húngaro que hacía señas desde el borde de una amplia extensión de selva, al pie de un contrafuerte de escarpadas rocas oscuras.

Cuando llegaron a su lado se hallaba sentado sobre un árbol caído fumando su vieja cachimba y sonriendo:

—¡La encontré! —dijo—. Ahí empieza la «pica» que va al río Paragua, aunque también podemos acabar en Brasil. —Rió divertido—. Para averiguarlo no nos queda más remedio que «echarle pichón». —Se puso en pie ágilmente y comenzó a ajustarse la pesada mochila—. Ahora empieza lo difícil.

Tuvieron ocasión de comprobarlo en cuanto el senderillo comenzó a ascender lenta, pero firmemente, obligándoles a trepar abriéndose paso por entre la maleza, arañándose con ramas y espinos, hundiéndose en fango y hojarasca, o tropezando con raíces ocultas y troncos putrefactos por un terreno blanduzco y maloliente, en el que parecían haberse dado cita todos los mosquitos de la región.

El calor, húmedo, denso y pegajoso, obligaba a sudar a chorros, y al cabo de una hora la ropa parecía empapada, mugrienta y desgarrada, porque podría creerse que cada liana estaba dotada de mil garras que buscaran desesperadamente aferrarse a la tela o los cabellos.

Una luz grisácea, opaca y sin relieves pareció apoderarse de los contornos de las cosas e incluso del aire, denso y cargado, porque las espesas copas de los más altos árboles tejían a cincuenta metros sobre sus cabezas una tupida malla que ni el más leve rayo de sol conseguía atravesar.

—¡Dios bendito!

Pero al igual que ocurría con el sol, no había Dios alguno que hubiera descendido en siglos a semejante infierno en el que cada paso parecía ser el último, y el minúsculo sendero jugueteaba una y otra vez a diluirse entre la hojarasca, de modo que únicamente el experto ojo del húngaro conseguía descubrir su itinerario guiándose más bien por intuición que por lo que se le ofrecía a la vista.

Una vieja huella, una marca en un tronco o una rama partida parecían bastarle cuando sus acompañantes se habían dado ya por vencidos, y no cejó en su empeño hasta que la luz disminuyó su intensidad y resultó aventurado continuar sin riesgo a extraviarse.

—¡Acamparemos aquí! —dijo, y casi de inmediato comenzó a cortar ramas apilándolas con ánimo de encender fuego y por la fuerza de sus golpes y la agilidad de sus movimientos podría creerse que no se encontraba en absoluto fatigado a pesar de la agotadora caminata.

—¿Nunca se cansa? —quiso saber Sebastián.

Pareció sorprenderse.

—¿Por esto...? ¡Oh, vamos...! —rió—. Aún no sabes lo que es bueno. Cuando lleves una semana paleando cascajo o cerniendo tierra con el agua a las rodillas, sabrás lo que es dolor de espalda y agotamiento... —Hizo un gesto indeterminado hacia delante—. O cuando esa «pica» comience a trepar de verdad por las montañas y a descender por barrancos y torrentes... Esto de hoy no ha sido más que un paseo para ir calentando los músculos.

—¡Cielos!

—¡Te lo advertí, carajito! ¡Te lo advertí! —replicó divertido—. Ésta es la más portentosa de las tierras, pero es, también, la más dura... —Clavó los ojos en las mujeres que se habían dejado caer, derrengadas, contra el tronco de un árbol—. Y no esperen que me compadezca de nadie —añadió—. Si no llegamos pronto a esa «bomba», todo habrá resultado inútil. ¿Está claro?

—Muy claro.

—Pues a descansar, porque mañana empezará el baile.

—¿No hay que montar guardia? —quiso saber Asdrúbal.

—¿Para qué? —se extrañó—. A las fieras las ahuyenta el fuego y a los indios no les gusta la noche. Son aliados del sol, que es el espíritu del bien, pero la noche es el espíritu del mal y en cuanto oscurece se acurrucan en torno a una hoguera. Si en alguna ocasión saben que tienen que moverse de noche, pasan todo el día tomando sol para impregnarse de él y que les acompañe con su fuerza en las horas de oscuridad. Creen que si mueren a oscuras irán a parar a lo más profundo de las lagunas donde están las aguas negras y frías que constituyen el peor de los infiernos.

—¿Hay salvajes por aquí?

—Eso depende de lo que usted considere salvajes, señora. Si se refiere a indios, sí que los hay, y puede apostar a que ya nos han visto y nos han estudiado.

—¿Cuándo?

—Eso nadie consigue saberlo. Forman parte de la selva y de las sabanas, y pueden estar en cualquier parte, en cualquier momento. Pero no tema; si no tratamos de hacerles daño, no es probable que traten de hacérnoslo a nosotros.

—Pero no está seguro.

—«Seguro mató a confiado»... —sentenció el húngaro—. Si en Caracas pueden acuchillar a la puerta de un supermercado para robar cien «bolos» (1), ¿cómo pretende tener la absoluta seguridad de que a un indio no le apetezca matar por robar un machete o una cacerola...? Pero no es probable. Lo más probable es que ni siquiera se dejen ver.

A la mañana siguiente, sin embargo, y cuando apenas llevaban media hora de marcha, hizo su aparición una artística guirnalda de flores y plumas de papagayo cuidadosamente colocada en el centro del sendero, y Zoltan Karrás la estudió con detenimiento volviéndose a todas partes y tratando de descubrir en la espesura quién pudiera haberla depositado allí.

—¿Qué significa? —quiso saber Sebastián.

—Amistad —fue la respuesta—. Es una muestra de amistad; un obsequio, aunque es la primera vez que lo hacen sin haberles ofrecido nada a cambio... —El húngaro se rascó la hirsuta barba evidentemente perplejo—. No estoy muy seguro de qué demonios quieren decir con esto.

Una hora después encontraron otra guirnalda semejante,

(1) Bolívares.

y en el momento en que Yáiza la tomó en sus manos se escuchó un claro silbido imitando el canto de un pájaro que llegaba desde las copas de los más altos árboles. Le respondió un silbido idéntico y el húngaro dejó escapar una admirativa exclamación:

—¡Vaina! —mascullό—. Aquí los tenemos, y resulta evidente que algo pretenden.

—¿Bueno o malo? —inquirió Aurelia nerviosa.

—Supongo que bueno, señora, pero nunca se sabe... —Se volvió a Asdrúbal y Sebastián que empuñaban firmemente sus armas—. Cuando aparezcan, ni un gesto hostil ni el menor ademán de disparar —ordenó—. Si quisieran atacarnos ya lo habrían hecho. ¿Entendido?

—Entendido.

—Adelante, entonces, y que sea lo que Dios quiera.

Reanudaron la marcha, acompañados por nuevos y constantes silbidos que tenían la virtud de ponerles cada vez más nerviosos, hasta que al desembocar en un pequeño claro los descubrieron esperándoles, desarmados y en actitud pasiva, tres de ellos recostados contra un tronco y el cuarto, un anciano de cabello blancuzco y pequeña estatura, que por toda vestimenta llevaba un trozo de liana amarrado al pene, de pie en primer término.

—¡Buen día, «cuñao»! —fue lo primero que dijo.

—¡Buen día! —replicó Zoltan Karrás y luego añadió en la clásica jerga que empleaban la mayoría de los indígenas guayanenses, y en la que todas las frases parecían estar compuestas a base únicamente de gerundios—: Nosotros amigos siendo. Tú qué cosa queriendo.

El anciano hizo un gesto con la cabeza hacia sus tres compañeros y luego señaló con el dedo a Yáiza, que se mantenía en segundo término:

—«Cuñaos» enfermos estando. Ella curando.

El húngaro se volvió a observar a la muchacha, aunque no parecía sorprendido por la extraña petición. Pese a ello, replicó:

—Guaricha no médico siendo. No medicinas teniendo.

Impasible, el índigena insistió:

—Ella no necesitando.

—¿Quién diciendo?

—Todos sabiendo... Ella «Camajay-Minaré» naciendo.

—¡Vaina! —repitió sin poder contenerse el húngaro—. Esta gente asegura que eres «Camajay-Minaré», y que puedes curar a sus enfermos... —La miró directamente a los ojos—. ¿Puedes hacerlo? —quiso saber.

—¿Cómo voy a saberlo? —protestó ella—. ¿Qué les pasa...?

—Tendrás que ser tú quien lo averigüe, pequeña, porque, o mucho me equivoco, únicamente a ti te van a permitir aproximarte. —Hizo un ademán con la mano—. Intenta averiguar qué les ocurre, porque de lo contrario, nos pueden crear muchos problemas.

—¿Qué clase de problemas?

—Pequeña... En medio de la selva guayanesa y rodeados de salvajes supersticiosos, cualquier clase de problema se puede convertir en un gran problema.

Dos eran guerreros y el tercero un muchacho muy joven, pero los tres clavaron en ella sus ojos, rasgados, negros y brillantes, como si en verdad tuvieran la certeza de que iba a curarlos alejando de sus afiebrados cuerpos los espíritus malignos.

—¡«Camajay-Minaré»! —musitaron—. ¡«Camajay-Minaré»! —Y le asustó comprobar hasta qué punto depositaban en ella una fe ciega, cuando resultaba evidente que no tenía ni la más leve idea de cuál era el mal que les afectaba, ni qué forma existía de combatirlo.

¡«Camajay-Minaré»! ¿Quién era aquella diosa y qué clase de poderes poseía para que alguien, aunque fuera un salvaje desnudo, confiara hasta tal punto en su capacidad de librarle de su estado de postración.

Yáiza, que había sido durante años la chiquilla «que atraía a los peces, amansaba a las bestias, aliviaba a los enfermos y agradaba a los muertos», se consideraba sin embargo incapaz de ayudar a aquellos desgraciados porque había pasado la mayor parte de los últimos tiempos rogando para que tales poderes le fueran retirados, y no se sentía con fuerzas como para pedir ahora que se los devolvieran nuevamente.

Hacía casi un mes que los muertos no acudían a visitarla y eso le había hecho concebir la esperanza de que tal vez jamás regresarían, pero realizar el más mínimo esfuerzo en beneficio de aquellos pobres indios significaría tanto como renunciar a su lucha y abrir de nuevo los brazos a la pléyade de desorientados difuntos que cada noche acudían en busca de consuelo y compañía.

—No puedo hacer nada —dijo, y su tono de voz era casi un lamento—. Y no quiero volver a empezar. Estoy cansada. Muy cansada.

—¿Pero qué es lo que tienen?

—¿Cómo quiere que lo sepa? Sudan frío, les brillan los ojos y tienen fiebre y vómitos, pero eso es algo que les ocurre a muchos enfermos.

—¿Y qué hacemos ahora?

Le miró incrédula porque en verdad le costaba trabajo imaginar que al húngaro le hubiera pasado por la mente la idea de que conseguiría sanar a aquella pobre gente.

—Vuelva a decírselo —replicó por último—. Explíqueles que yo no sé hacer milagros. Nunca he sabido.

—¿Estás segura?

—¡Escuche...! —señalo mirándole de frente, a los transparentes ojos—. Puede jurar que ni por esos indios, ni por nadie voy a volver a sufrir lo que he sufrido. ¡Quiero olvidarlo! —Inconscientemente alzó el tono de voz que se hizo casi agresivo—. ¿Es que no puede entenderlo?

—Sí. Naturalmente que lo entiendo... —aceptó con serenidad Zoltan Karrás—. Pero dile que los vas a dejar morir porque no quieres complicaciones.

—No la fuerce —intervino Sebastián—. Usted no tiene idea de lo que ha padecido por culpa de ese maldito «Don». Si existe una sola posibilidad de que lo pierda debe luchar por ella.

—¿A costa de tres vidas humanas?

—A costa de lo que sea. —Le señaló con el dedo—. Y nadie garantiza que conseguiría curarlos. Ya lo ha dicho: no sabe hacer milagros y haría falta un milagro para curar a alguien que no sabemos qué es lo que tiene.

—De acuerdo. —El húngaro alzó las manos como si quisiera demostrar que no tenía nada que ver con todo aquello—. Dejemos el asunto, pero la pregunta continúa siendo la misma. ¿Qué carajo hacemos?

—Marcharnos.

—¿Y crees que llegaríamos muy lejos si les decimos que se metan a sus enfermos en el culo?

—¿Qué pueden hacer?

—Ponte a imaginar... —Lanzó un sonoro resoplido—. ¡Bien! —admitió—. Pronto oscurecerá y lo mejor será que montemos el campamento y tratemos de buscarle una solución a este maldito embrollo. —Se aproximó a donde el anciano del cabello blanco aguardaba, impasible, junto a los enfermos—. Aquí durmiendo —le dijo—. Mañana «Camajay-Minaré» diciendo.

El otro se limitó a hacer un gesto de asentimiento, y mientras los «racionales» colgaban sus chinchorros y alzaban una techumbre se dedicó a cortar ramas con las que muy pronto encendió un gran fuego.

Oscurecía cuando de la espesura comenzaron a surgir desnudos guerreros fuertemente armados que sin mediar palabra, sin un susurro y sin apartar los ojos de Yáiza se fueron acuclillando en torno a la hoguera con sus largos arcos o sus inmensas cerbatanas enhiestas ante ellos.

Eran como estatuas de bronce, inmóviles, y con la tersa piel cobriza muy lisa y brillante, firmemente asentados sobre sus anchos pies y sin otra muestra de vida que su levísima y silenciosa respiración, e impresionaba observarlos y comprender a cuántos miles de años de distancia se encontraban.

No comieron, no bebieron, y era de imaginar que ni tan siquiera dormir necesitaban, como si su única misión fuera estudiar a aquella guaricha de ojos verdes, que según su anciano «piache» era la diosa «Camajay-Minaré»; dueña absoluta de bosques, ríos, cascadas y lagunas; la que embrujaba a los hombres y en cuya mano estaban los más secretos poderes.

—Me asustan.

Aurelia lo había dicho, casi con un susurro, y Zoltan se volvió a ella y sonrió tranquilizándola.

—No tema. Cuando se pintan de negro hay que tenerles miedo, pero ahora tan sólo buscan la protección del fuego que les libra de los demonios de la noche, y ver de cerca a Yáiza porque están convencidos de su poder.

—¿Y qué pasará cuando descubran que ese poder no existe?

—Mañana se lo diré. Ahora intente dormir y no le dé más vueltas.

—¿Dormir? —se asombró ella—. ¿Imagina que podré dormir sabiendo que esos salvajes están ahí?

Pese a ello, durmió. Vencidos por la fatiga y las emociones, los «racionales» se fueron rindiendo uno tras otro; todos, excepto el húngaro, que permaneció tan inmóvil como los propios indígenas, sin apartar la vista de Yáiza, que pasada la media noche comenzó a gemir y estremecerse para acabar despertando sobresaltada y contemplar con ojos casi desorbitados, a los indios que no habían cesado de mirarla.

Luego, al advertir que también Zoltan Karrás la observaba, masculló rencorosa.

—¡Lo ha conseguido! ¡Ya han vuelto!

—¿Quién?

—¡Todos! Todos juntos...

—¿Qué te han dicho?

—No he querido escucharlos.

—Pero de ellos: de los enfermos. ¿Qué te han dicho?

—Nada.

—¿Nada?

—Nada en absoluto. Vienen a contarme sus problemas o a pedir que les ayude.

—¡Pues vuelve a dormirte! —susurró el húngaro roncamente—. Y conserva la calma porque de tu actitud depende que salgamos con bien de este mierdero.

Yáiza no respondió. Se tumbó en la hamaca, escuchó el rumor de la lluvia que llegaba del Sur y que pasaba como un viento que se alejara murmurando, y escuchó también el canto de las mil aves de la selva; el ulular de la araña-mona, el rugido del araguato e incluso el lejano maullido malhumorado del jaguar. Escuchó el chisporroteo de las llamas, la leve respiración acompasada de su hermano Asdrúbal, y el silencio de los quietos indígenas cuyos ojos sentía sobre su cuerpo. Escuchó y, aun despierta como estaba, pudo oír claramenmente la algarabía de los muertos que la llamaban: Damián Centeno y don Matías Quintero; «Señá» Florinda, «la que leía el futuro en las tripas de los marrajos», y Cándido Amado; Abigaíl Báez, siempre a lomos de su negro caballo y *el Catire* Rómulo con sus tres alazanes tostados, hermanos los tres de padre; Goyo y Ramiro Galeón...

Al amanecer era ella la que ardía en fiebres, temblaba y se estremecía, y cuando los indios la observaron perplejos, el húngaro Zoltan Karrás aprovechó la ocasión para sentenciar con voz profunda:

—Ahora guaricha los malos espíritus teniendo. Nosotros muy lejos llevando. Pronto enfermos curando.

Nadie osó discutir una verdad tan evidente, ni nadie se rebeló cuando el anciano «piache» del cabello blanco ordenó que cuatro de sus hombres cargaran en parihuelas a «Camajay-Minaré», mientras el resto de los guerreros abrían un ancho sendero para que pudiera viajar cómodamente.

Él se quedó allí, a la espera de que los malos espíritus se alejaran definitivamente, y los enfermos pudieran regresar a contar a sus esposas, sus hijos y los hijos de sus hijos, que fueron escogidos por los cielos como prueba viviente del poder de una diosa de los bosques que se había reencarnado en una alta y hermosa guaricha de ojos verdes a la que visitaban los difuntos.

Porque durante el transcurso de aquella larga noche, el anciano, los enfermos, e incluso la mayoría de los silenciosos guerreros habían escuchado también sobre el ruido de la lluvia, los cantos de las aves nocturnas, el rugido de los araguatos, el ulular de la araña-mona, o el hambriento maullido del jaguar, las lejanas voces de los muertos, las llamadas, los llantos y las súplicas de todo un ejército de espíritus de «racionales».

El viaje ganó velocidad puesto que la mayor parte del trabajo lo realizaban ahora los activos indios que abrían la trocha como si en verdad creyeran que «Camajay-Minaré» se llevaba muy lejos los malos espíritus que se habían apoderado de su gente.

Ninguno parecía conocer más de media docena de palabras «racionales», y ni siquiera con el húngaro conseguían comunicarse, pues constituía al parecer un pueblo nómada que utilizaba un dialecto en el que muy pocos términos correspondían a su equivalente en el lenguaje de los «arekunas», «kamarakotos», o «pemones» de la Gran Sabana que conformaban desde siempre las familias o agrupaciones de individuos que más solían relacionarse con los mineros del Caroní y el Paragua.

—Aquí se asentaban antiguamente tribus muy numerosas —señaló Zoltan Karrás—, empujadas más tarde hacia el Sur por los feroces «caribes», que en sus invasiones alcanzaron incluso el «Raudal de los Guaharibos», donde al fin los «guaicas» consiguieron detenerles. Pero el resultado de esa larga guerra fue que aquí y allá quedaron comunidades aisladas, a veces de procedencia «caribe» y a veces autóctonas, que fueron degenerando incapaces de comunicarse ni siquiera con quienes tenían su mismo origen étnico.

—¿Y cree que éste puede ser uno de esos grupos?

—Debe serlo, porque resulta extraño que salvo el anciano, que tal vez en su juventud trabajó como cauchero, ningún otro conozca una sola palabra inteligible, excepto «wei», el Sol, y «kapei», la Luna, que son vocablos comunes a los «taurepán», «arekunas» y «kamarokotos». Por su aspecto yo diría que son yehuaná en trance de extinción.

—¿Y dónde están las mujeres? No hemos visto más que hombres.

—Escondidas mientras los guerreros cazan. Para la mayoría de estas gentes las mujeres apenas son algo más que semiesclavas que viven para tener hijos y realizar los trabajos más duros, y en cuanto enferman o envejecen las abandonan a su suerte.

La hoguera brillaba de nuevo alumbrando los impávidos rostros de unos indios aparentemente capaces de no dormir por segunda noche consecutiva, puesto que continuaban con los ojos fijos en aquella «Camajay-Minaré» que parecía haberlos hechizado para siempre.

La fiebre y los espasmos de Yáiza disminuían cuando hacia efecto la mezcla de «miel de aricas» y extracto de «quina del Caroní» que Zoltan Karrás le obligaba a beber, y aunque a las tres o cuatro horas la temperatura subía de nuevo, en aquellos momentos, sin la agitación de los vaivenes del viaje, dormía tranquilamente, ajena a todo.

—En dos o tres días estará bien —había sentenciado el húngaro seguro de sí mismo—. No son más que fiebres benignas que aparecen o desaparecen en estas regiones dependiendo del estado anímico del enfermo y las tensiones que experimenta. —Hizo una pausa—. Y no cabe duda de que anoche, estuvo sometida a una gran tensión.

—¿Y no puede ser que los indios le hayan contagiado su enfermedad?

—Yáiza no tiene vómitos. Lo de ellos debe ser otra cosa. No sé qué, pero otra cosa.

—¿Grave?

—Probablemente.

—¿Y no le importa? —inquirió Asdrúbal levemente molesto.

—Me importa más lo que podría habernos ocurrido —fue la sincera respuesta—. Aquí, de cada cinco niños que nacen, tan sólo uno tiene posibilidades de convertirse en adulto, y su esperanza de vida raramente supera los cuarenta años. Para estas gentes la muerte nace cada día, con la luz, y vuelve a nacer cada noche, con la oscuridad. No le dan importancia porque están convencidos de que constituye únicamente un tránsito hacia «El Mar que Está Arriba», el cielo, que no es para ellos más que un segundo mar, suspendido muy alto, con un fondo sólido y tansparente para evitar que las aguas se caigan. Una vez, hace muchos siglos, ese suelo se rompió y la tierra se inundó pereciendo todos sus habitantes excepto un hombre y una mujer que se refugiaron en el Monte Duida... —Sonrió levemente—. También ellos tuvieron su «Diluvio Universal»... Y su «Rebelión de Lucifer».

—¿Su «Rebelión de Lucifer»?

—Más o menos... —Zoltan Karrás había encendido su cachimba, y recostado en el tronco de un árbol, cerca de donde dormía Yáiza, recorrió con la vista el grupo de guerreros que continuaban ejerciendo de estatuas junto al fuego, antes de volverse a Asdrúbal y Sebastián que le escuchaban:

—Según una vieja tradición, «Máuari», el ángel malo, habitaba en una profunda cueva, odiando y envidiando a «Napa», el buen espíritu creador del universo que reinaba en la cumbre del monte Duida. Un día, «Máuari» convenció a la mayor parte de las bestias para que se rebelaran contra su Señor que al verse acosado llamó en su ayuda a algunos animales que le seguían siendo fieles. Se entabló una larga batalla que tuvo como escenario las aguas del Guainía, en aquel tiempo tranquilas y desde entonces convertidas en un maremágnum de cascadas y chorreras, y al fin, las huestes de «Napa» vencieron a las de «Máuari» y arrojaron a éste al fondo de los tenebrosos pantanos donde ahora vive en compañía de caimanes y anacondas. Entonces «Napa» castigó a las bestias y creó un ser en el que puso un poco de lo peor de cada una: la astucia del zorro, la crueldad del gavilán, la traición de la serpiente, la ferocidad del jaguar, la hipocresía del caimán, la maldad del murciélago-vampiro y la vanidad del pavo real. Es decir: creó al hombre para que los persiguiera, devorase y aniquilase, exceptuando a los que le habían sido fieles, a los que dotó de una carne repugnante. Así, desde entonces, el hombre no puede comer zamuros, sapos, mapurites, camaleones, osos hormigueros, ni delfines, porque éstos, en su día, defendieron a su Creador.

—Es una hermosa leyenda.

—Esta tierra está llena de leyendas. Y de misterios. Y de seres capaces de captar, al primer golpe de vista, que Yáiza nació predilecta de los dioses, y que esos dioses, que acostumbran a ser caprichosos, disfrutan sometiéndola a terribles pruebas para cerciorarse de que es digna del amor que le tienen.

—¡Pues vaya una forma de demostrar amor...! —protestó Asdrúbal—. ¿No podían dejarla en paz, y a nosotros con ella?

—¿Realmente lo desean?

—¿Qué quiere decir?

—Simplemente me pregunto qué estarían haciendo si Yáiza no hubiera existido. Probablemente pescar y continuar pescando hasta que la vejez y la artritis no les permitieran sostener una liña. —Negó convencido—. No es un destino atrayente, al igual que no lo era para mí pasarme la vida plantando patatas. Por eso, cuando miro hacia atrás y recuerdo cuántas calamidades me han ocurrido, las doy por bien empleadas, porque me consta que la mayor calamidad hubiera sido quedarme en Hungría resignado a no ser más que un pobre campesino semianalfabeto. Los lugares y las gentes que he conocido, las cosas que he aprendido, los maravillosos momentos que he vivido, y las mujeres que he amado, tienen un precio, y lo he pagado a gusto. De igual modo, para ustedes, estar cerca de su hermana y asistir a los prodigios que se desencadenan a su alrededor, exige un sacrificio y tienen que aceptarlo.

—Demasiado grande...

—Si están aquí, continúan con ella, y no piensan abandonarla ocurra lo que ocurra, es que el sacrificio no se les antoja, en modo alguno, demasiado grande.

—Se trata de nuestra hermana. Formamos una familia.

—Las familias se dividen y los hombres, cuando llegan a cierta edad, tienen necesidad de buscar sus propios caminos. Pero ustedes continúan atados a Yáiza porque saben que lejos de ella la vida no tendría aliciente. Como tampoco lo tendría si cambiara.

—Pero Yáiza es la primera que quiere cambiar.

—Lo creo —admitió el húngaro—. Pero, ¿qué ocurrirá si lo consigue? Se sentirá vacía porque se habrá convertido en otra persona. Si un día descubre que su caótico mundo interior ha desaparecido, lo más probable es que acabe trastornándose.

Ni Asdrúbal ni Sebastián respondieron, convencidos tal vez de que era cierto, y ni su hermana ni ellos mismos conseguirían adaptarse nunca a otra forma de vida, y aquella especie de continua tensión, en la que cualquier cosa podía suceder en cualquier momento, se había convertido en un hábito del que resultaba imposible desprenderse.

Cada amanecer junto a Yáiza era un abrir los ojos con la inquietud de que el nuevo día podía ser portador de algún portento, y al igual que cuando era niña esperaban que les anunciase por dónde iban a entrar los atunes, ahora, ya de mayor, aún conservaba la esperanza de que la época de las desgracias quedara atrás y volvieran los tiempos en que el «Don» servía para algo más que para acumular calamidades sobre sus cabezas.

Pero lo cierto, lo único cierto, era que aquel maldito «Don» los había conducido a lo más recóndito de las perdidas selvas guayanesas, rodeados de medio centenar de salvajes desnudos cuyos rasgados ojos se mantenían fijos en su hermana, que dormía presa de unas extrañas fiebres.

Resultaba todo tan absurdo habiendo nacido hijos de pescadores lanzaroteños, que tanto daba aceptar que aquellos hombrecillos de largas cerbatanas constituían un espejismo, que admitir que, efectivamente, Yáiza se había convertido en la reencarnación de una primitiva diosa de las selvas.

No existía por tanto más opción que negar la realidad o encogerse de hombros sin preocuparse de que el alba trajera consigo insólitos portentos o tan sólo el cansancio y el calor de una larga marcha a través de la espesura.

Pero no hubo portentos aquella mañana. No hubo más que un difícil camino caluroso y húmedo, hasta que pasado el mediodía comenzó a tomar cuerpo un rumor lejano, y por los aspavientos y los monosilábicos gritos de los guerreros comprendieron que el río estaba cerca.

Venía del Sur; de las estribaciones de la Sierra Paracaíma, brincando de roca en roca, vivaz y precipitado, pero tras recorrer poco más de diez kilómetros por su margen izquierda se encontraron de improviso sobre una cornisa de piedra que dominaba una rugiente cascada bajo la cual el cauce se ensanchaba, aquietándose, como si se tratara de dos ríos distintos que tan sólo tuvieran en común el agua que compartían, aunque a decir verdad ni tan siquiera ese agua parecía la misma, puesto que nada tenía que ver la que rugía espumosa en las torrenteras con la que apenas susurraba, abriéndose paso cansinamente por entre las gruesas raíces de altas ceibas, castaños de indias y chaguaramos.

El húngaro no necesitó más que unos cuantos gestos y media docena de palabras, que nada parecían significar, para que los indígenas comenzasen a derribar árboles y unirlos por medio de gruesos bejucos y lianas, de forma que en menos de dos horas construyeron una amplia almadía, provista de su correspondiente espadilla y dos largas y fuertes pértigas de madera «chonta».

Acomodaron sobre el improvisado «bongó» a una Yáiza visiblemente mejorada, cargaron las mochilas, las armas, y las «surucas», y subiendo a bordo permitieron que media docena de indios empujaran la embarcación al centro de la corriente.

Los vieron luego quedarse atrás, unos con el agua a la cintura, otros en tierra y otros incluso trepados sobre las ramas de los árboles, y se fueron haciendo más pequeños e irreales a medida que la corriente alejaba la embarcación, hasta que de improviso desaparecieron tragados por la espesura, y a tal punto fue repentina su marcha, que se podría creer que habían sido un sueño y jamás existieron.

Y con toda seguridad jamás volverían a existir, porque probablemente regresarían a sus remotos valles o a sus agrestes montañas donde permanecerían ocultos a los ojos de la civilización hasta que el continuo intercambio de su propia sangre los degenerara aún más provocando su definitiva extinción. Aunque hasta el día en que eso ocurriera cada vez que se reunieran en torno a una hoguera recordarían aquel tiempo lejano en que sus antepasados escoltaran a una diosa que se llevó los espíritus malignos hacia el inmenso Orinoco en cuyas orillas habitaban los «racionales».

Pero ese Orinoco aún quedaba muy lejos, y el «bongó» avanzaba con parsimonia por unas aguas limpias y negras que no hacían esfuerzo alguno por despertar de su letargo, como si se complacieran en curiosear bajo cada raíz y cada roca formando remansos en los que los árboles y las palmeras se reflejaban como en un espejo ahumado.

Al atardecer atravesaron una ancha sabana solitaria de la que parecía haber huido toda forma de vida y movimiento, y con las primeras sombras se aproximaron de nuevo al punto en que renacía el monte bravo a cuyas puertas acamparon, porque el húngaro era de la opinión de que a Yáiza le convenía respirar esa noche el aire limpio y libre que corría sobre los pajonales y que ahuyentaría los restos de calentura mucho mejor que el denso, fétido y encajonado aire de la selva.

—Si, como espero, estamos en el Curutú, mañana llegaremos a Turpial —añadió—. Si, por el contrario, nos hemos desviado hacia el Norte, el viaje será aún muy largo. Y muy pesado.

—Déjeme ver un mapa —pidió Sebastián—. Tal vez pueda ayudarle a averiguarlo.

—¡Muchachito! —replicó el otro con una sonrisa—. Si te enseño el mapa que existe de esta parte de La Guayana te vas a armar un lío. Aquí, tienes que dibujarte tu propio mapa en la cabeza porque es el único que siempre te servirá. Los demás, no son más que papel mojado. —Extrajo del bolsillo una pequeña brújula, la colocó en el suelo y la estudió en relación con la orilla del río—. Éste tiene que ser el Curutú porque hemos navegado siempre hacia el Nordeste, y allí al Sur me ha parecido ver la cima de un monte. Ésos son los detalles que debes tener en cuenta, no lo que dibujaron unos tipos que en su vida se han movido de Caracas.

—¿Entonces, si es el Curutú arrastrará diamantes?

—Y oro. Todos estos ríos arrastran oro y diamantes, pero como cada uno tiene sus propios espíritus burlones puede que aquí no encuentres nada y trescientos metros más abajo pases sin darte cuenta sobre una «bomba» que haría ricos a mil hombres.

—Pero alguna forma habrá de descubrirlo.

—Alguna... —admitió Zoltan Karrás—. Pero eso tan sólo se aprende con los años. Cuando llega la «seca» y los ríos bajan de nivel es el mejor momento para salir a la caza de la «piedra» esquiva. Hay que fijarse mucho en las márgenes para descubrir un rastro de grafito que te puede llevar al filón, o el punto donde la corriente se encaprichó en depositar su tesoro. Hay que saber escuchar «La Música» de los diamantes, o quedarse muy quieto sobre una roca observando el fluir de la corriente y confiando en que, al pasar, te murmure cuáles son sus secretos. Es como un juego; un maravilloso juego en el que, a menudo, lo que estás arriesgando es la propia vida.

—Me doy cuenta —admitió Sebastián—. Pero usted dice que la mejor época es cuando los ríos están bajos y ahora están crecidos.

—Lo sé, y por eso lo más probable es que en Turpial la «bomba» no se encuentre en el río, sino en lo que tal vez fue su viejo cauce. Suele ocurrir que a causa de los aluviones o el derrumbe de la ladera de una montaña, un río cambie su curso, busque una nueva salida y abandone su antigua cuenca que muy pronto se cubre de vegetación. Pero puede darse el caso de que fue precisamente allí donde durante siglos la corriente estuvo depositando los diamantes... —Chasqueó la lengua con fastidio—. Y eso dificulta el trabajo, porque se hace necesario llevar la tierra al río para lavarla, o conducir el agua hasta el propio yacimiento... —Se encogió de hombros en un gesto claramente fatalista—. Pero no son más que conjeturas, y no vale la pena calentarse la cabeza hasta que lleguemos a la «bulla» y caigamos sobre una buena concesión antes de que nos invada «La Peste».

—¿Y si ya ha llegado?

—En ese caso lo mejor es montar en una sucia avioneta y volverse a casa.

—¿Y dónde está su casa?

«Musiú» Zoltan Karrás alzó el rostro hacia Aurelia Perdomo que se había aproximado con la cafetera en la mano y era quien había hecho la pregunta.

—Siempre ha estado en el mismo sitio, señora —replicó con una leve chispa de humor en sus transparentes ojos—. Exactamente debajo de mi sombrero.

Puede que fueran efectivamente los vientos de la sabana los que esa noche se llevaron muy lejos los restos de la fiebre que aquejaba a Yáiza, pero no tuvieron, sin embargo, la fuerza necesaria como para alejar de igual modo las pesadillas que la obligaban a gemir y estremecerse, porque una vez más los muertos habían acudido a apoderarse de sus sueños, y de entre todos ellos —amados, conocidos u olvidados— destacaba ahora con fuerza inexplicable un nuevo personaje en el que anteriormente apenas había reparado.

Se trataba de un indígena: un auténtico «salvaje» mucho más alto y hermoso que cuantos había conocido hasta el presente; un ser al que recordaba ver pasar de largo, perdido y silencioso, como un muerto que no quisiera aceptar su condición de muerto, pero que de improviso se acuclilló ante ella, la miró a los ojos y le habló con voz profunda y densa:

—Ven conmigo —pidió—. Mi pueblo te espera.

—¿Cuál es tu pueblo?

—El más valiente que existe: el «Guaica». —Hizo una larga pausa en la que parecía que estuviera tratando de recordar cosas ya muy lejanas—. Nuestro hechicero tuvo un sueño en el que «Camajay-Minaré» le reveló que había vuelto a la tierra y nos envió a los guerreros en su busca... —De nuevo se detuvo y de nuevo se diría que le costaba un gran esfuerzo hilvanar las ideas—: ¿Por qué me mataron? —quiso saber—. Yo no había hecho daño a los «racionales».

—Yo no tengo respuestas a todas las preguntas. Ni quiero tenerlas. Tan sólo quiero que vuelvas con los tuyos y me dejes.

—No puedo. Mi hechicero me dio una orden: «Busca a "Camajay-Minaré", y tráela.» —Se le advertía obsesionado con la idea—. Tengo que llevarte —concluyó.

—Yo no soy «Camajay-Minaré».

—¿Quién eres entonces? ¿Una «racional»? —Como ella guardara silencio, añadió—: Los «racionales» siempre hicieron daño a los «guaicas», pero aun así tengo que llevarte a mi tribu... ¿Por qué?

—Pregúntaselo a tu hechicero.

—No puedo. Está vivo y no me escucha. Tan sólo tú me escuchas.

—Pero yo no quiero escucharte... ¡Vete! —le ordenó—. Vete y déjame en paz.

—¿Adónde, si tan sólo podré encontrar la paz cuando te lleve con los míos? Ya los demás guerreros han vuelto, pero mi pueblo confía en que yo, Xanán, regrese con «Camajay-Minaré».

—No iré.

—¡Vendrás!

Se alejó, erguido y orgulloso, altivo como príncipe que era entre los suyos, y a Yáiza le asustó saber que volvería, y que no sería tan sólo un muerto más entre los muertos, por que pretendía que le acompañara al lejano país de los «Guaicas».

¿Para qué?

Se lo preguntó entre sueños y volvió a preguntárselo despierta, porque le asaltó la sensación de que incluso habiendo quedado atrás la noche, el espíritu de aquel desnudo salvaje se mantenía presente, y tuvo que hacer un esfuerzo para vencer la sensación de angustia que le invadía y distraerse asistiendo a la llegada de una primera claridad difusa que recortaba contra el cielo la masa oscura de un gigantesco tepuy de pulidas paredes. Le sorprendió luego la rapidez con que la sabana, las rocas y las manchas de «monte-bravo» iban cambiando de color a medida que el sol se proyectaba hacia lo alto, y agradeció más de lo que recordaba haber agradecido nunca nada la aparición de una hermosa luz que en su avance barría todos sus malos sueños.

El esplendor de la vida en las soledades guayanesas estallaba a su lado con indescriptible fuerza, y a orillas del río y tan cerca de la floresta la mañana se le antojaba más fecunda, más explosiva y más llena de alegría que en ninguna otra parte del planeta.

A unos cincuenta metros las loras iniciaron su cotidiana algarabía de cotorreos matutinos antes de alzar el vuelo en busca del desayuno, y no resultaría aventurado imaginar que todas las aves cantoras de la jungla competían desde muy temprano en un certamen en el que se decidía cuál de ellas trinaba más alto o se sentía capaz de mantener su gorjeo durante un período de tiempo más prolongado.

Ni siquiera guardaron silencio cuando una figura humana, alta, musculosa y un tanto desgarbada se deslizó bajo los primeros árboles que formaban la línea divisoria entre «monte» y llanura, porque «Musiú» Zoltan Karrás era capaz de moverse con el sigilo de un indio y avanzaba calmoso a la búsqueda de carne fresca sin que sus traslúcidos ojos parecieran perder detalle de cuanto ocurría a su alrededor.

Despreció un grupo de correosos «capibaras» (1) a los que siempre podía recurrir como último remedio, se le puso fuera de tiro un cebado «trompetero» que haciendo honor a su nombre se limitó a lanzarle dos despectivos y largos pedos alzando mucho la cola antes de perderse de vista en la espesura,

(1) Grandes roedores.

y descubrió por último una oscura e impasible iguana de un metro de largo que le estuvo observando con redondos e inexpresivos ojos, lista para emprender la huida al menor gesto sospechoso, que no tuvo tiempo sin embargo de advertir cómo un minúsculo dardo surcaba el aire con un leve susurro, se le clavaba en la pata y la paralizaba casi instantáneamente.

—¿Pretende que nos la comamos? —fue lo primero que preguntó Aurelia Perdomo torciendo el gesto ante el cadáver de la iguana—. Es lo más repugnante que he visto nunca.

—Pero tiene la mejor carne de la selva —replicó tranquilamente el húngaro, mientras comenzaba a despellejarla—. Es lo que Yáiza necesita para recuperar fuerzas.

—¿Cómo lo ha cazado? ¿Con veneno?

—Curare.

—¿Curare? —se alarmó Sebastián—. ¡Pero eso es peligroso...!

Zoltan Karrás indicó con un ademán que tenía mucho de ironía, a lo que quedaba del animal:

—¡Pregúnteselo a él! No le dio tiempo ni de suspirar. El curare guayanés es muchísimo mejor que el de las tribus amazónicas, porque allí lo fabrican con plantas y raíces, mientras que aquí, los «Amos del Curare», lo extraen de un bejuco que cuanto toca mata.

—¿Y aun así pretende que nos comamos «eso»?

—No hay peligro. El curare únicamente actúa en contacto con la sangre. Se puede beber o comer cuanto se quiera.

—¿Está seguro?

Por toda respuesta, el húngaro hundió un dedo en la diminuta calabaza que contenía una especie de betún con el que había untado la punta de sus dardos, lo chupó, y luego se volvió a Yáiza que le observaba con sus enormes ojos verdes de los que había desaparecido todo rastro de fiebre.

—Tú no vas a tener miedo, ¿verdad? —inquirió, y ante la muda negativa, añadió sonriente—: Te vas a comer la pata de iguana con arroz más sabrosa que hayas probado en tu vida... ¿Cómo te encuentras?

—Mucho mejor. —La muchacha hizo una corta pausa—. ¿Qué es un «Amo del Curare»? —quiso saber.

Zoltan Karrás dejó escapar una corta carcajada burlona:

—¡Vaya! De nuevo la niña preguntona. Eso quiere decir que ya estás bien. Los «Amos del Curare» son los hechiceros, «piachés» o como quieras llamarles, que poseen, por una tradición que se transmite de padres a hijos, el secreto de la fabricación del veneno. Eso les convierte en los miembros más poderosos de la tribu, porque estos indios, sin curare, están perdidos.

—Pero si se extrae de una planta, todo el mundo podrá hacerlo...

Zoltan Karrás negó convencido, sin abandonar por ello su tarea de limpiar y trocear la iguana cuyos pedazos iba colocando cuidadosamente en el fondo de una cacerola.

—No es tan fácil —dijo—. La mayoría de los que tratan de manipular «El Bejuco de Mavacure», acaban envenenándose, porque es una estricnácea terriblemente activa. La fórmula de obtener el jugo, concentrarlo, solidificarlo y conseguir que mate a un animal pero no a quien lo coma, es uno de los «secretos industriales» mejor guardados de la Historia.

—¿Existe algún antídoto? —quiso saber Asdrúbal que no había perdido detalle de la explicación.

—Cuando se trata de curare muy activo, del que se usa en las expediciones guerreras, no. En cuanto penetra en el sistema circulatorio produce inevitablemente la paralización y la muerte por asfixia. Pero si es curare antiguo o poco concentrado, lo mejor es frotar la herida con sal.

—¿Y por qué no utiliza el rifle y se evita esos problemas?

—Muchachito —fue la severa advertencia—, aquí las armas de fuego deben constituir siempre el último recurso, porque los cartuchos son difíciles de conseguir, cuando disparas anuncias a todo el mundo que hay un hombre blanco en las proximidades, y puedes estar seguro de que si fallas ahuyentas la caza y no tendrás oportunidad de apretar nuevamente el gatillo en todo el día.

Había colocado la olla sobre el fuego aderezando la iguana y el arroz con especias que extrajo de su mochila, y pronto tuvieron que admitir que el olor resultaba de lo más apetitoso, pese a lo cual, Aurelia se mostró reticente:

—Sigo pensando que podemos envenenarnos... —dijo—. Al fin y al cabo, la estricnina siempre sigue siendo estricnina.

Pero cuando se sirvieron los platos el hambre acuciaba y nadie estaba en condiciones de detenerse a considerar que aquella carne blanca y jugosa pertenecía a un bicho repelente que, además, había muerto envenenado. Era comida, y una comida que olía a gloria, y eso era al parecer lo único importante.

No tuvieron tampoco demasiado tiempo para preocuparse por sus posibles consecuencias, porque casi inmediatamente soltaron amarras para adentrarse en una espesura por la que el río parecía abrirse paso como por un túnel de tupidísima vegetación, en el que durante las dos primeras horas se vieron acompañados por infinidad de habitantes de la selva entre los que proliferaban los monos capuchinos, así como escandalosos papagayos y tucanes, pero poco a poco su número y su algarabía fue disminuyendo, hasta que llegó un momento en que, siendo básicamente la misma jungla, aparentaba no obstante encontrarse deshabitada.

—Estamos cerca —fue la explicación que Zoltan Karrás dio al extraño fenómeno—. Semejante ausencia de vida tan sólo se entiende por la presencia de seres humanos y no puede deberse a una «maloka» indígena, porque los indios cuidan la caza en torno a sus poblados. Se trata de blancos; muchos blancos, y eso aquí significa una «bulla» de diamantes.

Turpial hizo en efecto su aparición pasado el mediodía y se antojaba imposible que tan pocos hombres hubieran podido causar tanto destrozo, pues incluso los más gruesos árboles habían sido abatidos a todo lo largo de una ancha franja de la margen derecha del río, hasta el extremo de que el monótono verde de la selva había dejado paso a un gris sucio de arena gruesa y pastosa que en un tiempo debió ser blanca, pero que ahora aparecía pisoteada y revuelta.

Docenas de mineros se afanaban cargando cubos, «surucas», picos y palas, y una actividad febril sustituía a la quietud de la espesura, pues quien no trabajaba en el fondo de un agujero extrayendo el cascajo, lo transportaba de un lado a otro o lo lavaba en la corriente con la vista atenta a la menor señal que indicara que en el tamiz había caído una «piedra». Algunas tiendas de campaña, chozas y frágiles cobertizos de techo de palma se alineaban en la orilla izquierda, y con troncos, curiaras y un par de «bongós» se había improvisado un endeble puente flotante junto al que ondeaba una deslucida bandera venezolana.

Quinientos metros les separaban de ese puente que parecía constituir el centro neurálgico del campamento, cuando se escucharon los primeros saludos y algunos mineros alzaron el rostro perdiendo unos segundos de su precioso tiempo en observarles.

—¡«Húngaro»! —gritaban—. ¡Maldito «Musiú» del carajo! Ya te echábamos de menos. ¿Dónde coño te habías metido? Él, por su parte, respondía llamando a cada uno por su nombre o su apodo, y a todos les repetía idéntica pregunta:

—¿Cómo es la vaina? ¿Agarraste «La Guiña»?

—En eso andamos, viejo. Algo va cayendo en la «suruquita» y podremos matar la sed una temporada.

—¡No te lo bebas todo!

—¿Entonces para qué trabajo, compadre? El destino del diamante es ser piedra hasta que cae en manos del minero y se convierte en ron.

—¡Ah borracho descarado...! —reía Zoltan Karrás contento de reencontrarse con su gente—. Te matará «chupar» tanto.

—Ya lo dice el refrán: «Minero nace de coño y muere de "caña", y que perdonen las señoras...» —Luego añadían—: ¿Qué, te casaste y tuviste de repente tres hijos tan grandotes...?

—¡Anda a joder al carrizo, zambo del demonio...!

Atracaron junto al puente, del cual la balsa pasó inmediatamente a formar parte, reforzándolo, y lo primero que hicieron al saltar a tierra fue aproximarse a la bandera junto la cual, y a la sombra de un «merey», se sentaba un hombrecillo de rostro aplastado, redondas gafas, caído mostacho y gigantesco pistolón a la cintura, que alzó apenas la mano en ademán amistoso:

—¡Salud, «Musiú»!

—¡Salud, *Cara-e-locha*! (1) Éstos son mis amigos, los Perdomo *Maradentro*, isleños que vienen a la «bulla». Éste es Salustiano Barrancas, «Fiscal de Minas» de casi todos los yacimientos que se van descubriendo en la región. Aquí es la máxima autoridad, y el único que puede dar concesiones para «jurungar» en busca de piedrecitas... ¿Podemos empezar?

—Cuando gustes, «Musiú». Ya conoces mis reglas. Treinta metros cuadrados por cabeza. Luego te preparo las «libretas» y cuando hayas elegido tu concesión me la indicas para registrarla. Nada de alcohol, nada de prostitución, nada de peleas, y el cinco por ciento de lo que se encuentre, para mí. Quien escamotea mi parte o trata de robar al vecino no vuelve a conseguir una «libreta» jamás, y el que mata acaba en el fondo del río con una bala en la cabeza.

—¡De acuerdo! —afirmó el húngaro—. Contigo no hay problemas hasta que llegue «La Peste»... ¿Cómo estamos de «bastimento»?

—Cada cinco días viene el avión y le deja caer algo a Aristófanes, pero no alcanza para todos y ya conoces los precios de ese griego de mierda. Es el único que se hace rico en la mina.

—¿Cuándo habrá «pista»?

—Aún quiero aguantarla, pero la caza se aleja y no se agarra ni puta «mapanare» que llevarse a la boca.

—¿Hay «guiña»?

(1) «Locha»: Moneda fraccionaria venezolana.

—Se están sacando algunas piedras de casi cinco quilates cuando se llega a los siete metros, que es donde estaba el fondo del antiguo cauce del río.

—¿Cuánto se ha conseguido hasta ahora?

—Unos ochocientos mil «bolos». La mejor parte se la llevan los «rionegrinos» de *el Bachaco* que están aguas abajo.

—No me gustan los «rionegrinos», y menos *el Bachaco*. Me quedaré por aquí, con los criollitos.

—¡Suerte!

—¡Suerte!

Se alejaron hacia el extremo de las rudimentarias edificaciones, pero el hombrecillo de las grandes gafas se quedó observando fijamente a Yáiza, y por último llamó en voz alta:

—¡«Musiú»...! —dijo, y cuando el otro estuvo de nuevo cerca bajó la voz y añadió—: Esa caraja es demasiado bonita. —Hizo un gesto como indicando a la totalidad de los mineros al otro lado del río—. La gente es de fiar y de momento la controlo, pero una nalga así puede desbaratar al personal y buscarme problemas. Que monten su «conuco» aquí, a espaldas de mi tienda, y así podré cuidar de que no la molesten.

—¡Gracias, *Cara-e-locha*!

—No me las des. Sólo miro por mis intereses y cuando se organiza un «zaperoco» por culpa de una cuca todo se escoña. Hay tipos que llevan meses sin ver una mujer y eso no es bueno. —Señaló a Sebastián y Asdrúbal—. ¿Formarás equipo con ellos?

—Eso creo.

—A ti siempre te gustó trabajar solo.

—Algún día había que cambiar.

—Será que te haces viejo.

—Será.

—O que te ha dado por formar familia.

—¿Quién sabe?

—¡Ah, viejo camaleón descastado! —rió el otro—. ¡Quién me iba a decir que te iba a ver tratando de sentar la cabeza...!

Ya estás «pútrido» para andarle rasqueando el «cuatro» (1) a una dama.

—Lo mío es el violín, hermano... —rió Zoltan—. Recuerda que soy húngaro.

—¡Húngaros o criollos son todos como gallina clueca: en cuanto se les calientan los huevos comienzan a esponjarse y cacarear...! —Hizo un gesto con la mano indicando que podía continuar su camino—. Lo dicho: a cuidarse y suerte con las «piedras».

—¡Nos vemos!

—¡Nos vemos!

Tres horas después volvían los cinco a registrar la propiedad común que habían delimitado con estacas, y comenzaron a trabajar de inmediato en la construcción de una tosca choza porque caía la tarde, amenazaba lluvia y no era cuestión de pasar la primera noche en la mina a la intemperie.

Estaban concluyendo de colocar la lona que serviría de improvisada techumbre, cuando empezó a caer agua y resultó evidente que no se trataba de un chaparrón pasajero, pese a lo cual los mineros continuaban afanados en la búsqueda, y tan sólo cuando resultó imposible distinguir las «piedras» del cascajo dicidieron regresar, agotados y silenciosos, para desaparecer en sus precarios refugios y dejarse caer sobre los «chinchorros» a la espera de que la nueva claridad del día les permitiera reanudar su sueño de hacerse ricos de repente.

El estrépito de la lluvia al golpear contra las hojas de los árboles o los techos de lona y palma fue cuanto pudo percibirse a partir del momento en que las tinieblas se apoderaron de la selva, hasta el punto de que resultaba difícil aceptar que a lo largo de aquella orilla del río se amontonaban centenares de bulliciosos seres humanos que minutos antes habían estado trabajando hasta matarse.

—Esperaba otra cosa —musitó Asdrúbal al final de una parca cena en la que tuvieron que apiñarse en el centro del chamizo para evitar que el agua les salpicara—. Esperaba es-

(1) Pequeña guitarra típica.

cándalo, risas y entusiasmo y esto es como un cementerio.

—Aún es pronto —sentenció Zoltan Karrás—. Aún ignoran si el yacimiento es o no verdaderamente rentable. Trabajan mucho y bajo tensión, y cuando llega esta hora el dolor de espalda y el cansancio no dejan fuerzas ni para abrir la boca. Es como cuando un jugador tratar de averiguar si las cartas están a su favor o en contra, porque una buena «bulla» marca la diferencia entre conseguir una pequeña fortuna o pasarse años vagando por ríos, selvas y sabanas a la búsqueda de otro hipotético yacimiento. Los mineros son como ojeadores de caza que acorralan a una presa, que es la mina; luego, entre todos, tienen que rematarla.

—¿Y no sería mejor que el que encontrase un yacimiento guardara el secreto y lo explotara solo?

—Aquí, en «Los Territorios de Libre Aprovechamiento», nadie tiene derecho de exclusividad y resulta casi imposible guardar el secreto, como si los diamantes, cuando deciden aparecer, lo hicieran gritándolo a los cuatro vientos. Es lo que se llama «La Música», y todo el mundo la escucha a cientos de kilómetros a la redonda aunque nadie lleve la noticia.

—¡Eso es absurdo! —intervino Aurelia, que se mostraba siempre escéptica—. ¿Cómo pueden enterarse si nadie lo dice?

—¡Cosas de La Guayana, señora! Cosas de La Guayana, y hasta que no aprenda a aceptar que ocurren, no entenderá nada de lo que pasa aquí. Cuando suena «La Música», suena para todos, y cuando se hace el silencio y los diamantes deciden hundirse hasta lo más profundo de la tierra, llega el hambre también para todos. —La miró con extraña fijeza—. ¿Usted sabe lo que es el destello de un diamante?

—El reflejo de la luz.

—No —negó el húngaro convencido—. Ese destello es el grito que lanza cuando la luz le hiere el corazón, porque los diamantes nacieron para vivir entre tinieblas.

—¡Ya!

La exclamación había sonado profundamente despectiva

y «Misiú» Zoltan Karrás no pudo por menos que dejar escapar una corta carcajada divertida.

—¡Vaina de mujer incrédula! —comentó—. ¿Quién diría que trajo al mundo una criatura en la que se han concentrado todos los portentos? —Luego, súbitamente, su expresión cambió como si se transformara, señaló a Yáiza con un dedo, y hasta su voz parecía otra cuando sentenció—: «Ella» es de los pocos seres humanos capaces de escuchar «La Música» cuando nadie más la oye, y una de esas criaturas ante cuya presencia los diamantes deciden ascender desde lo más profundo, porque por sus venas corre sangre de «Camajay-Minaré», y «Camajay-Minaré» es la dueña de estas selvas, estos ríos y estos diamantes.

—¿Se ha vuelto loco?

Todos le miraban, entre sorprendidos, acusadores y ofendidos, y el húngaro sostuvo esa mirada sin lograr adivinar a qué se debía hasta que al fin, y como si no tuviera control sobre sí mismo o sus acciones, se puso en pie con brusquedad.

—Tienen razón —masculló roncamente—. Debo haberme vuelto loco.

Dio media vuelta, salió a la lluvia que continuaba cayendo con rabia, y casi al instante esa lluvia y las tinieblas se lo tragaron por completo.

Tomó asiento a la entrada del puente sin tratar de atravesarlo, puesto que las reglas de Salustiano Barrancas eran muy rígidas y nadie podía merodear por la mina en cuanto caía la noche sin arriesgarse a recibir un tiro e ir a dar con sus huesos al fondo del río para servir de alimento a las pirañas.

Permaneció por lo tanto allí, muy quieto y en silencio, sin importarle el diluvio que ya le había empapado, preguntándose por qué extraña razón no había sido capaz de vencer el impulso de confesar en voz alta que aquella dulce chiquilla de hermoso rostro asustado poseía a su modo de ver el poder de adivinar dónde se ocultaban los diamantes.

Rodaba desde muy antiguo por La Guayana la leyenda de que existían seres privilegiados que «olfateaban» las piedras por muy profundas que se encontrasen, o escuchaban su «Música» cuando nadie más podía oírla, pero el húngaro no lo había considerado nunca más que como una de las tantas historias infantiles con que los mineros acostumbraban entretener sus largas y aburridas noches de ocio, por lo que le asombraba sorprenderse a sí mismo aceptando, con un ciego e injustificado convencimiento, que aquella niña, por la que desde el primer momento había sentido una extraña fascinación, se encontraba dotada de tan desconcertante poder.

¿Qué le había impulsado a creerlo?

¿Y qué le impulsaba a continuar aferrándose a tan estúpida idea, pese a que todos sus razonamientos condujeran al convencimiento de que debía rechazarla?

Se golpeó la frente con el puño, maldiciéndose en voz baja por su falta de tacto, pues le había bastado con mirar a Yáiza para comprender hasta qué punto le habían afectado sus palabras y en qué forma había turbado de nuevo su ánimo ya de por sí sujeto con excesiva frecuencia a insoportables tensiones.

¿Por qué se había comportado tan irreflexivamente y quién le había impulsado a ello?

¡«Kanaima»!

La respuesta le saltó a los labios tan espontánea y sorprendente que tuvo de improviso la sensación de que la lluvia había quedado suspendida en el aire y la Tierra había dejado de girar, porque aquel nombre odioso y repelente había estallado, aunque tan sólo fuera como un susurro, en la quietud de la noche.

«Kanaima». El demonio de las selvas; el espíritu de todas las venganzas; el «Mal» en su más pura esencia, era el único ser capaz de dictarle al oído aquellas frases obligándole a repetirlas sin detenerse a meditar en el daño que causaban, porque «Kanaima» era desde el comienzo de los tiempos el instigador de todos los crímenes que impulsaban a un ser humano a lanzarse a las fauces de los caimanes, adentrarse para siempre en la espesura, o volarse la tapa de los sesos.

Pero, ¿quién le había llamado? ¿Quién había asesinado a un minero para robarle sus «piedras», violado a un niño, llevado a sabiendas el sarampión a las tribus salvajes o infringido los más sagrados tabúes de La Guayana?

—¿Me estoy volviendo loco?

La pregunta, apenas musitada, quedó flotando en la noche

empapada y negra, amenazante; pregunta que no hubiera tenido razón de ser en ningún otro lugar del mundo que no fuera la orilla de un río de la selva guayanesa y en la soledad de una noche de diluvio en la que ni tan siquiera las propias manos eran algo más que oscuras sombras.

Permaneció largo rato allí, acurrucado y quieto, meditando sobre los nuevos terrores que le habían asaltado, hasta que un potente haz de luz recorrió la orilla opuesta barriendo cada pozo de la mina, se deslizó por el bamboleante puente que el agua empujaba cada vez con más fuerza, y fue a detenerse sobre su rostro demacrado y sus deslumbrados ojos.

—¿Qué hubo, húngaro? —inquirió socarrona la voz de Salustiano Barrancas—. ¿Has venido desde tan lejos a pescar una pulmonía?

—Estoy pensando.

—Mal sitio este para pensar —fue la sentencia—. Se te mojan las ideas. Entra en mi tienda.

Le siguió y tomó asiento cerca del fuego, frotándose las manos y los brazos mientras el otro se despojaba del pesado impermeable, el sombrero, y las botas de goma.

—Quítate esa ropa —señaló *Cara-e-locha,* al tiempo que colgaba de una percha su pesado revólver—. No pienso violarte, y no me gusta echar más muertos al río que los absolutamente imprescindibles. —Hizo una pausa, sirvió dos enormes cazos de café y le ofreció uno mientras tomaba asiento frente a él—. ¿Cuál es el problema? ¿La madre o la hija?

—«Kanaima». —Ante la larga mirada, entre burlona e inquisitiva, Zoltan añadió—: ¿Tú crees en «Kanaima»?

—¡Escucha, viejo! —fue la pausada respuesta—. Soy «Fiscal de Minas» de esta mierda y por lo tanto no tengo derecho a creer en pendejadas, pero como decía mi abuela la gallega, «Haberlas haylas»... Llevo demasiados años en la selva como para tomarme a broma al innombrable.

—¿Qué es «Kanaima»?

—Eso depende de la tribu a la que se lo preguntes. Para los «arekunas» es el espíritu de la venganza; un muerto que quiere perjudicar a un vivo y como no puede hacer nada contra él, elige a otro vivo como instrumento de su venganza. Le despoja de su sombra obsesionándole y martirizándole hasta que le empuja a asesinar a su enemigo. Si lo hace, a los tres días le devuelve su sombra y su paz de espíritu. Para los «maquiritare» se trata, sin embargo, del demonio de los remordimientos que vaga por las selvas hasta que consigue introducirse en el cuerpo de alguien que no tiene la conciencia limpia y lo tortura hasta que acaba por empujarle al suicidio. Para mí, no es más que una locura pasajera, como el «cafard» del desierto o el «amok» de Extremo Oriente.

—¿Has visto a alguien en esas condiciones?

—Entre los «buscadores» se da con frecuencia porque pasan días y días con los pies en el agua, un sol de plomo en la cabeza y los ojos dilatados buscando piedrecitas que casi nunca aparecen. De repente dan un grito y se lanzan a las pirañas o se adentran en el monte y se cuelgan de una ceiba. ¿Te acuerdas del negro Tomás, de Washington Rodríguez, o de aquel checoslovaco calvorota que estaba contando chistes y de pronto salió al porche y se pegó un tiro en la boca...?

—El negro se drogaba con «niopo», y Washington no encontró en toda su perra vida una «piedra» que valiera mil «bolos».

—¿Y el checo?

—¡Vete a saber!

Permanecieron largo rato en silencio, uno a cada lado del fuego, bebiendo cortos sorbos del hirviente café que en realidad no era ya más que borrajas recalentadas, y los redondos ojos de Salustiano Barrancas, que semejaban dos viejas monedas de cobre pegadas a su aplastado rostro no se apartaban del húngaro, tratando de penetrar en sus más recónditos pensamientos.

—¿Qué te preocupa? —quiso saber al fin—. Te gusta esta vida, la has elegido libremente, y siempre te has tomado la «busca» con calma. Si hay «guiña», hay «guiña» y si no quiere asomar, paciencia... —Sonrió burlón—. ¿Será que empiezas a sentirte viejo?

—Será.

—¿O será que te gusta la dama y de pronto te das cuenta que un tipo como tú no tiene nada que ofrecerle?

—¿Quién sabe?

—¿O se trata de la niña?

El húngaro alzó el rostro y le miró de frente, sorprendido:

—¿La niña? ¡No! No soy ningún degenerado, aunque me inquieta porque oculta algo que nadie en este mundo sería capaz de descubrir. Los indios aseguran que es «Camajay-Minaré».

El otro lanzó un corto silbido de admiración e inclinó la cabeza incrédulo.

—¿De modo que es ella?

—¿Qué mierda quieres decir con eso?

—Que la noticia corre hace tiempo: Pronto llegará el día en que «Camajay-Minaré» bajará a la Tierra y liberará a los indios de la esclavitud a que los tienen sometidos los «racionales».

—No lo había oído.

—Mi misión es abrir mucho las orejas. De donde menos se espera puede nacer una revuelta.

—¡Vaina!

—Tú lo has dicho. ¡Vaina! ¿Dónde la encontraste?

—En el río grande.

—¿Qué hacía allí?

—Se dirigía al mar.

—Debiste dejar que siguiera su camino. La Guayana no es lugar para ella.

—Necesitan dinero.

—Ella puede conseguir todo el que quiera cuando se le antoje.

—No del modo que piensas. —Hizo una pausa—. ¿Sabes una cosa?: esta noche me asaltó la seguridad de que «Escucha La Música».

—Si es «Camajay-Minaré» no me sorprende.

—¡Déjate de pendejadas! ¿Crees que realmente alguien puede hacerlo?

—*Barrabás* la escuchó en un tiempo, cuando encontró «El Libertador». Luego, con toda aquella historia del «Zamuro Guayanés» se quedó sordo para siempre. También me contaron que un chiquillo maquiritare podía hacerlo. *Bachaco* Van-Jan se lo llevó al Parán-Tepuy y nunca regresó.

—No quiero que esto se sepa.

—Yo no voy a contarlo. Los muchachos me respetan, pero si ando con esas historias acabarán «mamándome el gallo». Con mi cinco por ciento me conformo.

—¿Hay algo que te importe en el mundo aparte de ese cinco por ciento?

—¿Hay algo más que valga la pena? —fue la respuesta—. Veinte años llevo en estos ríos y estas selvas dejando que los «zancudos» y las «niguas» me devoren y jugándome la vida para que cuatro mineros locos no se roben. Me he comido más monos y más loros que una anaconda centenaria, duermo bajo una lona y bebo un café que parece jugo de calcetines. Mi único consuelo es que, cuando decida retirarme, podré agarrar mis piedrecitas y establecerme en el pueblo de mi abuelo, allá en Asturias.

—¿Y cómo sabes que va a gustarte?

—Me gustará, porque no habrá selvas, «zancudos», «niguas», serpientes, jaguares, monos, loros, araña-monas, caimanes, pirañas, ni anacondas. Y sobre todo, hermano..., ¡sobre todo!, no habrá jodidos buscadores de diamantes que te vengan contando historias de «Kanaima». Y ahora me voy a dormir, que mañana, en cuanto amanezca, tengo que estar «ojo pelao» para que esos carajos no se destrocen.

Apuró su cazo de café, colgó los gruesos lentes de un nudo de la cuerda de su «chinchorro», se balanceó un instante, y medio minuto después, roncaba.

El húngaro Zoltan Karrás le estuvo observando absorto, por último se acurrucó en un rincón, alargó el brazo hacia el fuego para que le sirviera de conductor de calor, y tras dedicarle un último pensamiento a la chiquilla «que escuchaba La Música», cerró los ojos y permitió que el cansancio del largo día le venciera.

Fuera continuaba lloviendo con fuerza, anegando y derrumbando los pozos de la mina, el yacimiento o «La Bulla» de Turpial.

El alba era aún una promesa, vencida la primera claridad del día por el opaco peso de la lluvia que jugaba a ser cortina empeñada en disimular el mundo, cuando ya una larga fila de hombres aguardaba impaciente, con sus «surucas», sus cubos y sus palas al hombro a la espera del momento en que el «Fiscal de Minas» asomara la cabeza autorizándoles a iniciar una nueva y dura jornada de trabajo.

El puente, cada vez más presionado por la crecida corriente, crujía y se lamentaba amenazando con hacer saltar en pedazos las toscas lianas que lo afirmaban a los más altos árboles, y tan sólo de uno en uno y con infinito cuidado pudieron atravesarlo entre bromas, gritos, y risas de quienes aguardaban su turno a todo lo largo de la orilla.

El húngaro penetró muy temprano en el tosco chamizo de los Perdomo *Maradentro*, musitó una breve disculpa por su actitud de la noche anterior, y pidió a Sebastián y Asdrúbal que le siguieran, rogando a las mujeres que se mantuvieran a cubierto hasta que cesara de llover, o al menos hasta que el calor del día hiciera esa lluvia menos molesta.

La «Mina», encharcada y resbaladiza, ofrecía bajo la luz

grisácea de la triste mañana un aspecto aún más sórdido y desolador, y aquí y allá no se escuchaban más que los reniegos y maldiciones de quienes comprobaban que largas jornadas de duro esfuerzo se habían malogrado por culpa del agua, y resultaba cada vez más trabajoso alcanzar el anhelado fondo del viejo cauce en que deberían encontrarse las «piedras» de mayor tamaño.

Las tareas en la concesión de Zoltan Karrás y los Perdomo *Maradentro* se dividieron muy pronto de acuerdo con las aptitudes de cada uno de sus propietarios, puesto que Asdrúbal se dedicó a palear la tierra, la arena y el cascajo, llenando cubos que Sebastián acarreaba hasta la orilla del río donde el húngaro cernía con un vaivén continuo y bruscos gestos en los que el material quedaba de pronto como suspendido en el aire, demostrando con ello que había dedicado largas horas de su vida a semejante labor.

Sus ojos, que parecían haber cobrado una nueva luz, no se apartaban de la «suruca» y podría creerse que desde el instante en que desparramaba el contenido de los cubos sobre el tamiz calibraba la calidad e importancia de lo que acababa de recibir, porque lo que al parecer en aquellos momentos andaba buscando no eran diamantes propiamente dichos, sino «puntas de lápiz», grafito, carbonados, cristales de roca o incluso «casi-casis», y que le sirvieran para comprobar hasta qué punto el terreno que habían elegido era verdaderamente apropiado.

—¿Qué tal?

—Paciencia.

Ésa fue su única palabra durante las cuatro horas en que no se permitió apenas un descanso para llevarse las manos a la dolorida espalda: ¡«Paciencia»!, porque una infinita paciencia resultaba imprescindible para permanecer inclinado bajo la persistente lluvia dejando que el agua escurriera desde la punta del sombrero hasta las pantorrillas donde iban a unirse al río.

—¿Qué ha dicho? —quiso saber Asdrúbal en una de las

ocasiones en que su hermano acudió en busca de un nuevo cubo de material.

—Paciencia.

Recorrieron con la vista la infinidad de cuerpos inclinados, las cabezas que apenas sobresalían de los desperdigados hoyos que habían convertido la espesura en un campo de batalla sobre el que hubieran estallado un centenar de potentes obuses, y las silenciosas idas y venidas de empapados hombres cargados con cubos de cascajo, y por enésima vez se preguntaron si no habían cometido una estupidez al dejarse tentar por la vana ilusión de hacer fortuna buscando diamantes en lo más profundo de la más desconocida de las selvas.

—¡Dios nos ayude!

—Si no quiso ayudarnos en Lanzarote que estaba más cerca, mal veo que pueda hacerlo aquí, en el culo del mundo.

—¿Crees que en verdad encontraremos diamantes, o que esto no es más que un manicomio al aire libre?

—Los encontremos o no, tienen que estar locos para pasarse la vida trabajando como topos con el agua a media pierna.

—¿Y nosotros? ¿También estamos locos?

—¡Desde luego! Yo, por haber insistido en venir y tú por no haberme roto la cabeza cuando lo propuse. —Sebastián extendió la mano y la colocó suavemente sobre el antebrazo de su hermano—. ¡Lo siento! —dijo.

—No tienes por qué sentirlo —fue la respuesta—. Nunca me habría perdonado no haber venido. Ahora lo que importa es que aparezcan esos diamantes.

Pero los diamantes no aparecían y cuando pasado el mediodía Aurelia y Yáiza acudieron con la comida no pudieron por menos que advertir la magnitud de su desaliento pese a que el húngaro parecía tomárselo con alegre filosofía.

—Hay que tener calma —sentenció—. Puede que no le echemos la vista encima a un solo quilate en quince días, pero de pronto llegarán todos juntos sin que se sepa cómo ni por qué.

—O no llegarán nunca...

—O no llegarán nunca, en efecto —admitió sonriente—.

Si se tuviese la seguridad de que siempre van a aparecer, toda Venezuela estaría aquí, porque nada existe comparable a la sensación de ver caer una buena «piedra» en la «suruca».

Yáiza, por su parte, señaló con un amplio gesto al resto de los mineros que habían alzado el rostro para verlas pasar pero que ahora permanecían de nuevo con la cabeza gacha, afanados en aquella tarea que parecía encadenarlos al fondo de los agujeros luchando con el agua, el barro, el calor y la fatiga.

—¿Y ellos? —inquirió—. ¿Han encontrado algo?

—A no ser que se trate de una piedra extraordinaria, ése es un secreto que únicamente se desvela los domingos. El resto de la semana nadie pierde el tiempo en comentarios.

—Se les diría obsesionados.

—«Están» obsesionados —admitió el húngaro—. Comen antes de amanecer y son muy capaces de no probar nada más hasta la noche. Como dice el dicho: «Si te llenas de yuca se te vacía la "suruca".» Todo esto no es más que un juego de azar que tiene sus reglas, sus ritos, y su ceremonial. Tal vez no lo entiendan, pero si hoy encontraramos una buena «piedra» me sentiría profundamente desgraciado, porque la tradición exige que para que un yacimiento rinda, tiene que tardar en dar frutos. Es como una mujer con la que consiguieras acostarte la primera noche. Perdería todo su encanto.

—¿Y cree que hemos venido desde tan lejos para participar en un juego?

—No lo sé. Pero ya que están aquí, adáptense.

Y tuvieron que adaptarse, porque aún soportaron tres largos días de lluvia, calor, esfuerzo y hambre atacados por la fiebre de la busca: la «diamantina», antes de que en la «suruca» del húngaro cayera una piedrecilla del tamaño de una lenteja, que sus traslúcidos ojos localizaron de inmediato.

—¡Aquí está! —exclamó—. ¡El primero!

Lo colocó con sumo cuidado sobre la palma de la mano y Asdrúbal, que se encontraba en esos momentos a su lado, no pudo disimular su inmensa decepción:

—¿Eso es un diamante? —inquirió confuso.

—Eso parece... —bromeó el húngaro—. Y lo que tienes que hacer es darle las gracias por indicarnos que no estamos fuera del yacimiento. Toda mina tiene un límite físico, y puede darse el caso de que en un punto se encuentren buenas «piedras» y tan sólo un metro más allá no aparezca ninguna. Lo que importa es «estar dentro». Y ahora lo estamos.

Había extraído del bolsillo de la camisa un pequeño tubo de caña e introduciendo el diamante lo taponó agitándolo para que resonara en su interior.

—¡No hay maraca que se compare a ésta! —exclamó—. No hay nada que suene, en este mundo, como un «penetro» cuando se va cargando de «piedras».

Asdrúbal quiso responder, pero le interrumpió un escándalo de voces y gritos, y pronto pudieron advertir cómo un nutrido grupo de buscadores se arremolinaban a unos cincuenta metros de distancia.

—¿Qué ocurre?

El húngaro señaló con la cabeza hacia Salustiano Barrancas que cruzaba el puentecillo con la mano ostentosamente colocada sobre la culata de su enorme pistolón:

—Alguien quiere pasarse de listo... —Dejó la «suruca» a un lado, y echó a andar hacia el punto al que se encaminaban la mayoría de los mineros—. ¡Ven, que tal vez aprendas algo...!

El motivo del alboroto era sin lugar a dudas el más frecuente en todo yacimiento de diamantes, porque un buscador acusaba a su compañero que se encontraba cerniendo «cascajo» de haberse tragado una «piedra» con el fin de no repartirla con el resto del equipo.

El acusado lo negaba alegando que lo único que había hecho era secarse el sudor del bigote con el dorso de la mano, gesto que el otro, que se mantenía continuamente ojo avizor, había confundido con el ademán de echarse un diamante a la boca.

La discusión pareció cobrar visos de eternizarse sin que ninguno de los implicados diese su brazo a torcer, y tuvo que ser el cachazudo y autoritario Salustiano Barrancas el que pusiera fin al problema haciendo una única y concisa pregunta que resonó extrañamente amenazadora:

—¿Hacemos «La prueba»?

El acusador, un zambo escuálido de cabellos ralos y hundida barbilla que le daba un extraño aspecto de pájaro aburrido, dudó unos instantes, giró la vista observando a quienes le observaban a su vez, clavó por fin los legañosos ojos en el hombretón del poblado mostacho que parecía querer fulminarlo con la mirada y por último, con un supremo esfuerzo, asintió:

—¡De acuerdo! —dijo.

—¡Hijo de puta! —exclamó de inmediato su contrincante—. ¡Te mataré por esto!

—¡Tú no vas a matar a nadie, Coriolano! —le advirtió fríamente el «Fiscal de Minas»—. El único que tiene derecho a matar aquí soy yo, y ya ves que apenas lo practico. —Le apuntó con el dedo—. Conoces las reglas: si admites que te tragaste una «piedra», esperamos a que la cagues y te largas con viento fresco. En caso contrario, te hago la prueba.

—¡Vete a joder al coño de tu madre, gran carajo! —fue la histérica respuesta que tuvo la virtud de conseguir que en la mano de Salustiano *Cara-e-locha* hiciera su aparición un revólver amartillado que apuntaba directamente a los ojos del llamado Coriolano al tiempo que mascullaba:

—¡No me calientes, negro-e-mierda, porque te vuelo los sesos y te abro en canal para sacarte esa «piedra» de las tripas! Hace tiempo que estoy «ojo pelao» contigo, porque andas en tratos con Mubarrak y ese turco es muy capaz de comprar «piedras» pirateadas... —Hizo un gesto con el arma indicándole que se encaminara al puentecillo—. ¡Andando! —ordenó—. Andando que tengo ganas de ver qué gatos guardas en la barriga.

Minutos después la mayoría de los mineros se encontraban formando círculo en torno a Coriolano, que arrodillado y con las manos atadas a la espalda, tragaba a duras penas una repelente pócima negruzca que el «Fiscal de Minas» le derramaba en la boca.

Cuando consideró que la ración era más que suficiente, Salustiano *Cara-e-locha* se apartó prudentemente y aguardó hasta que, con un aullido de dolor y el rostro desfigurado, el minero vomitó de un solo golpe para caer de costado y comenzar a retorcerse y agitar convulsivamente las piernas entre gritos, insultos y amenazas.

Sin perder su eterna calma y con ayuda de un palito, el «Fiscal de Minas» revolvió en los vómitos y apartó a un lado un cristalito del tamaño de un garbanzo que empujó hasta los pies del zambo de los ralos cabellos.

—¡Ahí la tienes! —dijo—. ¡Seis quilates! Enhorabuena, pero la próxima vez elige mejor tus compañeros. —Se inclinó sobre Coriolano, le desató y aferrándole por los cabellos le obligó a que le mirara a los ojos—: ¡Y tú, «cagapiedras»! —le espetó—. Has perdido el derecho a buscar oro o diamantes en territorio venezolano. Si te sorprendo haciéndolo, eres hombre muerto. —Le obligó a ponerse en pie, tirándole del pelo a pesar de que casi no le sostenían las piernas—. Tienes exactamente cinco minutos para abandonar Turpial... «vivo».

Esa noche, mientras comentaba el incidente, Aurelia inquirió:

—¿Y si no hubiera sido verdad? ¿Y si el zambo se equivocaba y ese hombre era inocente?

—En ese caso *Cara-e-locha* le hubiera obligado a tomar el vomitivo expulsándole de igual modo, porque idéntico castigo tiene robar a un compañero, que acusarle en falso. —El húngaro abrió las manos y se encogió de hombros—. Son las leyes de la mina y hay que aceptarlas.

—Son leyes salvajes.

—No más salvajes que el mundo que nos rodea. —Zoltan Karrás extendió un pie y mostró dos dedos a los que faltaban las uñas—: ¡Mire! —dijo—. Todo minero sabe que algún día tendrá que arrancarse las uñas porque de tanto estar en el agua, las «niguas» al anidar debajo producen un dolor tan espantoso que ésa es la única solución para no acabar volviéndose loco. No hay derecho a padecer lo que nosotros padecemos para que venga un «cagapiedras» y se quede con lo tuyo. No; por duras que parezcan, esas leyes no son salvajes; son justas.

—No desearía que algún día mis hijos tuvieran que arrancarse las uñas. —Aurelia dejó caer las palabras—. Ni que llegaran a aceptar semejantes leyes.

—Las leyes, como las costumbres, las hacen los hombres adaptándolas a las circunstancias que les tocan vivir —le hizo notar Zoltan Karrás—. Y ahora estamos en este lugar y en estas circunstancias. No hay que darle vueltas —concluyó—. Lo que importa es mantenerse dentro de los límites que Salustiano marca y esperar a que aparezcan los diamantes.

—No aparecerán.

La miraron. Yáiza era, de nuevo, aquella Yáiza distante de la que podría pensarse que no hablaba por ella misma, sino por alguien que la utilizaba como portavoz de sus palabras.

—¿Cómo lo sabes?

—¿Qué importa eso? Lo que me importa es que los diamantes, los buenos diamantes, no están en la orilla. Están en el fondo del río.

—¿Escuchaste «La Música»?

Le miró molesta.

—No escuché ninguna música y no quiero hablar de ello. —Se diría que una tremenda laxitud; una desgana que tenía algo de derrota, se había apoderado de ella, que se volvió a sus hermanos y añadió suavemente—: Hubiera preferido callar, pero no es justo que os matéis a trabajar por algo que no vale la pena. El verdadero yacimiento está en el lecho del río.

Sebastián se volvió al húngaro:

—¿Es posible? —quiso saber.

—Sí. Naturalmente —admitió el otro—. Con frecuencia es en el fondo donde se encuentran las mejores «bombas», pero explotarlas exige una técnica distinta. Hay que traer equipos especiales y buzos que paleen el cascajo que luego se limpia arriba. Nunca he trabajado de ese modo.

—¿Pero sabe hacerlo?

—He visto cómo se hace, pero no me interesa. Se necesita demasiada gente y surgen problemas... —Hizo una larga pausa y agitó la cabeza negativamente—. Y no me divierte. Soy un viejo buscador que ama su oficio y que aprendió a tomarse las cosas con paciencia. Si en Turpial no hay diamantes, no pienso desesperarme. Habrá otros yacimientos.

—Pero en Turpial hay diamantes... —puntualizó Yáiza—. ¡Muchos!

—Sí... ¡Ya! En el fondo del río. —Lanzó una larga bocanada de humo—: Yo no he nacido para ponerme unos zapatones de plomo y bajar a hacerle compañía a las pirañas. Además, si las «piedras» están abajo es porque aún no quieren asomar a la superficie y es mejor dejarlas tranquilas.

—¿No querrá hacernos creer que es supersticioso?

El húngaro Zoltan Karrás apuntó casi amenazadoramente a Sebastián Perdomo *Maradentro* con la boquilla de su cachimba:

—¡Carajito! —dijo—. A mi edad puedo permitirme el lujo de ser lo que me dé la gana. Y si en estos momentos no me apetece mojarme el culo buscando diamantes, no pienso mojármelo. ¿Está claro?

Los domingos, Salustiano Barrancas impedía el paso a través del puente y nadie podía poner el pie en la mina bajo ningún concepto, pues el cachazudo «Fiscal de Minas» sabía muy bien que aquella partida de locos eran capaces de continuar trabajando sin interrupción hasta caer reventados en el tajo, y siempre recordaba al minero que se quedó muerto de cansancio con la «suruca» en la mano para que la corriente arrastrara suavemente su cadáver río abajo.

Los domingos eran por tanto día de caza, aunque poca quedaba en las cercanías de Turpial, o día de descanso y venta de las «piedras», para lo cual los buscadores iban a la selva a sacarlas de donde las habían enterrado, o se limitaban a limpiar el canuto que las contenía y que a menudo ocultaban por las noches introduciéndoselo en el ano que era el único lugar en el que nadie podría robárselo sin temor a despertarles.

Usar las tripas como caja fuerte presentaba sin embargo el peligro de las infecciones, y de que en alguna ocasión, cuando se sabía que un buscador había tenido suerte y se encontraba realmente «cargado», los ladrones poco escrupulosos decidían emplear el expeditivo procedimiento de abrirle en canal, meter la mano y arrebatarle su tesoro cuando las entrañas aún le palpitaban.

Tan brutal procedimiento no era, sin embargo, demasiado usual, puesto que los llamados «rajadores» sabían que en caso de ser descubiertos Salustiano Barrancas acostumbraba practicarles una pequeña incisión en el vientre sentándolos luego en el río para que las pirañas, atraídas por la sangre, se les introdujeran por la herida y les devoraran de dentro afuera, lo que hacía más lenta y dolorosa su terrible agonía.

Nada semejante había ocurrido sin embargo en Turpial, porque la mayoría de los buscadores que allí se encontraban por el momento eran mineros que respetaban las leyes establecidas, y no había hecho aún su aparición la avalancha de ladrones, estafadores, jugadores y aventureros que acostumbraban caer sobre los yacimientos cuando habían demostrado una auténtica rentabilidad.

Salustiano Barrancas, su pistolón y su fama de hombre justo bastaban para mantener el orden sin necesidad de que interviniera la Guardia Nacional ni se aplicaran medidas extremas, y por lo tanto, el domingo en la mina transcurría en calma, pues ni siquiera se escuchaban las discusiones que a cualquier observador se le hubieran antojado lógicas entre un comprador y un vendedor de diamantes que trataban de llegar a un acuerdo.

Por una especie de hábito que se remontaba a épocas olvidadas, el minero jamás abría la boca a la hora de negociar, depositando en silencio su mercancía sobre el platillo de la balanza del comprador, que tras estudiar el material ofrecía una cantidad a la que el minero ni siquiera respondía, pues se limitaba a recoger sus diamantes, guardarlos cuidadosamente, y encaminarse a escuchar nuevas ofertas. Cuando había completado la ronda de tasadores se sentaba a la orilla del río, meditaba, y tomaba una decisión que no siempre coincidía con el precio más alto, puesto que se encontraba ligada a simpatías personales o al destino que supiera que se iba a dar a una determinada «piedra» que a su juicio merecía ser tallada de forma especial.

Cerrado el trato, se inscribía la venta en la «Libreta» que el «Fiscal de Minas» entregaba a cada buscador, y que era una especie de «Licencia Oficial de Minero» en la que se especificaba si se trataba de diamantes de primera calidad para la talla, «boart» para ser transformado en polvo, o los más frecuentes de uso industrial.

Más tarde, y sin que quedara constancia en parte alguna, Salustiano *Cara-e-locha* percibía el cinco por ciento de las ventas realizadas a lo largo del día, cantidad que los buscadores pagaban de buen grado convencidos de que el sueldo oficial no le alcanzaba ni para cubrir los gastos de estancia en la mina.

Al mediodía y tras haberse bañado en el río, lavando la ropa para dejarla secar sobre la orilla, la mayoría de los mineros que habían conseguido un puñado de bolívares se encaminaban al «restaurant» de Aristófanes, que, por unos precios cuatro veces superiores a los que hubieran pagado en el parisiense «Maxim's»», les proporcionaba un plato de mono con judías, un estofado de serpiente, o unas «arepas» rellenas de carne de danta, amén de café, puro y un coñac que había llegado por «Correo Aéreo» directamente desde Ciudad Bolívar.

El sistema de hacerse rico del griego no dejaba de ser en cierto modo ingenioso, pues permanecía siempre a la escucha de noticias sobre «bombas» o «bullas» que se descubrieran en la región, y solía ser el primero en acudir en compañía de su esposa, una «maquiritare» silenciosa y apergaminada y sus tres hijos igualmente silenciosos y mustios. Alzaban un tosco «rancho», los chicos salían a cazar, la madre cocinaba y cada cuatro o cinco días, su «socio», un piloto llamado Valverde, llenaba una vieja «Cesna» de provisiones y sobrevolaba el campamento minero. Cuando el griego le indicaba con un pañuelo amarillo que estaba listo, hacía una pasada a poco más de un metro de la superficie del río, y con una mano iba dejando caer paquetes atados a balones de fútbol que Aristófanes iba pescando con ayuda de garfios.

Por lo general, los días laborables los mineros preferían pagar sus astronómicos precios a perder horas en busca de una caza que cada vez se alejaba más porque querían creer que si había suerte, quizás en ese tiempo encontrarían la mítica «piedra» que les estaba esperando en algún lugar de La Guayana, la que llevaría su nombre y acabaría por hacerles ricos para siempre.

—Ése es Jaime Hudson, al que todos llaman *Barrabás* —había indicado una tarde el húngaro señalando a un hombre de cara redonda y piel oscura que cruzaba el puente volviendo de la mina—. Él fue el que encontró «El Libertador de Venezuela» de ciento cincuenta y cinco quilates, y dicen que tenía el «Don» de escuchar «La Música» porque siempre daba con un buen yacimiento aunque derrochaba todo lo que caía en sus manos. Un día, estando arruinado, descubrió una piedra negra, inmensa y bellísima: «El Zamuro Guayanés», cuyo precio hubiera resultado incalculable; tal vez el diamante más valioso de la Historia. Los expertos estuvieron meses analizándola para llegar a la conclusión de que se trataba únicamente de un «casi-casi»; un carbono cristalizado al que faltaban un par de millones de años para convertirse en diamante. No valía más que como pisapapeles, pero *Barrabás* sufrió tanto durante esa espera que perdió el «Don» de escuchar «La Música». ¡Míralo ahora! Ya no espera volver a ser rico nunca más.

Pero había muchos que aún confiaban en hacerse ricos, y que dejaban transcurrir las aburridas horas del domingo jugando a las cartas, tratando de captar por medio de la vetusta radio de pilas de Aristófanes el resultado de las carreras de caballos, o contemplando con deseo y admiración a aquella misteriosa muchacha de ojos verdes y cuerpo espléndido a la que ni sus hermanos, ni el temible «Musiú» Karrás dejaban a solas ni un momento.

A cuatro o cinco kilómetros, río abajo, fuera ya de los límites del yacimiento y fuera también por tanto de la jurisdicción de Salustiano Barrancas, los «rionegrinos» de *Bachaco* Van-Jan habían acondicionado una abandonada «maloka» indína como bar y prostíbulo en el que ejercían su antiguo oficio media docena de mujerucas famélicas, y donde se servía un «ron» que abrasaba las entrañas y que, según las malas lenguas, se destilaba en un chamizo oculto en lo más profundo de la selva.

A media tarde del siguiente domingo, cuando los mineros dormían la siesta durante las peores horas de calor dejando a Salustiano *Cara-e-locha* la misión de impedir que alguien cruzara el puente, Asdrúbal y Sebastián se alejaron hasta la curva del río, aguas arriba, y se dedicaron a nadar, bucear y chapotear, sin hacer el menor gesto que indicara que tenían intención de poner pie en la orilla opuesta, pero a su vuelta tomaron asiento junto a Zoltan Karrás, que roncaba sonoramente a la sombra de un samán, y le agitaron el «chinchorro» hasta que abrió los ojos malhumorado y masculló:

—¿Qué carajo ocurre? ¿Es que no puede un cristiano echar una cabezadita sin que vengan a envainarle?

—Hemos llegado al fondo —fue lo primero que dijo Sebastián, y ante su aparente incomprensión, señaló el río—. Allí, donde Yáiza asegura que están las «piedras», no hay más de siete metros.

El húngaro puso los pies en el suelo, uno a cada lado de su hamaca, buscó su eterna cachimba y los observó largamente tratando de ordenar sus ideas.

—¿Al fondo? —repitió incrédulo.

—Al fondo —insistió ahora Asdrúbal—. En el mismísimo centro del cauce. Sacamos esto.

Abrió la mano, mostrando lo que guardaba en ella y Zoltan Karrás lo estudió con detenimiento. No eran más que simples callados de los que pudieran encontrarse en el lecho de cualquier riachuelo de la selva, pero se diría que para él tenían un significado especial y podían transmitirle mensajes que nadie más sabría interpretar.

—¿Habéis sido capaces de llegar abajo sin escafandra?

—inquirió por último como si no acabara de creérselo—. ¿Sin nada?

—En Lanzarote nos pasábamos la vida buceando —le hizo notar Asdrúbal—. Sebastián cogía pulpos a mucha más profundidad. —Sonrió divertido—. ¡Somos los *Maradentro*! —le recordó.

—Entiendo... —admitió el húngaro y tras meditar de nuevo, se puso en pie, avanzó hasta la orilla, aspiró el humo de su pipa como si buscara en él una respuesta a sus dudas y, sin dejar de contemplar la ancha corriente, señaló—: Aquí no hay caimanes y las pirañas jamás atacan si no huelen sangre, aunque si hay sangre acuden por millares sin que nadie sepa de dónde carajo salen. —Podría creerse que, por primera vez, se encontraba realmente perplejo, pero al fin negó con un gesto—. Pero nunca he trabajado en el agua, y no me gusta cargar con la responsabilidad de algo que no conozco.

—Nadie le responsabilizaría —protestó Asdrúbal.

—¡«Yo» me responsabilizaría! —fue la rápida respuesta—. Ahora me siento tranquilo porque puedo hacer frente a cualquier situación... —Se volvió a mirarle de frente y resultaba evidente que había una luz de preocupación en sus clarísimos ojos—. Pero lanzarme a una aventura que desconozco y en la que arriesgo otras vidas es algo muy distinto.

—¡Sólo son siete metros!

—¡Como si fueran siete mil!

—¡Siete metros que nos separan de una fortuna! —insistió Sebastián—. ¿Es que va a renunciar cuando estamos tan cerca?

—Las distancias son como el tiempo, carajito... —sentenció el húngaro—. No siempre miden lo mismo. Para mí siete kilómetros de la peor selva son un paseo, pero siete metros de agua constituyen un abismo. ¡Olvídalo!

—No puedo.

—En ese caso no lo olvides, pero no cuentes conmigo. —Sus ojos habían cambiado, cobrando una opacidad extraña—. Lo único que tienes que hacer es presentarte a Salustiano y pedir que te cambie la Concesión. Ya conoces las reglas: treinta metros cuadrados por persona. Entre los cuatro podéis copar el recodo del río.

—¿Y usted qué haría?

—¡Anda, carajo...! —explotó el húngaro—. Durante cincuenta y siete años me las he arreglado solo. ¿Crees que no puedo trabajar sin ayuda de nadie o largarme al carrizo si se me antoja...?

—Nos gusta su compañía.

La expresión del otro se suavizó:

—Y a mí la vuestra, pero está claro que pronto o tarde tendremos que seguir rumbos distintos. Lo vuestro es el agua; lo mío la tierra. Así tenía que ser —sonrió divertido y guiñó un ojo—. Y ahora quiero seguir durmiendo —concluyó.

Regresó a su «chinchorro» y comenzó a mecerse con los ojos fijos en las copas de los árboles y las nubes que regresaban amenazando nuevas lluvias, pero no logró conciliar el sueño porque en su mente se había instalado la inquietante idea de que allí, en el recodo del río que tenía a la vista, y a siete metros de profundidad —¡tan sólo siete metros!— una muchachita extraña aseguraba que se ocultaba una «bomba» de diamantes.

—¡Vaina!

Eran ya muchas las noches en que, pese al cansancio de toda una larga jornada de trabajo, había permanecido despierto en la hamaca pensando en Yáiza y volviéndose a buscar su propia sombra, como temiendo que «Kanaima» se la hubiera robado, y a veces, en medio de las tinieblas presentía una presencia extraña que no podía atribuir a los murciélagos-vampiros, pese a que éstos se habían convertido en la peor plaga del campamento.

Como si la noticia de la abundancia de sangre humana hubiera llegado hasta el confín de la selva, las repelentes bestias habían acudido a Turpial por millares, y dormitaban de día colgando como racimos de los más altos árboles, para desprenderse a la caída de la tarde, y mantenerse a la expectativa en cuanto caía la noche, listas para asaltar a su víctimas, apenas las hubiera vencido el sueño.

Nunca, con toda su larga experiencia guayanesa, había conseguido sorprender a un murciélago en el momento de atacar porque se diría que poseían un sexto sentido que les advertía aunque fingiera dormir, y tan sólo al final de la noche, cuando ya el cansancio le había vencido realmente, se aproximaban para clavarle sus finísimos colmillos, anestesiarle, y extraerle poco más de medio litro de sangre que iban expulsando simultáneamente.

No bastaba el fuego para ahuyentarles, conseguían morder incluso a través de la lona de una tienda de campaña, y cuando se encontraban hambrientos se introducían por las rendijas de las chozas y si en ese momento se les alumbraba revoloteaban de un lado a otro, chillando y mostrando sus colmillos ensangrentados, en lo que constituía uno de los espectáculos más pavorosos que se pudieran presenciar.

Pero el húngaro sabía que en aquellos momentos brillaba el sol, los murciélagos continuaban colgados de los altos árboles y Yáiza charlaba con sus hermanos a la entrada del puente... ¿Quién merodeaba por tanto en torno suyo? ¿Quién le inquietaba produciéndole un desasosiego que no había experimentado ni en los peores momentos de su ajetreada existencia?

¡«Kanaima»!

«Kanaima» que tal vez se sentía celoso de aquella chiquilla en la que los dioses habían puesto sus ojos, o que buscaba venganza por alguna desconocida afrenta y le había elegido como instrumento de su odio.

—¡Mejor me marcho! —se dijo cuando ya caía la tarde y las sombras comenzaron a apoderarse nuevamente del río y la selva—. Mejor me agarro mis «macundos» y me dejo llevar por la corriente hasta desembocar en el Paragua. Al fin y al cabo, en este mierdero no hay «guiña» y estaré más tranquilo en Úpata o San Félix.

—No quiero que se marche.

Se volvió alarmado y le sorprendió verla allí, sentada junto al «chinchorro» tranquila y sonriente, pero más le sorprendió que pareciera haber leído sus pensamientos.

Pese a ello, inquirió suavemente.

—¿Qué te hace pensar que quiero marcharme?

—Me lo han dicho.

—¿Quién?

—El mismo que me dijo dónde están los diamantes: Xanán.

—¿Xanán? —se sorprendió el húngaro—. ¿Un indio?

Ella asintió.

—¡Acabáramos! —protestó Zoltan Karrás—. ¡Podías haber empezado por ahí! ¿Cómo se te ocurre hacerle caso a un indio? ¿Qué saben los indios de diamantes? Nunca he conocido ninguno capaz de distinguir una buena «piedra» de un cristal de roca.

—Éste lo sabe. Está muerto.

Zoltan Karrás se envaró y resultó evidente que se sentía molesto porque durante una décima de segundo se le había erizado hasta el último vello del cuerpo.

—¿Muerto? —pudo murmurar al fin—. ¿Te ha hablado un muerto?

—Usted sabe que lo hacen —fue la tranquila respuesta—. Me habían dejado tranquila pero la otra noche volvieron por su culpa.

—¿Por mi culpa?

—Insistió en que ayudara a aquellos indios... —Hizo un gesto con la mano como desechando el tema—. Aunque no tiene importancia. Hubieran vuelto de todos modos.

—¿Y no te asustan?

—¿Por qué habrían de asustarme? Estoy acostumbrada. No me gustan, pero tampoco me asustan.

—¿Y éste? —quiso saber el húngaro—. El que te dice dónde están los diamantes. ¿Por qué lo hace?

Se encogió de hombros:

—No lo sé. —Hizo un gesto indeterminado como si ella

misma se encontrara desconcertada—. En realidad lo único que pretende es llevarme a su tribu.

—¿Por qué?

—Tampoco lo sé.

—¿Piensas ir?

—No. —Lanzó una larga mirada a su alrededor como si estuviera descubriendo una vez más la selva—. Tenía razón mi madre y nunca debimos venir. ¿Qué demonios pintamos nosotros aquí?

—¿Y qué demonios pinto yo? Si trato de buscar respuesta a ese tipo de preguntas se me seca el cerebro... —Se balanceó suavemente en su «chinchorro» sin apartar los ojos de ella—. Y para colmo, apareces tú y me cuentas que un indio muerto te dice dónde hay diamantes. ¿De qué murió?

—Lo asesinaron por la espalda. He visto el agujero de la bala.

—¡Dios bendito! Puedes ver el agujero de la bala que causó la muerte al tipo que te está hablando... —El húngaro lanzó un resoplido de consternación—. ¡Y yo te escucho y me lo creo! —exclamó—. ¿Por qué?

—Porque es verdad... —Yáiza alargó la mano y la posó sobre su antebrazo—. ¡No se vaya! —pidió—. Van a ocurrir muchas cosas y no sabemos desenvolvernos en estas selvas.

—¿Y qué quieres que haga? ¿Continuar buscando diamantes donde tú misma dices que no hay, o meterme en el agua a que las pirañas me coman el culo?

—Lo que prefiera, pero lo único que le pido es que no nos deje solos.

Zoltan Karrás observó admirativamente a aquella extraña criatura de ojos verdes y cuerpo de diosa, la más hermosa mujer que le hubiera sido dado nunca contemplar, y sonriendo apenas con la comisura de los labios, hizo un leve gesto de asentimiento.

—¡Está bien, pequeña! —admitió al tiempo que le pellizcaba suavemente la mejilla—. No os dejaré solos a cambio de que tampoco me dejéis solo a mí...

Salustiano Barrancas se sorprendió por la petición, pero se limitó a registrar la nueva Concesión en su gran libro de tapas de hule, al tiempo que inquiría:

—¿No estás muy mayor para cambiar de mañas? ¿A qué viene esa vaina de bañarte completo cuando nunca has hecho otra cosa que mojarte los pies?

—No pienso bañarme, hermano. Serán los muchachos los que bajen a buscar el cascajo. Yo me limitaré a lavarlo porque ya estoy viejo para que me agarre el reúma.

—¿Y la escafandra?

—No la necesitan.

Salustiano *Cara-e-locha* se despojó de los redondos lentes y comenzó a limpiarlos con parsimonia utilizando para ello el faldón de su sucia camisa mientras observaba, casi incrédulo, a su interlocutor:

—¿No la necesitan? —repitió—. Eso tengo que verlo.

—Ayer bajaron. —Zoltan Karrás extrajo unas piedras del bolsillo y se las mostró—. Sacaron esto.

El regordete «Fiscal de Minas» tomó las piedras y las estudió con la ayuda de una lupa que descansaba sobre su rústica mesa de trabajo.

—Interesante —susurró—. Muy interesante. Tendría gracia que vinieran unos «misiús» del mar a enseñarnos a encontrar diamantes... ¿Cómo lo supieron? —Alzó el rostro y le miró de frente, inquisidor—. ¿Escuchó «La Música»?

—Más o menos.

—¡Ah, zorro pútrido! ¿Vas a venirle con evasivas a tu viejo compadre...? —Le devolvió las piedras—. Sabes que no me importa lo que hagas ni cómo lo hagas, siempre que respetes mi porcentaje, pero los muchachos van a sorprenderse cuando los vean «margullando» en esas aguas infestadas de «caribitos». ¿Les avisaste del peligro?

—Clarito se lo dije.

—¿Y aun así piensan hacerlo? ¡Muchas bolas tienen! ¿Cuándo quieren empezar?

—En cuanto des tu autorización.

—Pues ya la tienes, y vamos a verlo porque eso es algo que no quiero perderme.

Una hora más tarde se encontraba instalado sobre un tronco a la orilla del río, observando los preparativos que se llevaban a cabo en las balsas que Asdrúbal y Sebastián habían fondeado en mitad de la gran curva que limitaba el yacimiento por el Sur.

Los mineros, al advertir el trasiego de cuerdas, cubos y «surucas» suspendieron por el momento sus trabajos aproximándose a ver lo que ocurría, y la mayoría no daba crédito al hecho de que aquellos dos «isleñitos» tuvieran la intención de llegar al fondo del río sin más ayuda que sus pulmones.

Se hizo un silencio cuando el primer cubo lastrado con una piedra fue dejado caer al fondo, y ese silencio se convirtió en tensión, cuando Sebastián, vistiendo únicamente un pantalón, se introdujo poco a poco en el agua.

—No hagas movimientos bruscos —le advirtió Zoltan Karrás—. Nada con naturalidad, como si fueras un animal sano y fuerte, porque ésa es la forma de que las pirañas no te ataquen. Pero en cuanto una te muerda o te hagas el más mínimo corte, sal de inmediato porque lo primero que les atrae es la sangre.

Sebastián hizo un leve gesto de asentimiento, lanzó una larga mirada a su madre, guiñó un ojo a su hermana, y respirando profundamente para llenarse de aire los pulmones, hizo un quiebro de cintura y se sumergió desapareciendo casi al instante en las oscuras aguas.

Nadie hizo comentario alguno el tiempo que permaneció bajo la superficie y que a la mayoría de los presentes se les antojó una eternidad, pues Sebastián era un magnífico buceador que podía aguantar fácilmente minuto y medio sin regresar a tomar aire.

Cuando apareció de nuevo algunos mineros aplaudieron e incluso hubo gritos de ánimo que se transformaron en murmullos de sorpresa al advertir que no había necesitado más que un instante para recuperarse y perderse otra vez de vista.

Al tercer intento hizo un significativo gesto con la mano y su hermano se afirmó sobre las piernas, dobló la cintura y alzó sin esfuerzo el pesado cubo repleto de cascajo.

—¡Vaina! —masculló Salustiano Barrancas cuando vio cómo el material caía, chorreando, sobre la «suruca» de Zoltan Karrás—. ¡Estos carajitos saben lo que hacen!

En total silencio y alargando mucho el cuello para intentar descubrir desde la orilla qué clase de piedras habían caído en el tamiz, la mayoría de los buscadores permanecieron a la expectativa, y al advertir que el húngaro no hacía gesto alguno de cernir, un negro alto y pelirrojo gritó:

—¿Qué pasa, «Musiú»? ¿Nos vas a tener todo el día esperando? ¿Hay «guiña» o no hay «guiña»?

—Lo sabrás el domingo, *Bachaco* —fue la evasiva respuesta—. Y si quieres averiguarlo antes, ahí tienes el río para zambullirte.

Aquello pareció poner punto final a la expectativa general y los mineros regresaron a sus respectivas concesiones admirados por la capacidad pulmonar de aquel «isleño» flaco y fibroso que había conseguido una proeza que en La Guayana sólo se había visto realizar a lentos buzos pesadísimamente pertrechados.

—Se lo comerán los «zamuritos»... —fue el comentario unánime—. Cuando esté más confiado llegarán como una nube y se lo chascarán en un abrir y cerrar de ojos...

—¿Has visto alguno? —quiso saber el húngaro en cuanto Sebastián salió del agua y tomó asiento en la balsa secándose con la toalla que Yáiza le ofrecía.

—Ahí abajo no se ve ni la propia nariz —le hizo notar—. Tengo que llevar el cubo a tientas, pero no se preocupe: en cuanto los note a mi alrededor, subo.

—Sigo pensando que es una locura —intervino Aurelia—. Te estás jugando la vida, ¿y total para qué? —Señaló con un gesto la «suruca»—. Lo mismo que en la orilla.

Zoltan Karrás negó con la cabeza:

—Aún no lo he examinado, pero tengo la impresión de que el material es bueno. Muy bueno. Yáiza tiene razón, y aquí hay «guiña». —Con el dorso de la mano desparramó el cascajo sobre el tamiz y señaló cuatro o cinco guijarros de color grisáceo—. O yo no entiendo este oficio... —añadió— ...o pronto sacamos «piedras» de seis y siete quilates... —Chasqueó la lengua con gesto admirativo— ...Y no una ni dos... ¡Muchas!

—¿Vuelvo a bajar?

—Tómalo con calma. Dale tiempo a los «zamuritos» que hayan venido a curiosear a que se aburran. Recuerda que la paciencia es la principal virtud del minero. Aquí las prisas únicamente conducen al desastre.

Esa noche, tras toda una jornada de trabajo durante la cual Sebastián se sumergió tres veces y Asdrúbal dos, el húngaro se cercioró de que ningún extraño se encontraba en las proximidades de la choza, y sacando del bolsillo de su camisa el largo «penetro», vació su contenido sobre un plato de latón permitiendo que los *Maradentro* contemplaran el fruto de su esfuerzo: seis cristalitos del tamaño de una judía y un séptimo considerablemente mayor.

—Estos de aquí son buenos para la talla —señaló—. Los otros sólo sirven para la industria, pero en conjunto valdrán casi dos mil bolívares. —Se le advertía visiblemente satisfecho—. ¡No está mal! —añadió—. No está nada mal para un día de trabajo. Con suerte, pronto caerán en la «suruca» «piedras» verdaderamente buenas... —Se volvió a Yáiza—. Ya puedes darle las gracias al indio.

—¿A quién? —quiso saber inmediatamente Aurelia.

Zoltan Karrás pareció comprender que había hablado más de la cuenta, y trató de cambiar de tema:

—¡Son bromas nuestras! —dijo—. Ahora lo que importa es mantener la boca cerrada porque si descubren que hay «guiña» en el fondo, más de un loco se va a lanzar a por ella y si se organiza un «zaperoco» los «caribes» acudirán como moscas. —Cerró de nuevo el tubo y se lo alargó a Sebastián—: ¡Guárdalo! —pidió—. Al fin y al cabo, el mérito es vuestro.

El aludido lo rechazó con un gesto:

—Prefiero que continúe en su poder —replicó—. Seguimos siendo socios.

El húngaro dudó pero acabó por encogerse de hombros:

—¡Como quieras! —admitió—. Y ahora me voy a descansar. Mañana nos espera un día muy duro.

Se alejó hacia donde colgaba su «chinchorro», bajo un tosco «tapiri» de hojas de palma que apenas le protegía de los intempestivos chaparrones nocturnos, y en cuanto se hubo perdido de vista en las tinieblas, Aurelia se volvió a su hija:

—¿Qué indio es ése? —quiso saber.

—Uno.

—¿Muerto? —Ante el gesto de asentimiento, añadió molesta—: ¿Por qué no me lo habías dicho?

—¿Para qué?

Señaló hacia la oscuridad:

—A «él» se lo has dicho —replicó en tono de reproche—. ¿Por qué puede saberlo y nosotros no?

—Porque tenía que convencerle para que se quedara.

—Hizo una pausa—. ¿Qué sacas con intranquilizarte sabiendo que han vuelto?

—Ya lo sabía. Me basta con verte dormir. —Se aproximó y le acarició el cabello con ternura—. Pero imaginé que serían los de siempre. ¿Quién es ese indio?

—Un «guaica». Se llama Xanán y quiere llevarme a su tribu.

—¿Para qué?

—¿Qué importa eso? —Yáiza no deseaba hablar del tema—. Lo que importa es que los diamantes están donde indicó.

—No me gusta.

—¿Por qué?

Aurelia Perdomo dudó, y se diría que se afanaba por buscar motivos a su desconfianza:

—No lo sé, pero no me gusta. Hasta ahora nunca nos habíamos aprovechado de los muertos. A veces nos avisaban del peligro, es cierto, pero de eso a utilizarlos para que nos digan dónde hay diamantes, media un abismo.

—Yo no los utilizo —puntualizó su hija—. Me lo dijo porque quiso y me pareció estúpido que los chicos continuaran matándose a trabajar inútilmente... —Alzó la vista y la miró a los ojos—. ¿Crees que hice mal? —Luego se volvió a sus hermanos que habían permanecido en silencio, e insistió en su pregunta—: ¿Hice mal?

—Únicamente tú puedes decidir lo que está bien o está mal —le hizo notar Sebastián—. Los demás no debemos opinar, porque lo que sabemos tan sólo lo sabemos por referencias. —Se dirigió ahora a su madre—. No tienes por qué pedirle que nos cuente aquello que no desea contarnos —dijo—. Y no es justo estar pendientes de cada uno de sus gestos. Tiene derecho a su propia vida.

—Sólo intento ayudarla —se disculpó Aurelia.

—A veces, la mejor ayuda es no ayudar —le recordó su hijo—. Cuando desapareció en «Cunaguaro» te advertí que debíamos dejar que se defendiera sola, y acerté. La hemos protegido tanto durante tantos años, que no nos damos cuenta de que en realidad es la más fuerte. —Se diría que le costaba un gran esfuerzo continuar, pero al fin lo hizo—. Tal vez, si aquella noche en Playa Blanca Asdrúbal no hubiera estado allí, Yáiza hubiera sabido salir del apuro sin su ayuda.

—¡Eso es injusto! —se lamentó su madre—. Injusto, sobre todo, con tu hermano.

—No estoy culpando a Asdrúbal porque hizo lo que debía y yo hubiera hecho lo mismo... —Sebastián parecía convencido de lo que estaba diciendo—. Pero si cualquiera de nosotros hubiera tenido que pasar por la mitad de las pruebas por las que Yáiza ha pasado, a estas horas estaría en un manicomio, y sin embargo aún tenemos la presunción de cuidarla sin caer en la cuenta de que en realidad es ella la que hace tiempo que cuida de nosotros.

—Es la pequeña —protestó Aurelia.

—¡Mamá! —protestó de igual modo su hijo—. Yáiza no ha sido nunca la pequeña. Desde que no levantaba un metro del suelo era ya mucho mayor incluso que el abuelo. Ahora tiene dieciocho años pero es como si hubiera vivido mil. ¡Déjala en paz! ¡Deja de espiar cada uno de sus movimientos, y deja que sea ella la que decida lo que debemos o no debemos hacer! Yo, por mi parte, estoy dispuesto a aceptarlo.

—No me gusta que hables de ese modo.

—Algún día tenía que hacerlo porque hace tiempo que lo vengo meditando. Cada vez que tomo una decisión que nos afecta a todos me aterrorizo porque es una responsabilidad demasiado grande para mí.

—Yo no la quiero.

Sebastián se volvió a su hermana que hasta aquel momento se había mantenido al margen de la conversación, e insistió:

—Pues tendrás que aceptarla —dijo—. Al fin y al cabo, eres la única que tienes una idea de lo que ocurre. Los demás andamos a ciegas.

—¿Y yo no?

—No tanto como nosotros. ¿Qué sé yo de ese indio? Nunca lo he visto y nunca tendré la menor oportunidad de verlo, pero pretendes que continúe siendo yo quien tome las decisiones. ¡No! —concluyó hastiado—. No quiero volver a sumergirme en un río infestado de pirañas, a no ser que tú digas que debo hacerlo.

Pero aun así, tanto él como su hermano se sumergieron de nuevo al día siguiente en el Curutú, que les entregó media docena de «piedras» de primera calidad, la mayor de las cuales serviría para tallar un hermoso brillante de más de tres quilates.

Nadie dio la noticia, pero como si «La Música» hubiera comenzado a sonar para el resto de los mineros, esa noche se advirtió una desacostumbrada actividad en el campamento, los hombres se reunieron en casa del griego, y por último fue el propio Salustiano Barrancas quien se dejó caer tras la cena por la choza de los Perdomo *Maradentro*.

—¿Qué hubo? —fue lo primero que dijo tras saludar con apenas monosílabos—. ¿Es cierto que hay tanta «guiña» como dicen?

—¿Quién lo dice? —replicó cortante el húngaro.

—Los rumores.

—¿Desde cuándo haces caso de rumores?

El «Fiscal de Minas» había tomado asiento sobre uno de los toscos bancos que Aurelia había improvisado y aceptó agradecido el «café» que Yáiza le ofrecía.

—Los «rionegrinos» de *el Bachaco* me han pedido un cambio de concesión. Quieren trabajar en el río y si lo hacen puedes jurar que en tres días estarán ahogándose como pendejos. —Agitó la cabeza pesimista—. ¡No me gusta! —masculló mordiéndose la comisura de los labios con ademán nervioso—. No me gusta, y me huelo que aquí se va a organizar un muertero de mil demonios. La mayoría ni siquiera sabe nadar y pretenden bucear a siete metros de profundidad...

—¡Impídeselo!

—¿Con qué autoridad? Si otorgo un permiso, a los demás también debo concedérselo porque entre mis atribuciones no está decidir quién sabe bucear y quién no.

—En cuanto comprueben que no es fácil llegar al fondo se darán por vencidos —le hizo notar Sebastián—. Y no es fácil... —concluyó.

—¡Tú no los conoces, muchachito! —replicó *Cara-e-locha* preocupado—. Si por un diamante son capaces de desafiar a la selva, los indios, las serpientes, las fieras y los murciélagos, también desafiarán al agua. Se atarán una piedra al cuello con tal de llegar abajo aunque se queden allí para siempre. —Se volvió a Zoltan Karrás y su tono no admitía réplica—. Dime la verdad —insistió—. Necesito saberlo, porque es la única forma que tengo de imponerme... ¿Qué has encontrado?

El otro extrajo con parsimonia el tubo de caña y desparramó una vez más las piedras sobre el plato de latón.

Salustiano Barrancas las observó sin tocarlas, lanzó un leve silbido de admiración y chasqueó la lengua con gesto de fastidio.

—Es más de lo que la mayoría ha conseguido en tres semanas —dijo—. Desde la «bomba» de «Salva-la-Patria» no había visto nada semejante. —Se volvió a Yáiza—. Tienes los ojos más bonitos que he visto, muchachita, pero Dios te guarde el oído para «La Música». A tu lado, cualquiera puede hacerse rico... —Se mordió de nuevo el labio en lo que aparentaba ser un tic nervioso que demostraba su grado de preocupación—. Me caes bien, pero me vas a echar más lavativas que una veintena de «rionegrinos» borrachos... —Extendió la mano, se apoderó de una de las piedras y se la guardó tranquilamente en el bolsillo—. Mi parte —dijo, y se puso en pie, para encaminarse a la salida con paso cansino—. ¡Buenas noches! —añadió—. Mañana tomaré una decisión.

Pero a la mañana siguiente nadie pudo introducir tan solo un dedo en las aguas del Curutú, porque podría creerse que todas las pirañas de la cuenca del Paragua se habían dado cita ante Turpial y hasta el hecho de cruzar el frágil puente constituía una proeza pues nada había que impresionara más que distinguir a un metro de distancia cientos de plateados lomos que cruzaban casi a ras de agua, y miles de afiladísimos dientes que se vislumbraban ansiosos y dispuestos a destrozar cuanto se pusiera a su alcance.

—¿Por qué?

El húngaro se volvió a Sebastián que era quien había hecho la pregunta.

—No tengo la menor idea, pero es muy posible que algún hijo de perra se haya dedicado a cebar el río.

—¿*Cara-e-locha*?

—Sería la forma de evitarse problemas, pero más bien parece cosa de alguien que pretende impedir que bajemos a por más «piedras». Dentro de unos meses volverán con buzos, reclamarán la concesión y se llevarán los diamantes.

—¡No pienso consentirlo!

—¿Y cómo vas a impedirlo? ¿Sentándote a esperar? Continuarán cebando el río, noche tras noche, y si son, como imagino, los «rionegrinos» de *el Bachaco*, puede que incluso nos utilicen como carnada. —Agitó la cabeza pesimista—. Era demasiado bonito —musitó—. Demasiado bonito porque está claro que en quince días nos habríamos hecho ricos.

—¡Hijos de puta!

Era Asdrúbal el que lo había dicho y Zoltan Karrás trató de consolarle:

—¡Tranquilízate! —pidió—. Así es la vida del minero. Mil veces cree tener la fortuna al alcance de la mano, y mil veces se le escurre entre los dedos. ¿Recuerdas que te hablé de Al Willians, el compañero de McCraken...? Había pasado toda su vida luchando por encontrar un buen yacimiento y cuando dio con el mejor, con «La Madre de los Diamantes», le mordió una «mapanare» y duró tres horas. Al menos, seguimos con vida, y eso, dadas las circunstancias, puede considerarse un éxito.

—Me gustaría tener su calma.

—Eso sólo se consigue con los años y te aseguro que no vale la pena.

—¿Y qué vamos a hacer ahora?

Como primera solución Salustiano Barrancas accedió a devolverles parte de la primitiva concesión en tierra firme a nombre de las mujeres, reservándoles al mismo tiempo los derechos sobre la curva del río, aunque se mostró pesimista en cuanto a sus posibilidades de continuar buceando en aquellas aguas si efectivamente alguien se estaba dedicando a proporcionarle carnada a las «caribes».

—¡Tronco de vaina, nos han echado a todos! —masculló malhumorado—. Ahora los muchachos ni siquiera pueden meter los pies en el río para lavar el material. ¡Ya han mordido a tres! Por lo menos, comida no va a faltar, porque al que le guste la piraña no tiene más que lanzar un anzuelo al río y tiene cena.

—Han sido los «rionegrinos», ¿no es cierto? —quiso saber Zoltan Karrás.

«El Fiscal de Minas» abrió las manos en un gesto de impotencia o ignorancia:

—¡Escucha, «Musiú»! —replicó—. Aunque consiguiera averiguarlo no puedo hacer nada, porque no existe ninguna ley que prohíba alimentar peces. Lo que ha ocurrido me gusta tan poco como a ti porque mientras esas piedras continúen ahí abajo significarán una fuente de problemas. Habrá muertos, y , digan lo que digan, no me divierten los muertos... —Hizo una larga pausa que aprovechó una vez más para limpiarse los lentes—. Si quieres un consejo, lárgate, y, sobre todo, llévate a esos «isleños», porque la mina no es para ellos. La mina es para tipos como tú y como yo, y, a veces, incluso a mí me viene grande.

Era un buen consejo y el húngaro lo sabía porque los buscadores eran hombres difíciles que podían llegar a convertirse en intratables cuando tenían la menor oportunidad de poner las manos sobre una auténtica «bomba» de diamantes. A La Guayana venezolana, tierra sin ley en la que a nadie se pedía antecedentes ni la razón por las que se encontraba allí, habían ido acudiendo en los últimos años desechos humanos de todos los rincones del planeta, y no resultaba difícil tropezarse con evadidos del penal francés de Cayena, asesinos brasileños huidos de la justicia de su país, bandoleros colombianos, o ex presidiarios de «El Dorado» que una vez cumplida su condena preferían quedarse por aquellas tierras a regresar a la civilización.

Cualquiera de ellos no se lo pensaría a la hora de asesinar a un ser humano con tal de apoderarse de un «placer» como el que al parecer existía en el fondo de la ancha curva del Curutú, y ni siquiera el respeto que en circunstancias normales imponía el miope *Cara-e-locha* conseguiría probablemente detenerlos.

—Al fin y al cabo... —fue la explicación que Zoltan Karrás dio más tarde a los *Maradentro*— a mí este asunto nunca acabó de gustarme y cada vez que los muchachos se sumergían, se me arrugaba el ombligo. ¡Mejor nos vamos!

—¿Adónde?

Ésa era en verdad una pregunta clave, porque lo cierto era que cuanto habían obtenido era un puñado de piedrecitas que no compensaban los gastos del viaje ni bastaban para pagar cinco pasajes hasta Ciudad Bolívar el día en que el «Fiscal de Minas» decidiera abrir una pista de aterrizaje.

—Seguir río abajo en «bongó» no es cosa fácil —señaló al fin el húngaro—. El Curutú es aún relativamente tranquilo, pero en cuanto desemboquemos en el Paragua tropezaremos con raudales y chorreras. Necesitaríamos una buena curiara.

—Podemos regresar por donde vinimos.

—¿Sin «bastimento»? —se asombró Zoltan Karrás—. No nos quedan provisiones ni para tres días, y no confío en la caza. Somos demasiados.

—No tiene por qué preocuparse por nosotros —le hizo notar Sebastián—. Nos arreglaremos solos.

Pero les constaba que no sabrían arreglárselas solos, y aquélla fue por tanto una amarga noche de dudas que únicamente se despejaron al amanecer, cuando Yáiza abrió los ojos y descubrió acuclillado frente a ella, al hermoso «guaica» del inmenso arco.

—Sé donde hay más diamantes —dijo—. Muchos diamantes. Puedo llevarte hasta ellos y no habrá nada que te impida cogerlos.

Le observó con fijeza:

—¿Por qué lo harías? —inquirió desconfiada.

—Porque eres «Camajay-Minaré» y todo lo que existe en estas tierras te pertenece.

—Yo no soy «Camajay-Minaré».

—Lo eres —insistió el otro—. Me enviaron en tu busca y te encontré. Ahora estoy muerto y ya no obedezco a Etuko, mi hechicero. Tan sólo tú puedes decirme lo que debo hacer.

Se alejó como siempre con paso elástico y altivo, y Yáiza quedó sola frente a aquella selva en la que no cantaban las aves ni gritaban los monos y en la que aún tardarían en escucharse las voces de los mineros que aguardaban a que les dieran permiso para cruzar el río y reiniciar su trabajo.

Clavó la vista en el techo de la palma, escuchó el rumor del río y la entrecortada respiración de sus hermanos, recordó las palabras de Sebastián que había depositado en sus manos el destino de la familia, y experimentó una profunda angustia y unos incontenibles deseos de llorar.

—¿Qué ocurre, hija?

—Ha vuelto.

—¿El indio? —El silencio era suficientemente explícito, y Aurelia compartió desde ese mismo instante aquella extraña angustia—. ¿Qué te ha dicho?

—Que puede llevarme donde hay diamantes.

—¡Malditos diamantes! Y Maldita la hora en que nos hablaron de ellos. ¡Dile que se marche! —suplicó—. Pídele que te deje en paz y no continúe atormentándonos. ¡Mira lo que hemos conseguido!: Tus hermanos sólo sueñan con diamantes y todo lo que no sea hacerse ricos de la noche a la mañana se les antoja estúpido.

—¿Y tengo derecho a prohibírselo? —inquirió Yáiza con voz ronca—. ¿Debo condenarles a continuar siendo unos muertos de hambre pudiendo cambiar su destino?

Aurelia guardó silencio porque al igual que Sebastián había aceptado que los acontecimientos desbordaban su capacidad de reacción, y desde que habían abandonado de nuevo el barco se encontraba perdida y desconcertada. El mar, aquel mar tan amigo pese a que le hubiera arrebatado a su esposo, se encontraba cada vez más lejos, y como si esa distancia debilitara sus fuerzas una profunda fatiga se iba adueñando de su voluntad, pero le constaba que resultaba injusto dejarle a su hija toda la responsabilidad sobre el futuro de la familia, e hizo un último esfuerzo por ayudarla.

—Si mi opinión te sirve de algo —dijo—, sigo creyendo que debemos regresar. Eduqué a mis hijos para que nunca les asustaran las dificultades y están preparados para eso, pero no sé si están preparados para hacerse ricos con algo tan ilusorio como encontrar diamantes en la selva.

Los «rionegrinos» se consideraban a sí mismos una clase aparte. El Río Negro conformaba la frontera natural entre Brasil, Colombia y Venezuela, y en sus orillas y sobre todo en su capital, San Carlos, se habían ido dando cita a través del tiempo infinidad de aventureros que saltaban de un país a otro según les conviniera, constituyendo un submundo heterogéneo que se alimentaba principalmente del contrabando, pero que hundía también sus raíces en la recolección del caucho, la prostitución, la comercialización de pieles de jaguar y caimán, y la inevitable búsqueda de oro y diamantes.

Violentos, pendencieros e individualistas, se les tenía por absolutamente ingobernables desde el punto de vista de cualquier tipo de autoridad legítima, pero quizá debido a ello se habían impuesto a sí mismos un personalísimo código moral que les llevaba a aceptar la eventual jefatura de unos determinados líderes que se elegían cada tres años durante el transcurso de una pantagruélica bacanal que tenía lugar al final de la época de lluvias a unos veinte kilómetros al norte de Cucuí.

Por tradición, el jefe máximo jamás podía presentarse a

la reelección, pero a causa de la desaparición física o la renuncia «voluntaria» de sus opositores, el último «pleno» había decidido excepcionalmente confirmar en su puesto de líder indiscutible a Hans, *Bachaco*, Van-Jan, hijo de un rubio tallador holandés, y una negra prostituta trinitaria.

De ojos verdes, pelo rojizo, facciones europeas y piel azabache, nadie podría determinar si Hans Van-Jan resultaba más negro que blanco o más blanco que negro, pero lo cierto era que su aspecto físico imponía una instintiva repugnancia y al propio tiempo una morbosa atracción, pues en determinados momentos se le podría tomar por un etíope albino y en otros por un nórdico embreado.

El apelativo de *Bachaco* respondía al genérico con que se designa en Venezuela a los «negros-rubios», y venía dado por el hecho de que las enormes hormigas «bachaco» ofrecían el mismo aspecto con sus cuerpos oscuros y sus enormes estómagos amarillentos, sumamente desagradables a la vista pese a que constituyeran un alimento muy apreciado por la mayoría de las tribus indígenas que solían comerlas ahumadas y mezcladas con harina de mandioca.

Rechazado por las dos razas casi desde el momento mismo en que nació, *el Bachaco* circunscribía su «imperio» a la selva y las sabanas, pues jamás pretendió atravesar el Orinoco y ni tan siquiera había intentado poner los pies en Ciudad Bolívar, pero en La Guayana era un hombre temido y poderoso, ya que se encontraba dotado de una brillante inteligencia heredada del gran borracho que fue su padre, y una total carencia de escrúpulos que no había necesitado heredar de nadie, y de él se aseguraba que siempre que se le ofreciese la oportunidad de hacer un favor o causar un daño elegía lo último, puesto que su propia fama le impedía dar la más mínima muestra de debilidad.

Zoltan Karrás lo despreciaba por ello aún más de lo que despreciaba al conjunto de los «rionegrinos», pero no dejaba de admitir que era un hombre sumamente peligroso, y cuando le vio llegar por la orilla del río, y no le cupo duda de que venía en su busca, se apresuró a lanzar una rápida ojeada a su alrededor para cerciorarse de dónde se encontraba su machete, pues sabía que aquélla era el arma predilecta del mulato.

Pero el «rionegrino» parecía venir en son de paz, y sonrió de oreja a oreja mostrando abiertamente su perfecta dentadura, lo que confería una expresión aún más desconcertante y atribiliaria a su desagradable rostro.

—¡Buenos días, mi caballo! —fue lo primero que dijo acuclillándose frente al húngaro—. ¿Cómo va la vaina?

—Más o menos —fue la seca respuesta.

—Dicen que encontraste «guiña».

—La gente dice demasiadas cosas.

Resultaba evidente que Zoltan Karrás no tenía ningún interés en hablar del tema, pero el «rionegrino» fingió no darse cuenta, e insistió:

—¿Seguirás en la busca cuando se marchen los «zamuritos»?

—Seguiré.

—Pueden tardar meses, hermano... —Le guiñó un ojo—. O incluso años. ¡Quién sabe lo que piensa una piraña!

—Otra piraña. ¿Lo sabes tú?

Bachaco Van-Jan dejó escapar una corta carcajada pero resultaba evidente que su intención no era reírle los chistes a nadie, y añadió con marcada intención:

—Te arriesgas a hacerte viejo esperando.

—Ya soy viejo. Me costó años conseguirlo. Otros, más listos, se quedaron a mitad de camino.

—Será que no tuvieron paciencia.

—Será.

Los ojos del mulato pelirrojo, de un verde tan intenso que hacía daño mirarlos, permanecían clavados, sin pestañear apenas, en el rostro del húngaro que se mantenía con la vista clavada en la mina en la que trabajaban los buscadores, pues le constaba que a menudo *el Bachaco* explota su insólito aspecto con el único fin de desconcertar a su interlocutor.

Por último, y como si no pareciera tener demasiado interés en el tema, el «rionegrino» inquirió:

—¿Cuánto podrías haberle sacado a esa concesión tuya del río?

—No es mía —aclaró Zoltan Karrás—. Yo sólo soy uno de los socios.

—¡Bien! ¿Cuánto habríais sacado entre todos los socios de esa «bomba»?

—Para adivino, Dios. Yo no tuve tiempo de «catarla» a fondo.

—¿Y qué dice la chica?

—¿Qué chica?

—¡Vamos, «Musiú»...! —No cabía duda de que el «rionegrino» pretendía mostrarse paciente, y la blanquísima sonrisa continuaba sin abandonar su rostro—. A mí no me navegues con bandera de pendejo porque yo sé que esa carajita escucha «La Música».

—¡Ésa sí es fuerte pendejada! Ya me contaron que te llevaste a un chiquillo maquiritare al Parán-Tepuy porque escuchaba «La Música»... —Sonrió burlón—. ¿Encontraste muchas «piedras»?

—Se me murió antes de tiempo.

—Eso le pasa a la mayoría de los que confían en ti, *Bachaco*. Por eso no quiero hablar contigo de negocios, y me da la impresión de que venías a proponerme uno... ¿O no?

—Diez veces lo que hayas sacado de la concesión y me la cedes. Me enseñas lo que tengas en tu «penetro», se lo llevamos a *el Turco*, lo valora, y yo te pago, en el acto, diez veces más... ¿Cuál es el riesgo?

—Primero, que ya habrás hablado con *el Turco* para que tase las piedras a mitad de precio. Y segundo, que cuando me lance río abajo con los «bolos» en el bolsillo, lo más probable es que tus hombres me estén esperando en alguna parte.

—¡Ésa es una acusación muy grave! —Fingió ofenderse el otro—. Me estás llamando estafador, ladrón y asesino de un solo carajazo. Demasiado, incluso viniendo de ti, húngaro.

—Cosas peores te habrán dicho.

—¿Las hay? —se sorprendió el mulato—. ¡Vaina! Tú sí eres duro para los negocios. ¡Está bien! —concluyó como quien decide cometer una barbaridad—. Te doy diez veces lo que cualquier tasador señale, y te lo garantizo con un cheque respaldado por *Cara-e-locha*. Como comprenderás, no voy a arriesgarme a perder mi licencia por engañarte en algo que ni siquiera sé si vale la pena. ¿Qué dices?

—Tengo que consultarlo con mis socios.

—Tú puedes convencerlos... —Adelantó la mano y se la colocó, con ademán de complicidad, sobre las rodilla—. Si lo haces, buscaremos la forma de que te lleves la mejor parte. Al fin y al cabo esos «misiús» no saben un carrizo de diamantes.

—Yo también soy «musiú»... —le recordó Zoltan Karrás apartándole la mano como quien aparta un sapo—. Y deberías saber que jamás engaño a nadie.

—Ése es tu problema... —fue la cínica respuesta del «rionegrino» al tiempo que se erguía con una ágil flexión de las piernas—. Ésa es mi propuesta, y te aconsejo que la aceptes.

Se alejó, sin prisas. El húngaro lo estuvo observando hasta que desapareció más allá del «restaurant» del griego Aristófanes y sólo entonces decidió encaminarse a la choza de los Perdomo *Maradentro*, a los que transmitió la proposición que acababa de recibir.

—¿Usted qué opina? —fue lo primero que quiso saber Sebastián—. Es el único que conoce bien a los «rionegrinos».

—Prefiero no influir en la decisión —señaló el húngaro—. Somos cinco y lo que yo piense es lo de menos.

—Pero a usted nunca le gustó la idea de bajar al fondo del río.

—Menos me gusta ceder al chantaje de ningún *Bachaco* hijo de puta, que es, probablemente, el que ha cebado las pirañas.

—¿Y cómo espera librarse de ellas?

—En primer lugar, dejando de alimentarlas. Luego, a los

pocos días, probablemente con «barbasco».

—¿Barbasco? —se sorprendió Asdrúbal.

—Un veneno que los indios utilizan para pescar —aclaró Zoltan Karrás—. Se obtiene machacando una planta, y cuando se arroja en una laguna o un río tranquilo los peces se asfixian y salen a flote. Aquí, con tanto caudal no matarían a muchos, pero conseguirían que los «caribes» se alejaran.

—¿No podríamos hacerlo nosotros?

Negó convencido:

—Nunca reuniríamos «barbasco» suficiente. Hay que conocer muy bien la selva para saber de qué planta se trata. —Su tono era claramente pesimista—. No —insistió—. Jamás lo lograríamos. Las pirañas que ahuyentáramos de día, volverían a atraerlas de noche.

Asdrúbal abrió la boca para añadir algo, pero su hermana le interrumpió con un gesto:

—¡Vámonos! —pidió—. Aceptemos la oferta y vayámonos de aquí.

La miraron, y tanto Asdrúbal como a Sebastián se les advertía profundamente molestos.

—¿Sin luchar? —inquirió el último—. ¿Sin luchar cuando tenemos la fortuna al alcance de la mano?

—Siempre supe que no conseguiríamos esos diamantes —replicó ella con calma—. Están ahí, pero no son para nosotros... —Hizo una corta pausa—. Ésos, no.

—¿Qué quieres decir?

—Que hay más diamantes en La Guayana.

—Sí. Eso ya lo sabemos, pero... ¿dónde? ¿Puedes averiguarlo?

—Tal vez.

—¡No! —La voz de Aurelia sonó firme y casi autoritaria—. ¡Eso sí que no! Ya lo hemos discutido y no quiero que utilices a los muertos.

—Ellos llevan toda la vida utilizándome —le hizo notar su hija—. Ya va siendo hora de que empiecen a compensarnos por cuanto nos han hecho pasar.

—Me asusta.

—A mí no, madre. Han ocurrido tantas cosas en este año, que ya no creo que nos suceda nada peor... —Hizo una larga pausa y por último, con un extraño tono de voz que no parecía pertenecerle, añadió—: Xanán puede llevarnos adonde hay diamantes.

—¿Y crees que voy a arriesgarme a dar un paso por esas selvas teniendo como guía a un indio muerto? —se sorprendió Zoltan Karrás—. No estoy tan loco.

Yáiza le miró a los ojos, y se diría que, por primera vez, se percibía un destello de autoridad en esa mirada.

—¿Se le ocurre algo mejor? —quiso saber.

—Volver a casa —replicó el húngaro con innegable malestar.

—No tenemos casa. Ni nosotros, ni usted —puntualizó Ella inmediato—. No tenemos más que un casco de madera que necesita transformarse en barco y un sombrero que cuando llueve le cala. ¿A qué casa quiere que volvamos?

Durante largo rato los traslúcidos ojos del minero permanecieron clavados en el rostro de Yáiza, y por último se volvió a Aurelia y se diría que de pronto se sentía derrotado.

—No sé por qué sigo con todo esto —dijo—. Debería agarrar mis «corotos» y seguir mi camino, pero no consigo hacerlo. —Chasqueó la lengua con un ademán que denotaba fastidio e impotencia—. ¿Por qué? —quiso saber—. ¿Qué maldito bebedizo me han dado que me impide perderlos de vista? Yo era un tipo feliz hasta que los encontré y ahora incluso empiezo a dudar de cómo me llamo... —Mostró las manos con las palmas hacia arriba como si con ello quisiera indicar que se rendía incondicionalmente—. ¡De acuerdo! —admitió—. Si lo que quieren es que cedamos la concesión a ese negro de mierda, se la cedemos. Al fin y al cabo, ¿quién soy yo para opinar sobre los muertos?

Bachaco Van-Jan cumplió su promesa, permitió que el belga Dobson —el más justo de los tasadores— valorara las «piedras» y le entregó al «Fiscal de Minas» un cheque del que éste descontó su inevitable cinco por ciento dándole a cambio al húngaro un pagaré en papel oficial.

—Cualquier Jefe Civil te lo abonará —dijo—. Ahora puedes irte sin miedo a que los «rionegrinos» te asalten... —Le observó con detenimiento—. Me duele que esto haya acabado así —añadió—. Pero creo que los «isleños» estarán mejor lejos de aquí.

—Algún día le arreglaré las cuentas a ese *Bachaco* —masculló Zoltan Karrás mientras se guardaba el pagaré—. Puedes jugarte las bolas.

—Eso no te traería más que problemas —fue la sincera advertencia—. Alguien lo matará, y pronto, pero no me gustaría que fueras tú. No se puede demostrar que él «cebara» a los «zamuritos» y vistas como están las cosas te ha hecho un favor... —Comenzó a limpiarse las gafas con su eterna parsimonia—. ¿Qué piensas hacer? —quiso saber—. He oído que proyectan construir una presa en el Caroní y que con el tiempo San Félix se convertirá en un lugar casi tan importante como Ciudad Bolívar. Tal vez deberías establecerte allí y labrarte un futuro lejos de las minas. Ya no eres un niño —le recordó sonriendo—. La «busca» empieza a ser demasiado para ti...

—No me veo vendiendo clavos detrás de un mostrador —replicó el húngaro que había encendido su pipa apuntando con ella a su interlocutor—. ¿Sabes lo que en verdad me apetece? —inquirió, y ante la muda negativa del otro señaló—: Me gustaría reunir una buena suma, irme a por Jimmy Angel, y asociarme con él en la búsqueda de «La Madre de los Diamantes».

—¡Eso es una tontería, hermano! —protestó *Cara-e-locha* Barrancas—. ¡No hay tal «Madre de los Diamantes»! No puede haberla, porque el Caroní, el Paragua, el Carrao, el Asa, el Curutú y veinte ríos más que arrastran diamantes nacen a cientos de kilómetros el uno del otro.

—McCraken y Al Willians la encontraron. Llámala «Madre de los Diamantes» o como quieras, pero no cabe duda de que está en alguna parte en lo alto de su tepuy. Jimmy es testigo. Cien veces me ha contado cómo el maldito viejo lo dejó bajo el ala del avión y a la mañana siguiente regresó con un tesoro incalculable. —Aspiró una densa bocanada de humo y negó una y otra vez con la cabeza—. Y Jimmy no miente. Si no estuviera tan seguro, no continuaría jugándose la vida; le bastaría con recorrer el mundo dando conferencias y alardeando de que es el hombre que, en solitario, descubrió la catarata más alta del mundo. —Asintió con idéntico convencimiento—. Yo le creo —concluyó—. Le creo, y me gustaría ayudarle a ver cumplido ese sueño.

—También yo conozco a Jimmy Angel —admitió Salustiano Barrancas—. Más de una vez nos hemos emborrachado juntos, pero aun en el caso de que en lo alto de uno de esos tepuys se ocultara un yacimiento fabuloso, Jimmy nunca lo encontraría. Ya la vida le dio sus premios: ser héroe de la Primera Guerra Mundial y ver su nombre en la Historia hasta el fin de los siglos. Ahora tiene que pagar el precio, y ese precio no incluye que, además, se haga rico. Si hay algo de lo que yo entienda es de hombres que perdieron su tren, y te garantizo, hermano, que Jimmy es uno de ellos. Por mucho que se empeñe, los diamantes no le quieren, y contra eso no hay nada que hacer.

Le compraron una ancha y cómoda curiara a un libanés que había tenido escaso éxito en la «busca» y que aceptó la choza de los Perdomo como parte del pago, y tras despedirse de Salustiano Barrancas abandonaron Turpial muy de mañana, río abajo, aunque ninguno de los cinco sabía, a ciencia cierta, hacia dónde se dirigían.

Balanceándose en su «chinchorro» a la sombra del porche de su barracón, el más cómodo sin duda del campamento, *Bachaco* Van-Jan los vio pasar sin apartar sus inquietantes ojos de Yáiza, que no se sintió tranquila hasta que las ramas de los árboles que caían sobre el agua lo ocultaron y le asaltó de improviso la impresión de que se encontraban de nuevo solos en la inmensidad de la espesura.

A popa Zoltan Karrás manejaba el canalete que hacía las veces de timón y aunque la anchura y mansedumbre del Curutú en aquel tramo de su cauce no indicaba que pudiera acecharles peligro alguno, se le advertía más inquieto que de costumbre, y de tanto en tanto, cuando los demás no le miraban, se volvía a lanzar una furtiva ojeada a sus espaldas.

Luego, a media tarde, y tras más de una hora de permanecer silencioso y taciturno, pareció tomar una brusca determinación ya que inesperadamente viró a estribor y enfiló la proa de la embarcación hacia un diminuto caño cubierto de vegetación que penetraba por la margen derecha.

—¿Qué ocurre? —se sorprendió de inmediato Sebastián—. ¿Adónde vamos?

—A ninguna parte —replicó el húngaro muy serio—. Pero como no tenemos prisa prefiero detenerme un rato y ver lo que pasa.

—¿Le preocupa algo?

—Todo el que tenga tratos con ese mulato zanahoria y no desconfíe se está jugando el cuello.

—¡Pero ya no puede quitarnos el dinero! —le recordó Aurelia—. Sólo usted puede cobrarlo.

—No es el dinero lo que me inquieta, señora —fue la respuesta—. O yo no lo conozco, o *el Bachaco* anda buscando algo más que un yacimiento en el fondo del Curutú. Sueña con convertirse en el Rey del Orinoco, y para eso necesita muchísimos diamantes.

—¡Pues si espera conseguirlos de nosotros, va arreglado! —exclamó Asdrúbal—. ¿O es que le contó algo del indio?

—Yo no le conté nada, pero no olvides que es hijo de negra trinitaria y esa gente tiene un olfato especial para cierto tipo de cosas. Está convencido de que Yáiza escucha «La Música».

—¿Y...?

—¿Y...? —repitió el húngaro—. ¿Qué harías si imaginaras que existe alguien capaz de localizar yacimientos de diamantes? Te gustaría ver qué es lo que hace y hacia dónde se dirige, ¿no es cierto? Tal vez supone que si pudo quitarnos tan fácilmente la «bomba» de Turpial, también pueda quitarnos cualquier otra... —Recostó la nuca en la popa de la embarcación y se inclinó el sombrero sobre la frente—. Voy a echar un sueñecito —dijo—. Intenta pescar algo para la cena y mantén los ojos bien abiertos.

Pero no durmió pese a que aparentara hacerlo, y al cabo

de un rato alzó de improviso la mano, pidió que guardaran silencio, y aplicando el oído al fondo de la curiara, permaneció unos instantes escuchando, y musitó quedamente:

—¡Ahí están!

—¿Cómo lo sabe? —inquirió Sebastián en el mismo tono—. No se ve a nadie.

—El agua transmite los sonidos y el casco sirve de caja de resonancia. Cuando navegas resulta muy útil para saber si te aproximas a un raudal, y cuando estás quieto, para averiguar si viene alguien por el río. —Se llevó el dedo a los labios—. ¡Ni una palabra! —ordenó.

Inmóviles como estatuas aguardaron hasta que venciendo el chillido de las loras y los monos les llegaron apagadas voces humanas, y a través del follaje que cubría la entrada del diminuto canal pudieron observar cómo una piragua de más de diez metros de eslora descendía empujada por la corriente, aunque un pequeño techo de hojas de palma que caía hasta las bordas, y ocupaba asi toda su parte central, impedía averiguar el número exacto de sus ocupantes.

—«Rionegrinos» —mascculló Zoltan Karrás cuando la enorme curiara se perdió de vista aguas abajo y no existía ya peligro de que pudieran oírle—. El «proero» es un «arekuna» renegado y el timonel un pastueño colombiano que tendría cien muertes sobre su conciencia si por casualidad le hubieran dado conciencia. —Buscó su cachimba y la encendió con especial cuidado para evitar que comprendieran que se sentía inquieto—. No me gusta nada —admitió—. ¡No me gusta un carrizo...!

—Ya se han ido.

—¿Y crees que basta? En cuanto lleguen a la «maloka» que se alza en la unión con el Paragua y averigüen que no hemos pasado por allí, serán ellos los que nos esperen. Y te juro que no resulta divertido andar jugando al gato y al ratón con «rionegrinos». —Hizo un amplio ademán que pretendía abarcar toda la espesura a su alrededor, y añadió con voz ronca—: Ésta es una tierra salvaje, que no admite más ley que la de cada cual. —Chasqueó la lengua—. ¿Crees que me agrada saber que en cualquier recodo del río pueden estar acechando unos carniceros entre los que hay «rajadores» de los que le abren a un minero las tripas para quitarle sus «piedras»...? ¡Pues no! No me agrada en absoluto.

—¿Y qué podemos hacer? —quiso saber Sebastián.

—Ésa es «La pregunta de las sesenta y cuatro mil lochas», carajito —replicó el húngaro—. De momento sé lo que no podemos hacer: seguir río abajo, pero no tengo ni idea de lo que debemos hacer.

—¿Regresar? —aventuró tímidamente Aurelia.

—¿Adónde? ¿A Turipal donde hoy en día hay más «rionegrinos» que en el propio San Carlos? —Negó con la cabeza—. No me parece una idea muy acertada.

—Había un río a la derecha.

—Sí. Ya lo sé —respondió el húngaro ante la indicación de Yáiza—. El afluente que dejamos hace un par de horas, pero no tengo idea de cuál puede ser, ni de dónde viene.

—¿Qué hay por esa parte?

—El Alto Paragua, y más allá la Sierra Paracaima y la frontera brasileña. Tierras que ningún «racional» ha pisado nunca, y en la que sólo viven tribus hostiles.

—¿«Guaicas»?

—Es posible que sean «guaicas» aunque también suelen habitar más al Sudoeste, en las cabeceras del Ocamo y el Orinoco... —Hizo una corta pausa—. ¿Sabes lo que significa «guaica»?: «Los que matan.» —Agitó la cabeza pesimista—. Odio la idea de elegir entre un «guaica» y un «rionegrino». Es como si me dieran a escoger entre sacarme un ojo o arrancarme la lengua.

—Xanán es «guaica» —puntualizó Yáiza.

—Pero está muerto, y como diría un gringo, el «único "guaica" bueno es el "guaica" muerto...» Lanzó un resoplido que mostraba a las claras su desconcierto—. No quiero que me interpreten mal —continuó—. No tengo nada contra los indios y a menudo paso largas temporadas con ellos, pero suelen ser pemones, arekunas o kamarakotos; gente pacífica con la que da gusto convivir. Incluso me caen bien los maquiritare y los yekuaná, pero los «guaicas» no. Son primitivos, crueles y terriblemente celosos de su independencia. Odian a los «racionales», y sé de muchos mineros que se adentraron en su territorio y jamás regresaron. Hoy día, en pleno mil novecientos cincuenta, la suya continúa siendo una de las regiones más inexploradas del planeta y ni siquiera se sabe qué es lo que puede haber en ella con exactitud.

—Diamantes.

—¿Estás segura?

—Lo estoy —replicó Yáiza—. La mina de McCraken se encuentra en la cima de un tepuy, pero no al Este, sino al oeste del Caroní. Ése es el error que comete Jimmy Angel al buscarla, porque fue el error que cometió McCraken al decírselo. No tuvo en cuenta que el Caroní se divide en dos brazos: el del Oeste es el Paragua, y el del Este es el auténtico Caroní. Él los confundía y por lo tanto la mina tiene que estar entre ambos ríos.

—¿Cómo lo sabes?

—Lo soñé.

—¡Vete al infierno!

—De acuerdo: me voy al infierno. Pero lo soñé sin saber que esos dos ríos se convertían en uno solo, y cuando lo consulté en sus mapas resultó que era así. —Se diría que su tono de voz se había hecho particularmente agresivo y parecía muy segura de lo que decía—. Yo no tengo interés en esa mina —continuó—. Por mí puede quedarse donde está, pero sé que se encuentra al oeste del Caroní, y que allí nadie la ha buscado.

El húngaro no dijo nada, saltó a tierra y se perdió de vista entre la maleza porque necesitaba meditar sobre una situación que sobrepasaba su capacidad de raciocinio. Una vez más, aquella muchachita endemoniada hacía que el cerebro estuviera a punto de estallarle, porque, pese a que era un hombre que había pasado por infinitas visicitudes a lo largo de su ajetreada vida, todas ellas, incluso las más estúpidas, se encontraban siempre regidas por algún tipo de lógica. Pero ahora no; ahora, desde el malhalado día en que tropezó con aquella desconcertante familia, todo parecía estar gobernado por el más inconcebible de los absurdos.

Resultaba totalmente ilógico, y sin embargo evidente, que Yáiza, sin haber estado nunca anteriormente en La Guayana e ignorándolo todo sobre su historia, sus costumbres y geografía, había sido tal vez capaz de resolver el viejo enigma de la mina perdida, a través de un simple planteamiento en el que nadie parecía haber reparado con anterioridad.

Cuando el escocés y el irlandés Al Willians descubrieron su portentoso yacimiento a comienzos de siglo, la mayoría de los viajeros y geógrafos tanto venezolanos como extranjeros solían confundir el alto Paragua con el auténtico Caroní que corría a unos cien kilómetros de distancia, a su derecha. Más adelante ambos ríos se unían para hacer el último trecho del camino y eso fue, sin duda, lo que dio origen a un error que años más tarde diversas expediciones oficiales aclararon, aunque entraba dentro de lo posible que McCraken, que por aquel entonces vivía ya en los Estados Unidos, no llegara a enterarse.

Jimmy Angel había estado por tanto buscando la mina al este del Caroní, cuando en realidad tendría que haberla buscado al este del Paragua, que era al propio tiempo el oeste del Caroní. Es decir: entre los dos ríos.

Era una mierda, sí, que tanta gente hubiera muerto o hubiera pasado infinitas calamidades buscando algo donde no podía estar, para que de pronto llegara una chiquilla de una isla lejana en la que no había un solo árbol ni un solo diamante, y les hiciera caer en la cuenta de la manera más simple de que habían estado haciendo el idiota.

Recordó su penosa ascensión al Auyán-Tepuy; los días que permaneció colgado de una pared de roca que caía a pico en un abismo de más de mil metros; el espantoso vértigo que padeció y lo que sufrió hasta conseguir llegar a la cima, y experimentó unos incontenibles deseos de abofetearse a causa de su inconcebible estupidez.

¿Con qué autoridad moral intentaría imponer en adelante sus criterios de «experto» en la selva, los ríos, o las minas, cuando aquella muchachita de aire ausente le había demostrado días atrás que los diamantes no estaban donde él los buscaba sino en el fondo de Curutú, y ahora le demostraba igualmente que «La Madre de los Diamantes» no se encontraba tampoco donde todos imaginaban?

Regresó sobre sus pasos, cabizbajo y pensativo, y se quedó observando a Yáiza que escribía algo en un misterioso cuaderno de tapas azules que siempre llevaba consigo, mientras su madre y sus hermanos preparaban la cena.

—No me hago responsable —advirtió seriamente—. Desde este mismo momento, hagamos lo que hagamos y ocurra lo que ocurra, dejo de sentirme responsable. —Buscó su pipa y la encendió con ansia—. ¡Renuncio! —concluyó en tono inapelable.

Los cuatro le miraron y ninguno hizo el menor gesto que indicara que tuvieran la menor intención de protestar por semejante decisión, pero mientras le tendía un pedazo de pescado asado, Aurelia inquirió:

—¿Le preocupa el viaje?

—Mucho.

—Por los «guaicas».

—Naturalmente.

—¿Tanto les teme?

—Más que nada en este mundo.

—¿Por qué no se queda entonces? Le ayudaremos a construir una balsa y podrá continuar hasta el Paragua. Los «rionegrinos», no le buscan a usted. Buscan a Yáiza.

Él se limitó a mirarla y había tan marcada intención en sus traslúcidos ojos, que Aurelia no se atrevió a insistir y optó por disimular su desconcierto encogiéndose de hombros y ofreciéndole un pedazo de pescado a su hija.

Casi una hora más tarde, y cuando ya un sol rojo que teñía de sangre las dispersas nubes que jugaban a perseguirse por el cielo había desaparecido más allá de las copas de las altas «juvias» de la orilla opuesta, embarcaron de nuevo y tras cerciorarse de que no se divisaba ser humano alguno a todo lo largo de aquel tramo del Curutú, abandonaron su escondite y comenzaron a bogar firmemente aguas arriba.

La Luna estaba muy alta cuando vislumbraron la entrada del afluente de unos diez metros de anchura, de mansa corriente y márgenes flanqueadas de altas palmeras moriche, y no se habían adentrado más de trescientos metros en su cauce, cuando de improviso una luz resplandeciente surcó el cielo dejando a su paso una brillante estela que a Yáiza le recordó las estrellas de cartón que su abuelo colgaba sobre el portal del Nacimiento.

—¿Qué ha sido eso? —inquirió alarmada Aurelia volviéndose a Zoltan Karrás.

—Un meteorito —replicó éste lanzando un bufido que podía significar muchas cosas—. Por aquí caen a menudo, pero jamás vi ninguno tan puñeteramente inoportuno…

Hans, *Bachaco*, Van-Jan vivía obsesionado por los diamantes.

No despreciaba el oro, las esmeraldas colombianas, el caucho, el «balata», o el contrabando fronterizo que de igual modo le proporcionaba excelentes beneficios, pero el sueño de su vida —heredado de su padre— había sido siempre poseer una fastuosa colección de diamantes como la del escocés McCraken.

En efecto, su padre, el pelirrojo y gigantesco borracho Hans Van-Jan, desperdició siendo aún muy joven su prometedora carrera de tallador por su incapacidad de resistir la tentación de apoderarse de las tres hermosas gemas que un joyero parisino puso en sus hábiles manos, lo que le condujo al poco tiempo al aborrecido penal de Cayena.

Cumplida su condena oyó hablar de los yacimientos venezolanos del Caroní, y decidió tentar fortuna quedándose en las selvas guayanesas, donde no tuvo suerte en la búsqueda, pero sí la desgracia de contemplar algunas de la «piedras» que McCraken trajo en su segundo viaje a la mítica «Madre de los Diamantes». Desde aquel infausto día, el viejo Van-Jan vivió como hipnotizado por el recuerdo de semejante visión y se pasaba las noches contándole a todo el mundo cómo eran aquellas «piedras», y qué haría con ellas si algún día conseguía reencontrar tan portentoso yacimiento.

Años más tarde, cuando tuvo noticias de que Jimmy Angel andaba también a la búsqueda de «La Madre de los Diamantes» trató inútilmente de asociarse con él, y al enterarse de que se había empantanado en la cumbre del Auyán-Tapuy no pudo vencer la tentación, se compinchó con un aventurero tejano, e intentaron a su vez repetir el aterrizaje en la cumbre de la meseta con tal mala fortuna que la diminuta avioneta capotó, su compañero murió en el acto, y él quedó con las dos piernas quebradas en la cima de un farallón de roca inaccesible, a cientos de kilómetros del punto civilizado más cercano.

Cuán terrible debió de ser su agonía, tan solo él y su hijo podían saberlo, pues consciente de su próximo fin, aún tuvo la fuerza y el valor necesarios como para trasladar a un pequeño cuaderno de notas todo cuanto le estaba aconteciendo, pormenorizando al detalle las angustiosas sensaciones de un hombre que sin más compañía que la lluvia, los rayos, el viento y las estrellas, veía llegar a la muerte en la más absoluta impotencia.

Escrito en flamenco, el libro de notas fue encontrado años más tarde por la expedición de Zoltan Karrás, y *el Bachaco* dedicó largos meses a traducirlo palabra por palabra y a sufrir por tanto casi los mismos padecimientos que su padre experimentara en aquellos momentos.

La avioneta de Hans Van-Jan permanecía aún en la cima del Auyán-Tepuy, y quienes lo sobrevolaban en sus visitas a la portentosa catarata podían distinguirla muy cerca de la que había pertenecido a Jimmy Angel, pero aquellos fracasos, y los de cuantos más tarde les siguieron en la búsqueda de la perdida mina de McCraken, no bastaron para desalentar a *el Bachaco,* que, por el contrario, se empeñó, cada vez con mayor empecinamiento, en cumplir el sueño que había costado la vida a su padre.

El día que tuvo noticias de que un muchachito maquiritare escuchaba «La Música», no dudó por tanto en seguirle ciegamente hasta la cumbre del vecino Parán-Tepuy, pero en el momento en que comprendió que aquel semisalvaje no sabía más de diamantes de lo que él mismo sabía, no dudó tampoco a la hora de arrojarlo al vacío desde los setecientos metros de altura de la pared oeste de la meseta que era la que más a plomo caía sobre la verde selva inferior.

Quienes le acompañaban en aquella ocasión, comentaban más tarde la temible serenidad que *el Bachaco* había mostrado a la hora de empujar al abismo al maniatado indígena, y cómo se había complacido en escuchar su inacabable grito de terror, observando la forma con que el viento jugueteaba con aquel cuerpo inerme antes de permitir que desapareciera tragado por las copas de los más altos árboles.

Pero los fracasos, tanto propios como ajenos, continuaban sin hacer mella en la férrea voluntad del negro pelirrojo, que persistía, con pertinaz terquedad, en la idea de poseer, algún día, «piedras» semejantes a las que habían trastornado a su padre, y en cuanto escuchaba el rumor de que una nueva «bomba» había sido detectada en cualquier punto del inmenso territorio que se asentaba entre el Orinoco y el Amazonas acudía de inmediato con lo más escogido de su gente.

Pero ahora, convencido de que Turpial no ofrecía, al igual que tantos otros yacimientos de segunda clase, oportunidad de obtener más que algunos puñados de «piedras» de mediano valor pese a las prometedoras expectativas del fondo del río, había comenzado a aferrarse a la idea de que la preciosa muchacha de ojos verdes y majestuosa figura que acompañaba al húngaro poseía los extraños poderes que aquel difunto chicuelo nunca poseyó.

Hijo de una hermosa y ladina negra trinitaria, de la que se murmuraba que atiborraba al viejo Van-Jan de «pusana» y bebedizos mágicos, *el Bachaco* había heredado de ella, además del color de la piel y la esbelta figura, una atracción especial por todo cuanto se relacionase con el ocultismo, el vudú, las macumbas, o los oscuros ritos relacionados con María-Lionza, y no se le antojaba por tanto en modo alguno descabellada la aseveración que había hecho uno de sus hombres —un indio renegado—, de que Yáiza podía ser, en verdad, una elegida de los dioses.

Pero Yáiza había desaparecido.

Yáiza, y sus hermanos, su madre, la curiara, e incluso aquel hijo de puta de «Musiú» por el que jamás había experimentado la menor simpatía, pese a que le hubiese traído el libro de notas de su padre.

Cerca ya de la unión con el Paragua, un grupo de mineros que navegaban aguas arriba en demanda de Turpial le aseguraron —jurando y perjurando—, que en el transcurso del día no se habían cruzado con ninguna embarcación, y, como desde siempre había sabido que Zoltan Karrás era un «pájaro-bravo», en cuanto se refiriese a la supervivencia en las minas y la selva, *el Bachaco* no abrigó dudas sobre el hecho evidente de que el húngaro había adivinado sus intenciones, optando por darle el «esquinazo».

—¡Nos envainó el «musiuito»! —le señaló a Cesáreo Pastrana, un asesino pastueño al que solía hacer partícipe de sus confidencias—. Nos hechó tronco de lavativa metiéndose en el monte. Ahora sabe que le andamos buscando las liendres, y ese húngaro es «morrocoy» (1) de muchos caparazones.

—Más grandes nos han servido de merienda.

—A condición de saber donde cuelga su «chichorro», pero por lo que tengo oído es un pata-larga, más caminador que tigre con ladillas.

—Esta vez no anda solo y las mujeres no le dejarán apresurarse mucho. —El colombiano señaló la inmensa extensión de verdor que había quedado a sus espaldas—. Ésa es tierra difícil —añadió—. Monte bravo, poca sabana, cerros y cañadas. No pueden estar lejos.

—Lo que me preocupa no es dónde estén, sino hacia dónde se dirigen —replicó el mestizo masticando con fruición el ex-

(1) Tortuga pequeña.

tremo de uno de los inmensos habanos que siempre fumaba como símbolo de su poder y autoridad—. Si la niña escucha «La Música» tal vez ande tras la pista de una nueva «bomba». —El otro no dijo nada, pero la expresión de sus ojos bastó para demostrar lo que estaba pensando, y eso pareció molestarle—. Ya sé que no crees en esas vainas —añadió—. Pero yo sé que son ciertas.

—¿Como en el caso del maquiritare?

—Aquel «comemierda» se asustó, eso fue todo. Era bueno para buscar «piedras» en los ríos, pero «La Madre de los Diamantes» le venía grande y cuando se enfrentó a los farallones del tepuy le entró tal cagalera que a partir de ahí no supo ni cómo se llamaba.

—¿Y qué te hace pensar que la caraja es distinta?

—Porque lo es... —Se volvió a buscar con la mirada al arekuna que se entretenía en flechar peces junto a la orilla, en la que se encontraban atracados y lo llamó con un gesto—. ¡*Tragamonos*! —pidió—. Ven y cuéntale al pastueño cómo es la guaricha.

El llamado *Tragamonos* —con más aspecto simiesco que los propios «marimondas» de los que acostumbraba a alimentarse— se aproximó dando saltitos, se plantó frente al colombiano al que apenas llegaba a la cintura, y estirando mucho el cuello como si se tratase de una tortuga curiosa lanzó un corto rugido que imitaba a la perfección el grito de un araguato.

—Guaricha nacida para esposa de Makunaima, «cuñao» —dijo—. Pero ni siquiera un dios podrá tocarla sin quemarse porque está hecha de madera de «guachimacá», el árbol que produce el fuego. Guaricha oye y ve lo que nadie oye ni ve, porque el «cari-cari» le prestó sus ojos y el «cunaguaro» su nariz. Guaricha sabe lo que nadie más sabe, porque...

—¡Anda a joder al coño de tu madre...! —le interrumpió el colombiano impaciente—. Lo única que esa guaricha tiene es la cuca más jugosa al sur del Caribe, y para comérsela vale la pena seguirla por esos montes hasta la mismísima tierra de los «guaicas». —Rió divertido mientras con dos dedos apresaba la diminuta nariz del indígena y se la retorcía como a un chicuelo travieso—. ¿Vendrás con nosotros a ver a los «guaicas» o te mearás en el «guayuco» (1) en cuanto los huelas? ¿Eh? ¿Te gustan los «guaicas», indio de mierda?

El otro dio un salto atrás a riesgo de dejarse el apéndice nasal entre las manos del pastueño, y tras cerciorarse de que continuaba en su lugar de siempre, replicó malhumorado:

—«Guaica» mata primero blanco, luego negro, luego indio, y por último «guaharibo». Tendré tiempo de mearme en tus pantalones cuando estés hinchado y comido por las moscas. ¡Recuérdalo, «cuñao»!

Dio un nuevo salto cuando el otro hizo ademán de echarle al cuello su ancha manaza, pero *Bachaco* Van-Jan intervino interponiéndose entre ambos.

—¡Basta de guachafitas! —ordenó—. Nadie ha dicho nada de meterse en territorio «guaica» y no creo que el «Musiú» sea tan pendejo como para pensarlo. —Hizo un gesto a sus hombres para que reembarcaran en la enorme curiara—. ¡Arriba todos! —gritó—. ¡Regresamos!

Y lo hicieron, atentos ahora a cada detalle de las orillas del río y deteniéndose de tanto en tanto a investigar a fondo los puntos que pudieran haber servido de escondite a quienes ya en una ocasión habían conseguido burlarles, y el sol caía a plomo cuando se adentraron al fin en el diminuto caño de la margen derecha. De inmediato el arekuna comenzó a olfatear el aire como un perro perdiguero para saltar de improviso a tierra, seguir el rastro que su nariz le indicaba y descubrir, bajo una cuarta de tierra y hojarasca, las cenizas de la hoguera que Asdrúbal Perdomo encendiera la noche anterior.

—Aquí no durmieron —sentenció tras comprobar por el tacto el tiempo que llevaba apagada—. Bogaron de noche —añadió con un tono de voz que denotaba a las claras la repugnancia que tal hecho le producía—. Los «racionales» no

(1) Taparrabos.

respetan el «taré» de la luna y la utilizaron para alejarse. ¡Mala cosa! —concluyó convencido—. ¡Muy mala!

A partir de aquel momento *Bachaco* Van-Jan no abrigó dudas sobre el camino seguido por el húngaro y los *Maradentro,* pues resultaba evidente, si no aparecía su embarcación, que la única vía de escape antes de Turpial era el desconocido afluente que alimentaba el Curutú por su margen derecha.

Ordenó por tanto al timonel que le diera potencia al motor y se acomodó con el resto de los hombres que se entretenía jugando a las cartas en el interior de la toldilla hasta que cuatro horas más tarde el diminuto tributario se había convertido en poco más que un canal invadido por una maleza que rascaba los costados y por el que resultaba imposible navegar

—Si ese «Musiú» es tan listo como imagino, habrá hundido su curiara para que no podamos averiguar desde dónde comenzaron la «pica» —comentó—. Hay quinientos «bolos» para el primero que descubra qué camino han seguido. Cesáreo, con tu gente, por la margen izquierda; *Tragamonos* y el resto, por la derecha. Todos aquí de vuelta dentro de una hora, y no quiero disparos que puedan alarmarlos. Vienen y me lo cuentan... ¡Andando!

Se recostó contra el tronco de un támaro, cerró los ojos, y como no tenía sueño dejó pasar el tiempo fumando y recordando el entusiasmo con que su padre le repetía la vieja historia del día en que vio brillar sobre el mostrador de un bar de Ciudad Bolívar las «piedras» que el viejo McCraken había obtenido de su misteriosa mina del Tepuy.

—¡Las había como huevos de paloma! —aseguraba—. Y una azulada parecía tan excepcionalmente fina que yo hubiera podido sacar de ella un brillante de cuarenta quilates. ¿Te imaginas? ¡Un brillante de cuarenta quilates...!

El mulato Van-Jan no había visto nunca un brillante de cuarenta quilates y no conseguía por tanto imaginárselo, y a lo largo de toda su vida —que transcurría sin tropezar jamás con una gema semejante— había continuado de igual modo tratando de imaginar qué aspecto tendría y qué sensación se experimentaría al poseerla.

Muchas «piedras» habían pasado en aquellos años por sus manos, pero ninguna de la que pudiera obtenerse ni remotamente un brillante perfecto, y se preguntó si no habría sido todo ello tan solo fantasías de borracho hasta el día que conoció personalmente a Jimmy Angel y éste le confirmó la historia palabra por palabra:

—Recuerdo especialmente aquella «piedra» azulada —admitió—. McCraken me aseguró que jamás la vendería, y años más tarde, cuando me lo encontré en el tren, aún la llevaba colgada al cuello. Le había dado un nombre: «El Gran Willians», en memoria de su socio muerto.

—¿Cómo era McCraken?

—Un viejo solitario. Siempre hablaba de Willians, y de los años que pasaron juntos. Más que amigos debían ser como hermanos, y creo que jamás se recuperó por su muerte.

—¿Es cierto que aquella noche regresó con dos cubos de diamantes?

—¿Crees que si no lo hubiera visto con mis propios ojos estaría perdiendo los mejores años de mi vida buscando esa dichosa mina...? ¡No friegues!

—¿Lo intentarás de nuevo?

—En cuanto tenga otro avión.

—Yo puedo proporcionarte uno.

Hans Van-Jan jamás olvidaría —y eso era algo que había jurado cobrarle algún día— la despectiva mirada que Jimmy Angel le haba dirigido, y lo marcadamente ofensivo de su tono al replicar:

—¡Escucha, *Bachaco*! Ya tu padre quiso intentarlo y tuvo una mala muerte. Esa mina es mía. ¿Lo oyes? Es mía y no pienso asociarme con gente como tú, porque estoy seguro de que si diéramos con ella, ahí mismo me cavarías la tumba...

—¡Encontré la «pica», «cuñao»!

Abrió los ojos y se enfrentó al simiesco rostro del *Traga-*

monos, que hizo un amplio gesto señalando un punto hacia el Sudeste.

—Encontré la «pica» —repitió—. Tres hombres y dos mujeres por un viejo sendero de dantas. Nos llevan medio día de ventaja.

—Los «racionales» nos llaman «Guaicas», «Los que matan», pero nosotros hemos sido desde hace miles de años los «Yanoami», «Los seres humanos», jamás matamos por capricho, y si mis antepasados se vieron obligados a hacerlo fue para evitar que nos despojaran de nuestras tierras, nuestras mujeres e incluso nuestros hijos a los que convertían en esclavos de las caucheras... —Xanán permanecía en cuclillas, ocupando el centro de la noche con la vista fija en el rostro de Yáiza aunque más que verla parecía estar mirando a través de ella—. Los «Yanoami» aprendimos a refugiarnos en las más alejadas selvas, pero como eso no bastaba tuvimos que aprender también a defendernos para evitar que los «racionales» aniquilasen en el transcurso de una generación a un pueblo que había sobrevivido a mil guerras y catástrofes desde el día en que Omaoa creó al mismo tiempo la luz y los «Yanoami».

—¿Pero qué es lo que quiere exactamente tu pueblo de mí? Aún no me lo has dicho.

El hermoso guerrero se encogió levemente de hombros y su rostro mostró una vez más aquella eterna expresión de fatalismo que parecía constituir el carácter más significativo de su raza.

—Eso tan sólo Etuko, el brujo, lo sabe. Se droga con «ebena» y habla entonces con los «noneshi»; las sombras de los hombres que vagan por la tierra sin descanso; lo que soy yo ahora —pareció meditar largo rato con la vista clavada en el vacío en su triste destino de «noneshi» que ha perdido para siempre su cuerpo, y al cabo de mucho rato, pues lo muertos olvidaban toda noción del tiempo, añadió—: Al regresar del más largo de sus viajes al mundo de los espíritus, Etuko nos reunió a los guerreros y nos ordenó que saliéramos en tu busca. Y yo obedecí.

—¿Y por eso tratas de engañarme asegurando que me llevas donde hay diamantes, cuando en realidad obedeces a Etuko?

—Yo no te engaño —fue la suave respuesta—. Yo sé dónde hay diamantes. Dondequiera que un jaguar mata a un niño y su madre lo llora, sus lágrimas se convierten en diamantes. ¿Por qué ansían tantos los «racionales» las lágrimas de las madres que perdieron a sus hijos? Los niños las necesitan para enseñárselas a Omaoa y demostrarle que eran buenos y amados en la Tierra, y del mismo modo deberán ser amados en el cielo. —Xanán negó una y otra vez con la cabeza, y musitó quedamente—. No está bien robarle a un niño las lágrimas de su madre... ¡No está nada bien! Pero tú sigues siendo «racional» y sigues deseando esos diamantes, y por lo tanto te llevaré a un lugar que conozco en que una vez un jaguar mató a un niño.

Resultaba inútil tratar de explicarle a un indio muerto que los diamantes eran trozos de carbono cristalizado porque sin duda se le antojaría mucho más absurdo y menos hermoso que aceptar que se trataba de lágrimas de madre, y del mismo modo resultaba inútil tratar de explicarle lo que significaban los diamantes en el mundo de los «racionales» y las mil cosas maravillosas que se podían obtener a cambio de ellos. Resultaba todo en los últimos tiempos tan absurdo y fatigoso, que Yáiza había optado por no tratar de analizar cuanto ocurría a su alrededor, dejándose llevar por Xanán y aceptando sus extrañas explicaciones.

—Encontraréis un sendero de dantas —le había señalado la noche anterior—. Siguiéndolo hacia el Sur, alcanzaréis al atardecer una altiplanicie sobre la que se extienden los más hermosos bosques de la Tierra.

Y aquella segunda noche habían acampado allí, sobre la hermosa altiplanicie de frondosos bosques cuajados de palmeras «pijiguao», lejos del húmedo y agobiante calor de la orilla del Curutú y de la eterna «plaga» de «zancudos» y «gengenes», pues una suave brisa refrescaba el ambiente y ahuyentaba a los insectos obligando a suponer que era ésta una selva nueva y muy diferente de la que acababan de abandonar.

—A medida que ascendamos, el clima se vuelve más dulce y la espesura menos densa —fue la explicación de Zoltan Karrás—. Lo único malo son los «guaicas».

—No son «guaicas». Son «Yanoami»; «Seres humanos».

El húngaro observó a Yáiza, y cuando habló había una punta de ironía en su voz:

—¿Eso te ha dicho? Pregúntale entonces por qué «Los seres humanos» se comen a los seres humanos.

—No nos comemos a los seres humanos —fue la ofendida respuesta de Xanán—. Cuando un «Yanoami» muere incineramos su cadáver, y el humo, al subir, se lleva su «noneshi» directamente al Gran Tepuy. Luego, sus parientes guardan las cenizas, y al cabo de un año las ingieren mezcladas con carato de plátano para conservar así una parte del ser amado. Puede que eso sea algo que los «racionales» no entiendan, pero yo hubiera deseado que mi cuerpo, en lugar de ser devorado por zamuros y gusanos, hubiera sido convertido en cenizas que mis parientes consumieran. —Se hundió de nuevo en una de aquellas larguísimas pausas a las que Yáiza estaba acostumbrada, y al fin concluyó—. Por eso mi «noneshi» no encuentra reposo y tiene que continuar en tu compañía.

—¿Y qué puedo hacer yo para que encuentres ese reposo y me abandones?

—No lo sé, pero Etuko debe saberlo. Él lo sabe todo referente a los dioses y a las almas. Habla con Omaoa, y Omaoa le dice cómo deben comportarse los hombres para que él los ame y los proteja. Cuando lleguemos al «shabono» de mi tribu, Etuko me dirá qué debo hacer para reunirme con Omaoa para siempre.

—¿A qué distancia está el «shabono» de tu tribu?

—Lejos. Muy lejos. Mañana llegarás a una laguna donde concluye el sendero de las dantas. Bordeándola, encontrarás un riachuelo de aguas verdes que se abre camino por entre grandes rocas. Síguelo.

Todo se encontraba donde él indicaba: el final del sendero, la laguna y el riachuelo de aguas transparentes que invitaban a un largo baño y a refrescarse riendo y chapoteando, mientras el húngaro fumaba pensativo, preocupado tal vez porque se estaba quedando sin tabaco, o por el hecho de que se adentraban en territorio «guaica» y cuanto aconteciera de allí en adelante escapaba a su control.

El paisaje era demasiado plácido, con una sucesión de colinas y mesetas que continuaban ascendiendo lentamente haciendo que el aire resultara cada vez más limpio y en aquellos bosques, anchos y abiertos, no costaba esfuerzo alguno conseguir un par de monos, alguna pava, e incluso un sabroso pecari cuyos filetes, acompañados de frutos de «pijiguao», nada tenían que envidiar al mejor lomo de cerdo con patatas al horno.

A Zoltan Karrás se le antojaba todo demasiado paradisíaco y pese a que desde siempre había oído contar que así era en efecto la tierra de los «guaicas», también había oído decir que por eso mismo los «guaicas» la defendían con tanta ferocidad, sin permitir que ningún hombre blanco la violara.

Pero alguien más la había violado.

Lo descubrieron al cuarto día, sentado sobre una laja de piedra al borde del riachuelo, semidesnudo, barbudo y desgreñado; con el pelo casi blanco de puro rubio y la espalda carcomida por las llagas y las ampollas que le habían producido los «sututús».

—Sven Goetz —se presentó a sí mismo, en un castellano casi cómico—. Bienvenidos a mi casa.

«Su casa» era un chamizo formado por cuatro postes de madera, un techo de palma, un banco, un incomodísimo «chinchorro» de bejucos, y media docena de toscas vasijas de barro mal cocidas.

—¿Hace mucho tiempo que vive aquí? Fue lo primero que quiso saber Aurelia horrorizada por el aspecto del lugar y su total carencia de las más elementales comodidades propias de una persona supuestamente civilizada.

—Cuatro años.

—¡Cuatro años! —Extendió la mano a su alrededor como queriendo mostrar la magnitud de aquella miseria—. ¿Y qué ha hecho todo este tiempo?

—Estoy arrestado.

—¿Arrestado?

—Bueno... —Se diría que el otro se esforzaba por encontrar un término más adecuado—. Digamos que estoy preso; prisionero.

—¿Prisionero de quién?

—De nadie.

—En ese caso, ¿cómo dice que está preso? ¿Por qué?

—Por criminal de guerra. Yo era coronel de la «SS». —Señaló la choza y la selva que nacía a pocos metros—. Ésta es mi cárcel —concluyó.

Los cinco le miraron. Aurelia y Yáiza habían tomado asiento en el banco de madera, Zoltan Karrás permanecía en pie apoyado en uno de los postes del chamizo, y Asdrúbal y Sebastián se habían dejado caer sencillamente al suelo.

—¿Quiere hacernos creer que usted mismo se ha impuesto cumplir una condena? —inquirió al fin no muy convencido el húngaro.

—Así es —asintió el llamado Sven Goetz con firmeza—.

Me alegra ver que he sabido explicarme aunque mi español no es muy bueno.

¿Y por qué quiere cumplir una condena si nadie le obliga?

—Porque es justa. Yo fui tan criminal de guerra como la mayoría de mis compañeros, y si hubiéramos triunfado tal vez las cosas se verían de otro modo, pero como perdimos, debemos pagar por ello. El hecho de que tuviera suerte y nadie me capturara no me exime de cumplir un castigo.

—¿Por qué no se entregó voluntariamente?

—Porque ni los americanos ni los rusos tenían derecho a juzgarme. A nosotros tan sólo podían juzgarnos los alemanes, porque fue a quien más daño hicimos, y yo, como alemán antes que como militar, me he juzgado y me he condenado a vivir aquí durante diez años. Luego quedaré libre.

—¡Diez años! —se asombró Aurelia—. ¿Y piensa cumplirlos?

—Desde luego, señora. Hasta el último día, porque no tengo derecho a indultarme ni a reducirme la condena.

—Hay algo que me gustaría saber —inquirió Sebastián con intención y una cierta desconfianza—. ¿Cómo es que ahora se muestra tan justo y antes no había caído en la cuenta de que estaba haciendo algo malo?

El «coronel», que había tomado asiento en su escurridizo «chinchorro» y hacía equilibrios para no acabar súbitamente en el suelo, los observó uno por uno, y al fin permitió que entre la maraña de su espesa barba y su hirsuto bigote asomara una leve sonrisa:

—Yo sabía muy bien que estaba haciendo algo malo —puntualizó—. Lo sabía, y cada noche me horrorizaba por mis actos, pero a la mañana siguiente tenía que volver a ser el coronel Sven Goetz porque estábamos en guerra, y era más fácil ser oficial de la «SS» que soldado del frente ruso. Y más cómodo ser condecorado que fusilado. Y Helga prefería vivir en un palacete con coche oficial, que en un cuartucho realquilado teniendo que hacer cola para comprar pan. —No apartaba los ojos, con mirada ansiosa, de la apagada cachimba que Zoltan Karrás mantenía entre los dientes—. Aunque ahora nadie quiera admitirlo, aquella guerra estaba más hecha de pequeñas cobardías que de grandes actos heroicos... —continuó—. Y más de cotidianos egoísmos, que de patrióticos convencimientos. Ser nazi fue lo más práctico hasta que se transformó en lo más incómodo y es lógico que hoy pague por ello.

—¿Y su esposa?

—Se fue a vivir con un sargento americano, y creo que ésa fue mi única victoria sobre los aliados... —Se volvió al húngaro—. ¿Me permitiría darle una calada a su pipa? —suplicó—. ¡Hace tanto tiempo que no fumo...!

Zoltan Karrás dudó, observó desconcertado a los presentes y por último, extrayendo de la bolsa un poco de la escasa picadura que le quedaba, cargó la cachimba y se la ofreció:

—¿Por qué no cultiva tabaco? —inquirió—. Esta tierra es buena.

El alemán hizo un gesto negativo con la cabeza:

—Esta tierra es buena para muchas cosas —admitió—. Pero si me dedico a cultivarla, arreglo la casa o me proporciono comodidades, no estaré cumpliendo una condena, sino disfrutando de un retiro. Tengo que continuar así, solo, con hambre, el cuerpo devorado por los «sututús» y miedo a las bestias y a los salvajes que me vigilan. Lo demás, no vale.

—¿No está siendo demasiado severo consigo mismo? —quiso saber Yáiza hablando por primera vez desde su llegada.

El «coronel» pareció tomar conciencia de su extraordinaria y serena hermosura, que se manifestaba pese a la tosca e inadecuada ropa masculina que vestía, y su tono de voz sonó un tanto amargo al replicar:

—Al recordar que hay cosas como usted en el mundo, tal vez, pero hace tiempo llegué a la conclusión de que demasiada gente rehúye su castigo sufriendo sin embargo otro mucho peor interiormente. Yo prefiero padecer de un modo físico, pero sentirme en paz conmigo mismo. —Sonrió como si se burlara de sus teorías—. En el fondo es una actitud egoísta —añadió—. Maltrato un cuerpo por el que no siento ningún aprecio, a cambio de una serenidad espiritual que no merezco.

—¿Y realmente la consigue?

Sven Goetz observó con renovada atención a la muchacha, adivinó que existía un marcado interés personal en la pregunta, y como si el resto de los presentes hubieran dejado de existir, admitió:

—Tan sólo en contadas ocasiones. Pero me alegra comprobar que tales ocasiones son cada vez más frecuentes, probablemente debido a que las llagas de la espalda me duelen cada día más. Si estos malditos bichos no acaban por devorarme en vida, quizá triunfe.

—¿Es usted creyente?

—Si no fuera creyente todo esto resultaría estúpido, ¿no le parece? Castigar un cuerpo cuando se supone que es lo único que tienes y acabarán comiéndoselo otro tipo de gusanos, sería tan sólo un ejercicio de masoquismo. Y aunque el verme invite a pensar lo contrario, no soy masoquista. Tan sólo soy un hombre arrepentido.

—¿Cree que basta con el arrepentimiento?

—Si bastara me limitaría a realizar ejercicios de arrepentimiento cuatro horas diarias en un cómodo apartamento de Caracas después de haber disfrutado de una buena cena y un coñac. Pero como diría mi hermano, que es sacerdote, si el arrepentimiento no va acompañado de propósito de enmienda, dolor de corazón y una justa penitencia, se convierte en un sentimiento hueco.

—¿Hay muchos que piensan como usted entre los que perdieron la guerra? —quiso saber Zoltan Karrás, que se mantenía atento a sus palabras—. Me gustaría saberlo.

—No tengo ni la menor idea, ni me importa —fue la sincera respuesta—. Imagino que para la mayoría, el sentimiento que prevalece es el de frustración, vergüenza o deseo de revancha, pero quiero suponer, también, que desde el día de la capitulación, el pueblo alemán dejó de comportarse como masa, y pasó a convertirse en un conjunto de individualidades. Y yo sé bien que las reacciones de las masas y de los individuos son por completo diferentes. En eso precisamente se centraba mi trabajo. Puede ocurrir, por tanto, que exista un cierto número de alemanes que experimente lo mismo que yo. ¿Por qué lo pregunta?

—Porque he luchado contra los alemanes en dos guerras, y aunque estoy seguro de haber matado a varios, jamás había hablado anteriormente con ninguno. —El húngaro chasqueó la lengua y torció la cabeza en un gesto que denotaba perplejidad y un cierto esceptismo—. Extraño mundo este en el que no conoces a quien matas ni por qué razón lo matas, ¿no es cierto? Siempre había creído que los «cabezas cuadradas» no eran más que una banda de fanáticos cerriles y ahora me gustaría averiguar si puede haber más «cabezas cuadradas» como usted.

—¿De dónde es?

—Húngaro.

—Tampoco teníamos muy buen concepto de los húngaros en Alemania —admitió Sven Goetz—. Pero estos años de soledad me han permitido comprender que todos los preconceptos, especialmente aquellos que se refieren a nosotros mismos, están la mayoría de las veces equivocados. Siempre imaginé que nada podía existir más importante para mí que la victoria, y sólo ahora puedo aceptar que esa victoria me hubiera esclavizado para siempre al uniforme, las medallas, Helga, y todo aquello que en el fondo detestaba. —Le devolvió la pipa a Zoltan Karrás con una sonrisa de agradecimiento—. La derrota constituyó, al fin y al cabo, mi mayor triunfo. Me permitió averiguar quién era... —hizo una larga pausa y los observó uno por uno—. Y ahora, si no les importa, me gustaría que dejáramos de hablar de mí, y me dijeran qué es lo que hacen aquí, y hacia dónde se dirigen.

—No lo sabemos.

La respuesta de Sebastián no pareció sorprenderle, pero aun así, comentó:

—Extraño lugar es éste para no saber adonde van. Están

entrando en territorio «guaica», y mi consejo es que no si tienen una razón de mucho peso, no sigan adelante.

—La tenemos.

—Sven Goetz estudió con detenimiento el sereno rostro de Yáiza que era quien lo había dicho, y por último asintió con un imperceptible ademán de cabeza:

—Lo supongo. Y supongo también que será más lógico que el que me impulsa a mí a vivir aquí —añadió—. Si no tienen prisa, me gustaría que pasaran la noche en mi casa. Puedo permitirme un poco de compañía después de cuatro años. Tal vez tarde otros cuatro en volver a ver a un ser humano.

Se quedaron; compartieron su parca cena de pescado y platanos asados, conversaron hasta muy tarde porque Sven Goetz era un hombre que necesitaba echar fuera todo cuanto había tenido que retener durante aquel largo período de tiempo, y le escucharon luego agitarse y gemir en su «chinchorro», mascullando protestas en su idioma, como si estuviera librando una batalla con las que debieron ser sus víctimas.

Al día siguiente, cuando le dejaron sentado sobre la laja del río, exactamente en el mismo punto en que lo habían encontrado, Aurelia no pudo por menos que dirigirle una última mirada de conmiseración y comentar:

—No creo que resista esos seis años. Lo más probable es que cualquier día se cuelgue de la rama de un árbol.

—Yo no estoy tan seguro —le contradijo Zoltan Karrás—. El mero hecho de ser capaz de condenarse a sí mismo constituye un primer paso para salvarse. ¡Ojalá todos nos atreviéramos a imponernos nuestro propio castigo en un momento dado!

—¿Cuántos años de cárcel se echaría? —quiso saber Asdrúbal.

El húngaro se encogió de hombros y sonrió con innegable ironía:

—Tendría que pensarlo —replicó—. No diez, desde luego, pero quizá no me vendrían mal un par de ellos. ¿Y tú?

—¿Quién puede saber lo que hay que pagar por partirle el corazón a un muchacho que no ha cumplido aún los veinte años?

Dio media vuelta, y se alejó con paso firme por el sendero. Los demás se observaron incómodos, y al fin le siguieron en silencio.

—Se las compro.

—¿Qué?

—Las «piedras».

—¿Piedras? ¿Qué piedras, señor...? —Sven Goetz hizo un amplio gesto que mostraba el río y el bosque en torno a su chamizo, pero se le advertía perplejo—. Todo está lleno de piedras.

—¡Oh, vamos! —protestó *Bachaco* Van-Jan—. Se diría que todos los jodíos «musiús» de este país pretenden engañarme últimamente. Usted sabe que no me refiero a ese tipo de piedras, sino a las otras: los diamantes.

—¿Diamantes? —se asombró el alemán—. ¿Qué diamantes?

—¡No se haga el pendejo conmigo, gran carajo! Los diamantes que ha ido reuniendo en los cuatro años que lleva aquí.

—El ex «coronel» de la «SS» recorrió con la vista el grupo de hombres que se había acomodado en su choza, y por último se volvió de nuevo al chocante negro de cabellos color panocha que parecía comandarlos. Su castellano sonó más estrafalario que nunca al replicar:

—No sabía que aquí hubiera diamantes, señor. Pero si me dice cómo son y dónde pueden estar tendré mucho gusto en buscarlos para usted. Me sobra tiempo.

—¿Me está «mamando el gallo»?

El oficial alemán se irguió visiblemente ofendido.

—¿Mamando qué, señor...?

—«Mamando el gallo»; tomando el pelo; burlándose de mí; quedándose conmigo... Lo que quiera, «musiú», pero le advierto que quienes lo han intentado están ya horizontales... —Hizo una pausa, tal vez para calmarse, o tal vez para permitir que el otro recapacitara sobre lo que en verdad le convenía—. Repito mi oferta —insistió por último—. Le pago un buen precio por sus diamantes.

—Y yo le repito mi respuesta, señor, y no pretendo mamarle el gallo ese... Jamás he visto más diamantes que el que le regalé a mi esposa en nuestro quinto aniversario de bodas.

Bachaco Van-Jan pareció comprender que decía la verdad, y tras meditar unos instantes, aventuró:

—¿Oro?

—¿Cómo dice?

—Le pregunto si es oro lo que tiene. También estoy dispuesto a comprárselo.

—Lo siento. Tampoco tengo oro. Todo lo que tengo es lo que ve aquí: las vasijas, el banco y la hamaca.

El mulato intercambió una larga mirada con Cesáreo Pastrana, y resultaba evidente que tanto el colombiano como el resto de los «rionegrinos» se encontraban tan desconcertados como él.

—Me vas a perdonar «musiú» —dijo por último tuteándole porque al parecer se le había acabado la paciencia—. Pero yo ya estoy mayorcito para creer que alguien pueda pasarse cuatro años en el culo del mundo, sin hacer otra cosa que buscarse los piojos.

—Soy un prisionero.

—¿De quién?

—Mío.

Los ojos, color esmeralda, refulgentes y agresivos de Hans Van-Jan, relampaguearon de ira, y con un velocísimo gesto esgrimió su corto y afilado machete que surcó el aire y fue a detenerse en el cuello del alemán infringiéndole un pequeño corte por el que comenzó a manar un hilillo de sangre.

—¡Repítelo! —masculló.

El alemán no se movió. Observó, visiblemente desconcertado a aquel extraño espécimen del que no sabría decir exactamente a qué raza pertenecía, se tomó unos segundos para ordenar sus ideas, y por último, utilizando aún más expresiones alemanas de las que tenía por costumbre, musitó:

—¡Señor! Si usted me mata tal vez me alegre porque la soledad, el hambre, y estos bichos que me llagan el cuerpo están a punto de volverme loco, pero le aseguro que estoy aquí por mi propia voluntad, cumplo una condena que yo mismo me impuse y no tengo oro ni diamantes...

—No es más que un pobre chiflado —comentó alguien—. ¡Déjalo estar!

—¿Y si miente?

—Un pendejo que vive de esta manera, duerme en ese «chinchorro» y tiene la espalda como él la tiene, no miente. Si lo matas le haces un favor.

—A veces me gusta hacerle favores a la gente.

—Pues apúrate porque mientras tanto los «isleños» nos sacan ventaja.

—Aquí soy yo el que da las órdenes... —se molestó *el Bachaco*—. Y no tenemos prisa hasta que lleguen adonde quiera que vayan. —Se volvió al alemán—. ¿Qué ventaja nos llevan?

—¿Quién?

—¡No me envaines! Las mujeres y los tipos. ¿Cuándo se fueron?

—Al amanecer.

—¿Adónde se dirigen?

—En busca de los «guaicas».

—¿Los «guaicas»? —se asombró *el Bachaco*—. ¡Guá! ¡Échame otro cacho! Al húngaro jamás le interesaron los «guaicas». Sólo le interesan los diamantes.

—No hablaron de diamantes. Sólo de «guaicas».

—Ese viejo es muy zorro para hablar de lo que le conviene. Sabe que la chica escucha «La Música» y va en busca de «piedras».

—¿Y si no fuera así? —intervino Cesáreo Pastrana—. ¿Y si en realidad no andaran en busca de diamantes sino de indios?

—¿Qué quieres decir?

—Que llevamos mucho camino recorrido —señaló el colombiano—. Y hemos cruzado por zonas en las que yo juraría que puede existir un buen yacimiento pero si esa caraja escucha «La Música», o se ha vuelto sorda, o no quiere escucharla. Puede que este tipo tenga razón. Llevamos cinco días siguiéndolos y no sabemos exactamente para qué.

—¿Se te ocurre una idea mejor?

—Si la chica escucha «La Música» no tenemos más que obligarla a que la escuche para nosotros y nos diga dónde están las «piedras». De otro modo nos arriesgamos a llegar al Brasil «a golpe de calcetín» si no nos mata un indio.

—Yo estoy de acuerdo con el pastueño —puntualizó un mestizo de larga nariz ganchuda que siempre andaba renegando—. A mí esto de caminar como pendejos me toca las «gandumbas». Vamos a agarrarlos de una vez, y por lo menos nos podremos coger a las mujeres.

—¡Se hará lo que yo diga!

—Desde luego, *Bachaco* —se apresuró a replicar Cesáreo Pastrana—. Tú eres el jefe, pero si seguimos así nos arriesgamos a quedarnos «silbando iguanas» y con los pies molidos. ¡Esos carajos pueden perderse de vista en cualquier momento!

—El *Tragamonos* los sigue de cerca.

—El *Tragamonos* es arekuna y en cuanto huela un «guaica» se va a quedar como pajarito «vajeado» por anaconda. Y luego perderá el «guayuco» corriendo hasta su casa. Sorprendidito estoy de que aún no se haya *largado.*

—Tendré que pensarlo —admitió el mulato de mala gana, y luego estudió fijamente al alemán, como si estuviera jugando a fulminarlo con la mirada—. ¿Qué hago contigo «piapoco»? —inquirió—. ¿Te rebano el pescuezo o te dejo aquí comiendo mierda?

—Usted sabrá, señor. A mí tanto me da una cosa como otra.

—Viendo como vives, no queda más remedio que creerte —replicó *el Bachaco* al tiempo que devolvía el machete a su funda. Por esta vez te perdono —sonrió divertido—. Dame las gracias.

—Gracias.

—¡Muy bien! Ahora ponte de rodillas y dame las gracias.

—¿De rodillas? —se sorprendió Sven Goetz.

—Eso he dicho, «catire». De rodillas. Ponte de rodillas y dime: «Gracias señor Van-Jan por perdonar mi puerca vida.»

El ex coronel de la «SS» dudó, pero advirtió cómo la mano del «rionegrino» se dirigía de nuevo a la empuñadura del machete, y clavando una rodilla en tierra, repitió humildemente:

—Gracias señor Van-Jan por perdonarme la vida.

—«Mi puerca vida» —le corrigió el otro.

—Mi puerca vida.

—¡Muy bien! —alzó el pie—. Ahora bésame la bota.

Tras un instante de indecisión, el alemán obedeció y dando por concluida la diversión, *Bachaco* Van-Jan se puso en pie y se volvió al mestizo de la larga y afilada nariz.

—¡Prepara algo de comer, *Mapurite*! —ordenó—. Dentro de media hora quiero estar de nuevo en marcha.

Se alejó hasta la orilla del riachuelo donde tomó asiento sobre una roca descalzándose para refrescarse los pies en el agua y poder meditar a solas sobre la conveniencia de continuar siguiendo al grupo, o apoderarse por la fuerza de la muchacha y que ésta les condujera de una vez adonde se encontraban los diamantes.

¿Podría hacerlo?

Aquélla era una pregunta a la que venía dando vueltas desde hacía varios días, porque le preocupaba la inutilidad de aquel largo viaje en el caso de que todo fueran fantasías suyas y al igual que el maquiritare, Yáiza no poseyera ningún poder especial para descubrir «bombas» de diamantes.

Era una criatura extraña, desde luego. La mujer más hermosa, sensual e inquietante que hubiera pisado jamás las selvas guayanesas, pero su innegable atractivo y la aureola de misterio que parecía envolverla no constituían en modo alguno garantía de que estuviera en posesión de un oído capaz de escuchar la sutilísima «música» de los diamantes, mientras que todos sabían que *Barrabás*, un mulato enorme, vulgar, pendenciero y algo simple, había demostrado, no obstante disponer de la «mejor oreja» del Territorio.

¡Y sin embargo...!

Sin embargo una voz interior le gritaba continuamente que si alguien había en este mundo capaz de reencontrar la mina de McCraken, ese alguien tenía que ser aquella chiquilla de ojos verdes que nada sabía de diamantes, y Hans Van-Jan, ni holandés ni trinitario; ni rubio ni negro; ni católico ni ateo, tenía desde siempre auténtica necesidad de creer en lo inexplicable, pues le habían echado al mundo entre cánticos y conjuros a orillas del mítico Río Negro, y había crecido sin más distracción que escuchar viejas historias de hombres intrépidos que habían sabido arrancarle a la tierra sus fabulosos tesoros.

—El diamante es lo más valioso del mundo —le decía siempre su padre—. Y por eso el diamante tan sólo acepta la compañía de las mujeres más hermosas, los reyes más poderosos, los hombres más ricos, o los guerreros más valientes. ¡A ésos son a los que aman los diamantes! A los que corren los riesgos...

—Los muchachos están inquietos.

Observó a Cesáreo Pastrana que se había sentado a su lado tendiéndole un plato de «caraotas» negras con arroz, y durante unos instantes comieron en silencio con la vista fija en la margen opuesta del riachuelo.

—¿Les asustan cuatro indios boludos? —inquirió al fin—. Creí que habíamos traído a los mejores.

—No están asustados —específico el pastueño—. Están inquietos porque no tienen muy claro qué es lo que hacemos aquí. ¿De verdad crees que el húngaro anda en busca de «La Madre de los Diamantes»?

—¿Qué otra cosa sino?

—¡Cualquiera sabe!

—¡Escucha, Cesáreo! Ese húngaro tuvo las santas bolas de trepar por la pared del Auyán-Tepuy porque creía, como lo creyeron mi padre o Jimmy Angel, que allí se encontraba la mina. Ahora todos sabemos que no está en el Auyán-Tepuy, pero él continúa decidido a encontrarla y está utilizando a la muchacha porque ella es como esos perros perdigueros que siguen un rastro y nunca lo pierden.

—A mí todo eso me suena a cuento de viejas.

—Lo mismo decían de *Barrabás,* pero cuando comenzó a seguir aquel rastro dio con una piedra de ciento cincuenta quilates. Y lo mismo ocurrió con *Salva-la-Patria* o *La Fiasca.* Los mejores yacimientos de este país los descubrieron tipos con poderes extrasensoriales que los demás ni siquiera comprendemos.

—¿«Extrasenso... qué»? —inquirió el colombiano confuso—. ¿Qué es eso?

—¡Olvídalo! —replicó *Bachaco* Van-Jan devolviéndole el plato y comenzando a calzarse las botas—. Lo único que importa es seguir adelante y no tener un mal tropiezo.

—El alemán dice que a veces los «guaicas» rondan por aquí.

—Lo imagino, pero no por eso voy a cagarme los pantalones. Si asoman, plomo, porque no voy a consentir que cuatro monos pintarrajeados se cenen mis «hallacas».

Omaoa era su nombre,
y nada había a su alrededor.
No existía la Tierra,
ni el cielo del que cuelgan las estrellas.

No había selvas,
ni hermosos ríos de transparentes aguas.

No había hombres,
ni animales que dejaran sus huellas en la arena.

Le respondió su propia voz
cuando llamó a las oscuras sombras,
y la inmensa soledad le llenó el corazón de tristeza.

Acuclillado junto al fuego, como si tratara de escapar de aquellas mismas sombras, Xanón canturreaba monótonamente sin cesar ni un solo instante de balancearse adelante y atrás, siempre aferrado al largo arco que parecía constituir casi su único punto de apoyo.

Yáiza le observaba, y su presencia se le antojaba tan real y su voz resonaba tan nítida, que una vez más le costaba trabajo admitir que ni sus hermanos, ni su madre, ni Zoltan Karrás pudieran verle y escucharle, pese a que, acomodado sobre un tronco caído, Asdrúbal permanecía despierto y vigilante.

Estaba más triste que nunca el «guaica» aquella noche; más melancólico y lejano; más muerto y más deseoso de estar vivo, y no alzaba ni un instante los ojos que mantenía fijos en las llamas, repitiendo una y otra vez su monocorde cántico:

Omaoa nos dio el sol,
que trae la vida y ahuyenta las tinieblas.

Omaoa nos dio los bosques,
que se dejan atravesar por los grandes ríos.

Omaoa nos dio la Tierra,
que alimenta las raíces del bananal y el «pijiguao».

Omaoa nos dio los monos y las dantas,
que se dejan cazar por los «yanoami».

Omaoa nos da la vida,
hasta que quiera conducirnos a la cima del Gran Tepuy

Cesó en su canturreo y en su balancearse, y cesó de igual modo de contemplar el fondo de las llamas, para volverse a observar los verdes ojos que le contemplaban a su vez.

—¿Dónde está Omaoa? —inquirió como si en verdad imaginara que Yáiza podía proporcionarle una respuesta—. ¿Por qué no me lleva al Gran Tepuy, en lugar de castigarme a vagar de este modo?

Todos los muertos de todas las razas y todas las religiones hacían siempre idéntica pregunta porque al parecer la muerte era la única cosa capaz de equiparar a un pescador canario con un indio de la selva, y al igual que para aquéllos Yáiza nunca tuvo respuesta, tampoco la tenía ahora para el «guaica» que permaneció largos minutos aguardando, y al fin inclinó de nuevo la cabeza y repitió:

Omaoa era su nombre,
y nada había a su alrededor.

Yáiza continuó estudiándolo; tratando de averiguar por qué razón era ya el único difunto que acudía a visitarla, y qué extraña fuerza poseía para haber conseguido alejar a todos aquellos que de continuo la asaltaban y que tal vez empezaban a abandonarla porque el fin, algún tipo de fin que no conseguía imaginar, se apoximaba.

El largo viaje concluía, de esto estaba segura, porque había llegado a la más alejada y desconocida de las regiones del planeta a ponerse en manos de la más primitiva de las tribus y tenía que estar a punto ya de «tocar fondo» en aquella descontrolada caída en la que había arrastrado consigo a toda su familia. Que los difuntos le hubieran olvidado, no significaba, a su modo de ver, más que una confirmación de que lo que temía y anhelaba, estaba cerca.

Omaoa nos da la vida,
hasta que quiera conducirnos a la cima de Gran Tepuy.

Y el mayor tepuy de La Guayana se destacaba ahora claramente contra el azul del cielo, majestuoso y coronado de nubes, recordándole con obsesiva insistencia los dibujos del libro que más le impresionara durante sus años infantiles.

¿Era allí donde habitaba el dios de Xanán?

Comenzaba a amanecer; los cánticos se diluyeron al tiempo que se diluía en la glauca luz de la mañana la silueta del indio, y la alta selva despertaba a un nuevo día fresco y radiante que no conseguía alejar sin embargo la densa pesadez de sus presentimientos.

Sobre su cabeza una rama pareció cobrar vida y los redondos ojos de una «cuamacandela» la espiaron sin que pudiera leer en ellos ni agresividad, ni miedo. Luego, el venenoso reptil se hundió entre un espeso racimo de anchas hojas de color verdeazuloso, pues era allí tan oscura la selva, que muchas plantas de baja altura adquirían aquella tonalidad azul que les permitía captar mejor la escasa luz que les llegaba a través del follaje.

Asdrúbal avivó el fuego y puso a asar los platanos que les había regalado el día anterior Sven Goetz, y Zoltan Karrás abrió los ojos, observó a Yáiza y sonrió levemente:

—¡Buenos días! —dijo

—Buenos días...

—¿Estamos cerca?

—Más que ayer.

—Pero menos que mañana... —rió el húngaro—. ¡Chica lista! —Se puso en pie, estiró los brazos bostezando sonoramente y por último señaló hacia el Sur—. Te advierto que, según tengo entendido detrás de ese tepuy acaba el mundo.

—El mundo acaba en el lugar en que uno muere, y eso nadie puede evitarlo aunque se empeñe en caminar hacia atrás —replicó Yáiza en el mismo tono—. Aunque creo que tiene razón y en ese tepuy acaba todo.

—¿Te lo ha dicho «él»?

—No. No ha dicho nada. Está triste, aunque no debería estarlo porque pronto será libre.

—Si es posible, me gustaría que dejarais de decir sandeces tan de amanecida —rogó Aurelia desde su «chinchorro»—. Estoy hasta el moño de oír hablar de un indio muerto como si fuera un miembro de la familia. Lo que estamos haciendo resulta de por sí bastante incongruente para que, además, lo amenicemos con diálogos imbéciles. —Se puso en pie y comenzó a ayudar a su hijo menor a preparar el desayuno—. A veces me pregunto por qué no os pongo en fila como cuando erais niños, os doy una bofetada a cada uno, y nos volvemos a casa... ¡Si vuestro padre viviera!

Se había levantado con mal pie, anduvo refunfuñando toda la mañana, y sus protestas arreciaron cuando alcanzaron la orilla de un ancho y caudaloso río al que no había más forma de cruzar que atravesando un frágil «puente colgante» que parecía ideado para uso exclusivo de funámbulos de circo.

—¿Cómo pretenden que pasemos por ahí? —se asombró—. Eso no resiste el peso de una persona.

—Resiste —aseguró Zoltan Karrás—. Es un auténtico puente «guaica». Los construyen a conciencia y se asegura que algunos han aguantado en pie más de cincuenta años.

—¿Cómo puede saberlo, si usted mismo dice que hasta aquí no ha llegado nunca ningún cristiano?

—Porque los «guaicas» aprendieron la técnica de los «guaharibos», que son sus parientes más próximos, y los «guaharibos» siempre han sido famosos construyendo puentes, pues son la única tribu de la región a la que no le gusta navegar. Son «patas largas», grandes caminadores eternamente nómadas, y por eso necesitan puentes. No tiene nada que temer; el secreto está en agarrarse a la liana de arriba e ir resbalando los pies por las ramas de abajo.

—¡No aguantará!

Pero aguantó, aunque Aurelia pasó uno de los peores y más angustiosos momentos de su vida, balanceándose a cinco metros de altura sobre aguas turbulentas y deslizándose centímetro a centímetro por unas ramas resbaladizas y ondulantes que aparentaban querer quebrarse a cada instante.

—¡A mi edad! —mascullaba una y otra vez—. ¡Dios mío!, ¡A mi edad y metida en estas cosas...!

Constituía un cómico espectáculo colgando asustada de aquel ridículo «puente» de salvajes, pero a Yáiza se le antojaba un hermoso espectáculo, pues mostraba hasta qué punto su madre y sus hermanos habían sido capaces de seguirla hasta aquel lugar «en que acababa el mundo», dispuestos a compartir su destino aunque estuvieran convencidos que el suyo era un destino que nunca podrían compartir.

Los Perdomo *Maradentro* continuaban siendo una familia

aun bajo las más difíciles circunstancias y eso le enorgullecía, pero sabía que había llegado el momento de liberar a los suyos de la carga que significaba seguirla a todas partes, y aquél debería convertirse en su último puente puesto que más allá tan sólo se distinguía una amplia llanura cubierta de espesos bosques que ascendían hacia el nacimiento de aquel tepuy que marcaba el final de su largo camino.

Una hora más tarde y a unos tres kilómetros del río, selva adentro, tropezaron con los restos de un poblado indígena que la vegetación había comenzado a invadir, aunque no existían restos de viviendas propiamente dichas, sino que todo el conjunto constituía una gran vivienda circular de unos treinta metros de diámetro que dejaba en el centro un patio abierto hacia el que ascendían los techos que partían del semiderruido muro exterior.

El conjunto obligaba a pensar en una pequeña plaza de toros, y se advertían perfectamente delimitadas las zonas correspondientes a cada familia en las que aún se distinguían las manchas que habían dejado en el suelo los fogones, y las marcas de los «chinchorros» en los postes.

—Un «shabono» «guaica» —señaló el húngaro—. Sólo ellos levantan este tipo de construcciones, aunque debe este hacer por lo menos dos años que no lo habitan. —Hizo un rápido cálculo girando la vista a su alrededor y añadió—: Aquí vivirían unos cincuenta o sesenta individuos.

—¿Por qué se fueron?

—Probablemente se les agotó el platanal. Los indios cada cinco o seis años siembran otro, y cuando empiezan a dar cosecha construyen un nuevo poblado.

—¿Lejos?

—Lo dudo. Cada grupo de familias suele habitar un territorio muy determinado, y no acostumbran a abandonarlo para no invadir el de los vecinos e iniciar una guerra. No creo que se encuentren a más de un día de distancia... —Lanzó un hondo suspiro de resignación—. ¡Bien! —exclamó—. De ahora en adelante todo depende de ellos. De ese río hacia acá ningún «racional» ha pisado nunca estas tierras.

—¿Está seguro? —quiso saber Sebastián.

—Tanto como de que soy lo suficientemente estúpido como para estar aquí— replicó Zoltan Karrás malhumorado—. Allá, al Sudoeste, se deben encontrar las fuentes del Orinoco, pero con ser uno de los ríos más importantes del mundo, aún nadie ha llegado a ellas (1). —Comenzó a envolver su rifle en una manta e hizo un gesto hacia el que cargaba Asdrúbal—. Será mejor que ocultemos las armas —señaló—. Si las ven se mostrarán más hostiles aún. Nuestra única esperanza estriba en que tu hermana tenga razón, y nos estén esperando... —Alzó el rostro y mirá a Yáiza—. Por que nos esperan, ¿verdad? —inquirió.

—Supongo que sí.

—¡Supones...! —exclamó el húngaro irónico—. ¿Te das cuenta de que si esa suposición no es cierta nos puede costar la vida?

—Me doy cuenta.

—Y sin embargo pareces más tranquila que nunca.

—Sí —admitió ella—. Estoy más tranquila que nunca. Los «yanoami» son pacíficos.

—¡De acuerdo! —admitió Zoltan Karrás, con aire de fatiga—. Los «yanoami» son pacíficos. Nadie ha regresado de su territorio y las tribus vecinas juran que además de asesinos son caníbales, pero tú aseguras que son pacíficos, y a mí no me queda más remedio que confiar en tu palabra... —Buscó la cachimba y soltó un reniego—. ¡Y para colmo se me acabó el tabaco!

Yáiza se aproximó y alzándose sobre la punta de los pies le besó suavemente en la mejilla y sonrió:

—¡No se enfade! —pidió—. Todo va bien.

Él la tomó por el mentón y trató de leer en el fondo de sus ojos.

(1) Las fuentes del Orinoco fueron descubiertas un año más tarde, en noviembre de 1951, por la expedición franco-venezolana, comandada por el mayor Franz Rísquez. *(Nota del autor.)*

—Quiero creerte —dijo—. Pero tengo la impresión de que ocultas algo. —Hizo una corta pausa y añadió—: ¿Has averiguado ya qué es lo que pretenden de ti?

—Aún no.

—¿Estás segura?

—Le doy mi palabra.

—¿Y si es algo malo?

—Por malo que sea, peor es lo que he dejado atrás. Me han librado de los muertos... —Se volvió a su madre y le tomó la mano con afecto—. ¡Ya no volverán! —dijo—. Xanán es el último, y muy pronto se marchará también. A partir de ese día podré dormir sin sobresaltos. Habré perdido el «Don».

—¿A cambio de qué? —quiso saber Sebastián.

—Cualquier precio que pidan lo pagaré con gusto —respondió Yáiza serenamente—. ¡Cualquiera!

—Tengo miedo —musitó Aurelia.

Su hija apretó con fuerza la mano que mantenía entre las suyas y se la acarició luego con ternura.

—Haces mal en tenerlo —señaló—. Ha sido como un largo peregrinaje en busca de mi curación, y ya está próxima. No debes temer, sino alegrarte. Al fin voy a dejar de ser distinta.

—No sé si quiero que dejes de serlo.

—Un poco tarde para ponerse a averiguarlo, ¿no crees? —Señaló con un gesto hacia el castillo rocoso cuya oscura silueta se destacaba sobre los semiderruidos techos del «shabono»—. Como Zoltan dice, detrás de ese tepuy acaba el mundo.

—Parece como si desearas realmente que acabara.

—Y lo deseo —admitió—. Me encuentro muy cansada, y no creo que fuera capaz de seguir más alla de ese tepuy bajo ninguna circunstancia.

—¿Crees que es ahí donde está la mina? —quiso saber Sebastián.

—No tengo ni idea. Y no me importa. No son diamantes lo que busco.

—Es muy posible que el río que pasamos fuera el Alto

Paragua... —puntualizó Zoltan Karrás—. Eso significaría que ahora nos encontrariamos entre él y el Caroní; en el punto en que, según tú, puede estar la mina de McCraken.

—Le repito que no me importa, y lamento que se haya hecho ilusiones, pero quiero que entienda que no voy a mover un dedo por ningún diamante del mundo.

El húngaro la observó con atención y al fin optó por encogerse de hombros.

—¡Qué carrizo! —exclamó—. Al fin y al cabo, ya soy viejo y no me veo derrochando plata en Nueva York. Creo que si tuviera que dejar de vagabundear me moriría de nostalgia.

A espaldas del poblado nacía una trocha que la vegetación había comenzado a invadir, lo que indicaba que se encontraba poco transitado por sus primitivos usuarios, pero aún se abría paso desahogadamente, primero a través de viejos platanales agotados, más tarde cruzando un tupido bosque de palmeras «pijiguao», y por último por una despejada selva de altísimos árboles que se advertían atacados con inusual frecuencia por los temibles ficus «matapalo», capaces de estrangular y derribar a los más altivos y poderosos troncos.

—No sé qué maldito placer experimentará esa jodida enredadera, ahogando al árbol que le sirve de sustento... —comentó malhumorado el húngaro—. Nace de él, de él se alimenta y muere cuando lo mata. A veces, la Naturaleza comete pifias propias de seres humanos.

Marchaban muy despacio como si de un paseo campestre se tratara ya que el sendero era cómodo, la temperatura perfecta y en el bosque abundaban las loras, guacamayos, monos, paujiles, «piapoco» y «diostedé», porque situado a casi ochocientos metros de altitud, bien regado por cortos chaparrones que daban luego paso a un sol resplandeciente y perfectamente drenado por infinidad de diminutos arroyuelos que se deslizaban rumorosos hacia el bravío Paragua, el territorio que se extendía entre la Meseta del Zamuro, al Norte, y la Sierra Paracaima, al Sur, constituía en verdad una de las selvas más templadas, hermosas y acogedoras que pudieran existir.

Cuando, al atardecer, desembocaron en una corta sabana de altas gramíneas salpicada de pequeñas acacias sobre las que destacaba, a no más de veinte kilómetros, el nacimiento del altivo tepuy de nombre desconocido, Yáiza no pudo por menos que evocar una vez más el enorme libro de tapas marrones y dibujos a plumilla que tanto le había impresionado en su niñez y llegó a la conclusión de que no se había equivocado. Aquél era *El mundo perdido* de Conan Doyle y el círculo de sus sueños infantiles comenzaba a cerrarse definitivamente.

Hans Van-Jan montó en cólera al descubrir que su rifle había desaparecido del lugar en que lo había colgado la noche anterior, a la cabecera del «chinchorro».

Lo primero que se le ocurrió fue pensar en el arekuna *Tragamonos*, que como buen indio supersticioso se apresuraba a reunírseles cada atardecer, pues le horrorizaba la idea de pasar las horas de oscuridad solo en el bosque, pero pronto pareció comprender que no podía haber sido ninguno de sus hombres, lo que le enfureció aún más puesto que eso significaba que, pese a los centinelas, alguien había sido capaz de penetrar en el campamento y llevarse su arma.

—Igual que me lo robó, podía haberme rebanado el pescuezo —mascullo indignado—. Si es así como pensáis defenderos de los «guaicas» nos van a echar tremenda lavativa.

—No pueden ser «guaicas», «cuñao» —sentenció *el Tragamonos*—. Nunca se mueven de noche.

—Eso lo dices tú, que tienes más miedo que capibara en charco de caimanes y nunca has visto un «guaica» ni de lejos. Están aquí, entran de noche en nuestro campamento, y ni te enteras... ¡Pastueño...! —llamó, y cuando el otro se aproximó solícito, señaló despectivamente al arekuna—. ¡Ve con él y llévate también al *Mapurite*! Y aprieta el paso porque quiero agarrar de una vez a esos «isleños». Te sigo en cinco minutos.

Cesáreo Pastrana no hizo comentario pese a que él también ponía en duda el que los «guaicas» se dedicaran a robar fusiles que no sabían utilizar, e inició de inmediato una marcha realmente endemoniada, pues deseaba más que nadie acabar de una vez por todas con aquella absurda situación que a nada conducía.

Durante los últimos cinco años había vivido a la sombra del mulato pelirrojo y nunca se le había ocurrido discutir sus decisiones, pero aquella estúpida obsesión por reencontrar la supuesta mina McCraken, y la aún más estúpida idea de que una muchacha canaria podría conducirles hasta ella, empezaba a resultar un capricho demasiado peligroso, peligro que pasó a convertirse a su modo de ver en riesgo inaceptable, cuando alcanzaron las márgenes de un caudaloso río y descubrió que si quería atravesarlo no le quedaba otra opción que hacer equilibrios sobre un destartalado puente colgante.

—Hasta aquí llegamos, *Tragamonos* —dijo—. *El Bachaco* puede cantar misa, pero por mi madre que yo no cruzo ese puente para que un «coño-e-madre» me meta una flecha en el culo cuando esté haciendo equilibrios en el aire. —Se dejó caer junto al tronco de la ceiba a la que se sujetaban las lianas que tensaban la endeble construcción y sacó con toda parsimonia un paquete de cigarrillos—. De pronto se me olvidó que existen los diamantes —concluyó.

Pero Hans Van-Jan no lo había olvidado, sino que, muy por el contrario, desde el momento en que había descubierto en el horizonte la maciza silueta del gigantesco tepuy que dominaba la llanura, parecía iluminado por una especial gracia divina.

—¡Ése es! —exclamaba—. Ahí fue donde Jimmy aterrizó con McCraken y ahí están los diamantes.

Ni Cesáreo Pastrana, ni *el Tragamonos*, ni el resto de los

«rionegrinos» compartían no obstante su entusiasmo y fueron por el contrario de la opinión de que aquél no era más que uno de los muchos tepuys de La Guayana, que presentaba, además, el considerable inconveniente de encontrarse situado en el corazón mismo del territorio de la más hostil de las tribus salvajes.

—¡Lo siento, jefe! —se sinceró el pastueño—. Pero para mí no existen diamantes que valgan más que mis bolas y estoy convencido de que si cruzo ese puente me las cortan. De aquí no paso.

—¿Qué quieres decir con eso?

—¡Vaina, *Bachaco*! —exclamó impaciente Cesáreo Pastrana—. Hasta un niño lo entiende. Lo único que pretendo es volver a Turpial. Y éstos se quieren venir conmigo.

El mulato no necesitó preguntar si era o no cierto, porque le bastó observar los rostros de los presentes, y se diría que le costaba un gran esfuerzo admitir que sus hombres, aquellos temidos «rionegrinos» cuya sola mención inquietaba al resto de los habitantes de la región, pudieran encontrarse realmente asustados.

—Llevamos años detrás de una ocasión como ésta —señaló—. Y ahora que se presenta queréis hacerme creer que estáis acojonados.

—No es eso —intervino *el Mapurite*, el mestizo de la larga nariz afilada—. Es que andar persiguiendo a una guaricha porque imaginas que escucha «La Música», se nos antoja una pendejada que ha llegado ya demasiado lejos.

—¿Y acaso no tenía yo razón? —replicó el mulato al tiempo que señalaba una vez más el lejano tepuy—. Nos ha traído directamente al lugar en que McCraken encontró los diamantes.

—Eso no es más que una teoría —le hizo notar Pastrana—. Hay docenas de tepuys en la región, y éste debe estar a más de doscientos kilómetros del Auyán-Tepuy, que es donde siempre se dijo que descubrió la mina.

—¿Y qué significan doscientos kilómetros en una selva

como ésta? —protestó *Bachaco*—. Jimmy Angel asegura que el viejo lo tuvo una semana dando vueltas antes de decidir dónde tenía que aterrizar. Está claro que trataba de enredarle y que más tarde no quiso contarle la verdad o chocheaba. ¡Habían pasado quince años! ¿Cómo podía acordarse de si el tepuy estaba aquí o a doscientos kilómetros al Sur?

—O al Norte —intervino uno de los «rionegrinos» que habían asistido en silencio a la discusión—. Yo estoy con el «pastueño». Arriesgarse a cruzar el territorio «guaica» y trepar por esas paredes de roca para comprobar si ahí arriba se esconde una mina en la que nunca he creído, es algo que este hijo de mi madre no piensa hacer. Yo me regreso.

El mulato pareció comprender que aquélla era sin lugar a dudas una opinión generalizada y observó uno por uno a sus hombres, que —uno por uno también— apartaron la vista.

—¡Acabemos! —dijo al fin—. ¿Quién está dispuesto a venir?

No hubo respuesta, y cuando resultó evidente que se encontraba solo, dio media vuelta y permaneció largo rato observando el río, el «puente», y el enorme tepuy que se le antojaba en esos momentos más imponente, lejano y misterioso que nunca.

Estaban allí, no le cabía duda, y si aquella muchacha escuchaba o no «La Música» ya no tenía importancia, porque ahora era él quien lo escuchaba como si su padre o el propio escocés estuviesen susurrándole al oído que en la cima de aquella alta meseta se encontraba el tesoro que le permitiría abandonar La Guayana y enfrentarse al mundo siendo lo suficientemente rico como para que nadie reparase en el color de su piel o sus cabellos.

No podía marcharse ahora. No podía volver atrás y pasar el resto de su vida maldiciéndose por haber desperdiciado la gran ocasión que el destino había puesto en sus manos, o por no haber sido capaz de imitar a su padre que lo había arriesgado todo persiguiendo el más portentoso de los sueños.

—¡De acuerdo! —admitió volviéndose a mirarles—. Yo sé que ahí arriba está la mina y le daré veinte mil bolívares,

¡oídlo bien!, veinte mil bolívares, a quien venga conmigo. Pero si encontramos diamantes, la mitad son míos.

—¿Veinte mil «bolos» para cada uno? —inquirió *el Mapurite* como si temiera haber oído mal—. ¿Lo dice en serio?

—¿Crees que estoy de humor como para andar con «guachafitas»? —fue la agria respuesta—. Veinte mil para cada uno y sabes que soy de los que siempre cumplen sus promesas. Pero tenemos que llegar a la cima antes que ese «coño-e-madre» del húngaro y los «isleños».

—Veinte mil «bolos» son muchos «bolos» —admitió Cesáreo Pastrana cambiando de actitud—. Ése es un lenguaje que mis orejas entienden, porque por veinte mil «bolos» me echo al pico a todos los salvajes de estos contornos. —Se puso pesadamente en pie, y recogió el rifle al tiempo que señalaba con la cabeza el río—. ¡Me apunto! —añadió—. Aunque no seré yo el primero en cruzar esos palos... No sé nadar y prefiero ver si el tinglado aguanta.

Resultó evidente que la decisión del colombiano traía aparejada la aceptación de los demás, y *Bachaco* Van-Jan pareció comprender que era preferible no dar tiempo a replantear el problema, por lo que se encaminó decidido hacia el «puente», y sin pensárselo dos veces se aferró a la liana y comenzó a deslizar los pies por las delgadas, irregulares, y aparentemente quebradizas ramas que formaban el «suelo».

Vistas desde arriba, las aguas cobraban una apariencia mucho más peligrosa y tuvo la sensación de que su fuerza y velocidad había aumentado de forma inexplicable, al igual que el número de afiladas y amenazantes rocas que resaltaban como grises colmillos de una hambrienta fiera dispuesta a devorarle en cuanto tuviera la mala ocurrencia de dar un traspiés y precipitarse al vacío, pero se esforzó por mantener la calma porque los «rionegrinos» le observaban expectantes y un tanto burlones aunque a la mayoría no parecía hacerles ninguna gracia la idea de tener que seguirle.

Alcanzó al fin el centro del cauce, hizo un alto que aprovechó para secarse alternativamente el sudor de ambas manos en la mugrienta camisa, y cuando se disponía a reanudar su laboriosa marcha, estuvo a punto de lanzar un alarido y precipitarse al agua porque se escuchó nítidamente el sonido de un disparo y una bala silbó a unos centímetros de su oído.

—¡Buenos días, señor Van-Jan! —saludó una voz cuyo pésimo acento reconoció en el acto—. Me gustaría mucho que me diera las gracias por perdonar su puerca vida.

Aferrado a la liana como si de una tabla de salvación se tratase, el mulato pelirrojo tuvo que hacer un supremo esfuerzo para vencer el incontrolado temblor de sus piernas y cuando al fin pudo recuperar el dominio sobre sus nervios, buscó con la mirada para descubrir a menos de veinte metros de distancia el rubicundo rostro de Sven Goetz, que sonreía con el rifle apoyado en la rama de un árbol.

—¿Qué hace usted ahí? —gritó con voz que surgió ridículamente aflautada—. Me ha dado un susto de muerte.

—Y mayor se lo voy a dar si no hace lo que le ordeno —fue la respuesta, y luego el alemán golpeó suavemente el cañón del arma—. Tiene usted un rifle estupendo —añadió—. Le podía haber arrancado una oreja. —Se lo echó a la cara calmosamente—. ¿Me va a dar las gracias, o prefiere que le mande a hacer compañía a las pirañas?

Bachaco Van-Jan lanzó una suplicante mirada a sus hombres que seguían en la orilla opuesta, pero comprendió que desde donde se encontraban resultaba imposible distinguir siquiera a su agresor, que se protegía tras el tronco de un palodeagua, y, aunque calculó sus posibilidades de retroceder rápidamente para ponerse fuera del alcance de las balas, resultó evidente que se encontraba indefenso en el centro de un río que parecía mostrarse ansioso por engullirle.

—¿Cuánto quiere por dejarme pasar? —gritó de nuevo—. Le daré lo que pida.

—Pasar no va a pasar —fue la inequívoca respuesta—. Pero volver ya sabe lo que le cuesta. Repita conmigo: «Le quedo muy agradecido señor Goetz por perdonar mi puerca vida.»

—¡Haz lo que dice *Bachaco!* —le aconsejó a grandes voces el pastueño—. Ese alemán de mierda es muy capaz de pegarte un tiro.

—¡No!

El «coronel» de la «SS» Sven Goetz, apuntó con sumo cuidado apoyándose en una rama, apretó con suavidad el gatillo, y el manoseado sombrero del mulato saltó por los aires y fue a parar al río que lo arrastró velozmente aguas abajo.

—¡¡Hijo de puta...!!

—La próxima vez le volaré los sesos... —fue la respuesta.

—¡Está bien...! ¡Está bien...! —se rindió *el Bachaco*—. Le quedaré muy agradecido señor Goetz si perdona usted mi puerca vida. ¡Vale así!

—¡Vale! Y ahora deje de mearse los pantalones y vuelva con los suyos...

El «rionegrino» obedeció todo lo aprisa que permitía la prudencia, y cuando al fin saltó a tierra, comenzó a soltar cuantos reniegos, maldiciones y palabrotas le vinieron a la mente en holandés, inglés, castellano y portugués.

—¡Lo mataré! —concluyó—. Juro que no pararé hasta cortar en pedacitos a ese catire hijo de puta.

—Primero tendrás que agarrarlo —le hizo notar *el Mapurite*—. Y mientras se mantenga a ese lado del río, a ver quién es el guapo que se sube al «trapecio».

—Alguna otra forma habrá de cruzar.

—¿Con un tipo armado enfrente? ¡Vamos *Bachaco*! ¡Olvida el asunto! Si ya antes lo teníamos en «pico de zamuro», ahora se lo llevó la bruja definitivamente... ¡Volvamos a Turpial, echémosle «barbasco» a los «caribes» y conformémonos con las «piedras» del fondo! Esto se volvió un mierdero: selva, ríos, una montaña inaccesible, salvajes, y para colmo un nazi enloquecido... ¡Yo me largo!

—¡Tú te quedas! Hicimos un trato.

El mestizo hizo un soez ademán llevándose claramente las manos a la entrepierna.

—¡Por aquí me paso yo esos tratos! —exclamó—. No se

habló nada de ese alemán que, además, parece tener muy buena puntería... —Señaló el «puente»—. ¡Mátalo y seguiré contigo, pero mientras continúe en aquella orilla no me muevo...!

—Creo que *el Mapurite* tiene razón —intercedió conciliador Cesáreo Pastrana—. ¡Olvida el asunto, *Bachaco!* ¡Estas selvas están llenas de diamantes!

—¡No como ésos! —fue la firme respuesta—. Jamás ha habido «piedras» como las de McCraken. Mi padre las vio y...

—¡Páralo ya! —se impacientó el colombiano—. Cien veces me has contado esa historia y la de cómo tu viejo murió solo en la cima del Auyán-Tepuy! —Con un dedo le golpeó el abultado bolsillo superior de la camisa—. Ya es hora de que dejes de releer lo que escribió y admitas que esa dichosa «Madre de los Diamantes» no existe. Y si existe no sirve más que para la gente se mate por su culpa. Tu padre, su socio americano, Al Willians, Dick Curry, y tantos otros que salieron en su busca y nunca regresaron... ¡Ya está bien! Son «piedras» malditas. Cuando se ponen así es mejor dejarlas donde están.

—Si el escocés pudo sacarlas, yo también.

Cesáreo Pastrana se encogió de hombros con un ademán que parecía indicar que había superado el límite de su capacidad de dialogar:

—Ése es tu problema, *Bachaco.* He hecho cuanto he podido, pero llega un momento en que un hombre debe mirar por sí mismo. —Le tendió la mano—. ¡Suerte! —deseó—. Me gustaría enterarme de que estabas en lo cierto, pero lo dudo. Te dejo mi rifle y el «bastimento». Te harán más falta que a mí.

Uno por uno los «rionegrinos» fueron estrechando la mano de su jefe, que se despedía de ellos con un susurro, pues se diría que se encontraba como ausente y aún no se había hecho a la idea de que le abandonaban cuando resultaba evidente que allí, prácticamente a la vista, les aguardaba la más fabulosa de las fortunas.

La sensación de soledad le llegó mucho más tarde, cuando ya el rumor de sus voces se había perdido hacía tiempo en la espesura y sentado en la gruesa raíz de la ceiba que sostenía el «puente» tomó plena conciencia de que a su alrededor no había más que monos, guacamayos y un cómico «perezoso» que le observaba perplejo desde las ramas de un chaguaramo.

—¿Y sus amigos, señor Van-Jan? ¿Tuvieron miedo?

El «coronel» Sven Goetz había hecho su aparición en la orilla opuesta, y le observaba apoyado en su propio rifle. Semidesnudo, andrajoso, barbudo y descalzo, constituía una auténtica caricatura de lo que debió ser un orgulloso oficial de las tropas hitlerianas, pero aun así podía creerse que nada tenía que ver con el prisionero de sí mismo del día anterior. Parecía haber recuperado el orgullo perdido, y se le advertía tranquilo y satisfecho.

—Sí —admitió Hans Van-Jan, al cabo de un rato—. Tuvieron miedo. Pero yo no lo tengo y pienso cruzar a ese lado.

—Pues le recomiendo que no lo intente por el «puente», resultaba usted un blanco perfecto aferrado a esa liana como una mona histérica.

El «rionegrino» le observó como si estuviera tratando de averiguar qué clase de hombre se ocultaba detrás de aquellos andrajos, y al fin inquirió interesado:

—¿Qué es lo que pretende? ¿Por qué se arriesga a que lo mate?

—Fue usted quien se arriesgó, amigo mío. No tuvo en cuenta que a pesar de todo, sigo siendo un oficial alemán. Anoche pude cortarle el cuello y no lo hice porque me pareció mayor castigo impedir que se apoderara de esos diamantes… —Hizo un leve gesto hacia sus espaldas—. Mientras usted sigue ahí, los que perseguía se alejan.

Bachaco Van-Jan se puso en pie y tomó su fusil.

—No importa —dijo—. Ya no los necesito… —Luego hizo un gesto de despedida con la mano—. ¡Le veré al otro lado!

—Por aquí estaré. Pero le advierto que si cruza el río, le mato.

El mulato dio media vuelta y desapareció en la espesura, se alejó una docena de metros, amartilló su arma, y apartándose del sendero, regresó sigilosamente a la orilla.

Pero cuando se encaró el rifle y apartó con sumo cuidado las últimas hojas, la margen opuesta aparecía desierta.

—¡Hijo de puta! —masculló apretando los dientes con gesto de frustración—! ¡Maldito hijo de puta!

Aparecía tumbado en un primitivo «chinchorro» de bejucos, muy rígido, con las manos cruzadas sobre el pecho, los ojos en blanco y todo el cuerpo, de los pies al cabello, pintarrajeado de redondas manchas oscuras, lo que le conferían el aspecto de un jaguar, que representaba, a su modo de ver, el símbolo del poder y la muerte.

Se encontraba desnudo, exceptuando una delgada liana amarrada al pene y que le rodeaba la cintura, y era tan imperceptible su respiración, que resultaba difícil adivinar si permanecía en trance o era un cadáver.

A su alrededor, y más allá de los cuatro palos cubiertos de plumones de gavilán que delimitaban el «espacio mágico» que los no iniciados jamás debían violar, hombres, mujeres y niños se acuclillaban con los pies firmemente asentados en tierra, casi tan inmóviles como él mismo y sin apartar ni un solo instante los ojos de su boca, como si confiaran en que de un momento a otro Omaoa fuera a hablarles a través de su amado siervo Etuko, hechicero y guía de la familia de los «shorinoteri», la más poderosa de las tribus «yanoami» al norte de la Sierra Paracaima.

Toda la noche y gran parte del día llevaban así, porque antes de tumbarse en la hamaca el brujo había advertido de qué cosas portentosas estaban a punto de ocurrir y debían encontrarse preparados, en cuerpo y alma, para asistir a los maravillosos prodigios que se avecinaban.

Las mujeres embarazadas y aquellas que se hallaban menstruando se habían alejado del «shabono» llevándose a los niños más pequeños, y la mayoría de los fogones familiares se encontraban a punto de consumirse porque nadie se ocupaba de alimentarlos temiendo distraer a los espíritus de todos aquellos miembros de la tribu que, incluso muertos, acudían a presenciar los milagros que el «piaché» había prometido.

A media tarde, cuando el sol comenzaba a sacar reflejos dorados de las paredes del gran tepuy que desde lejos dominaba el poblado, se escuchó una voz confusa que pareció surgir de lo más profundo del pecho del hechicero, pero que ninguno de los presentes reconoció como suya, sino como la de Xanán, el único guerrero de los que habían partido en busca de «Camajay-Minaré» y que todavía no había regresado.

Era en efecto su voz, pero ni aun sus más cercanos parientes fueron capaces de comprender lo que decía, puesto que no era en «lengua» en lo que hablaba, sino que empleaba ininteligibles palabras que más parecían propias del idioma de los «racionales».

Continuaron sin embargo inmóviles, como hipnotizados por la magia de aquel hecho insólito que superaba cuanto de sobrenatural había realizado Etuko hasta el presente, y tanta era su concentración en la yacente figura de la que nacía cada vez más nítidamente la voz de Xanán, que no repararon en la presencia de los tres hombres y las dos mujeres que habían penetrado en su poblado, hasta que se hubieron detenido, perplejos y un tanto incómodos, en el centro mismo del «shabono».

Se volvieron entonces a mirarles, uno por uno y en silencio, y durante un tiempo que a todos se les antojó infinito, salvajes y «racionales» se observaron, tan asustados quizá los unos como los otros y tan incapaces de entender lo que ocurría, porque los recién llegados no encontraban explicación a la sorprendente ceremonia que habían interrumpido, y los indígenas no concebían cómo era posible que alguien hubiese conseguido penetrar hasta el corazón mismo de su hogar sin que ni siquiera los perros denunciaran su presencia.

Pero al fin los ojos de todos los «yanoami», hombres, mujeres y niños, coincidieron sobre la figura de Yáiza, y un levísimo murmullo corrió de boca en boca al tiempo que el brujo pintado de jaguar se ponía en pie muy lentamente como si le costara un gran esfuerzo abandonar el trance en que se hallaba sumergido, y tomando el más largo de los palos emplumados que delimitaban su «espacio mágico», avanzó ceremonioso y fue a clavarlo ante la muchacha, al tiempo que exclamaba:

—¡Shori «Camajay-Minaré»! ¡Shori «Camajay-Minaré»!

—¡Shori «Camajay-Minaré»! —repitieron a coro el resto de los indígenas y poniéndose en pie se fueron aproximando, aunque se mantuvieron formando un prudente semicírculo a poco más de tres metros del grupo de extranjeros.

—¿Qué significa? —quiso saber Aurelia, volviéndose a Zoltan Karrás—. ¿Entiende algo?

—Nada —fue la respuesta—. Pero está claro que toman a su hija por «Camajay-Minaré».

—¿Y qué va a ocurrir ahora?

—No tengo ni idea. Lo mismo les puede dar por adorarnos que por convertirnos en hamburguesa.

Pero no ocurrió ni una cosa ni otra, puesto que Etuko se limitó a hacer un gesto con la mano mostrando el camino, el grupo de curiosos abrió apresuradamente un pasillo y, por una especie de portezuela lateral que daba a una explanada junto a la que nacía un extenso y bien cuidado platanal, les condujo a una amplia «maloka» circular en la que abundaban toda clase de flores, frutas y verduras.

—¡Teka «Camajay-Minaré»! —repitió el hechicero, una y

otra vez inclinándose como un ceremonioso posadero—. ¡Teka «Camajay-Minaré»!

—«Teka» quiere decir «casa» —señaló el húngaro—. Eso lo entiendo porque es una palabra que utilizan los «guaharibos». Al parecer nos está diciendo que ésta va a ser nuestra casa. O mejor dicho, «tu» casa, porque resulta evidente que aquí los demás somos comparsas.

Yáiza no respondió, se limitó a sonreír levemente al indígena agradeciéndole su hospitalidad, y tan sólo cuando hubo desaparecido regresando con paso rápido junto a los suyos, se volvió al húngaro y comentó:

—Nosotros jamás tenemos nada que no pertenezca al resto de la familia. Y ahora usted es parte de la familia. —Señaló con un ademán las hermosas flores y las apetitosas frutas—. Se diría que nos estaban esperando. ¿No es cierto?

—Sí —admitió Sebastián al que se le advertía más nervioso que de costumbre—. Nos estaban esperando, pero, ¿qué hacía ese hombre tumbado en el «chinchorro», pintado de esa forma, y hablando de esa manera tan extraña?

—Quien hablaba no era él —replicó Yáiza tomando asiento en una especie de banco de bambú que corría a todo lo largo de la pared. Era Xanán. Reconocí su voz.

—¿El muerto? —Ante su mudo gesto de asentimiento, su hermano añadió—: ¿Crees de veras que ese hombrecillo pintarrajeado puede ponerse en comunicación con los espíritus?

—Sí. Creo que sí.

—¿Igual que tú?

—Supongo que no, porque él los busca, y a los muertos, cuanto más los buscas, menos los encuentras. Pero tengo la impresión de que puede ayudarme.

—¿A cambio de qué?

Yáiza le observó con una cierta severidad:

—Siempre preguntas lo mismo. Pero pida lo que pida se lo daré. ¡Óyeme bien! Pida lo que pida, y lo único que te suplico es que no trates de intervenir.

—Exiges demasiado.

—Es posible, pero si durante dieciocho años no he exigido nada, creo que ahora tengo derecho a que me permitáis llegar hasta el fin... —Hizo una corta pausa y su tono de voz cambió, suavizándose—. Tal vez muy pronto deje de causar problemas.

—El peor problema sería que te ocurriera algo, y lo sabes —le hizo notar su madre—. Y debo admitir que por primera vez en la vida, aborrezco tu actitud. Se diría que te molestamos.

Yáiza extendió las manos tomando las de su madre y atrayéndola para que se sentara a su lado y podría pensarse que era ella la mayor y le hablaba a Aurelia como si se tratara de una niña.

—Me duele que hayas sacado esa impresión —dijo—. Pero lo único que pretendo es que si algo me ocurre no tengáis por qué sentiros culpables... —Alzó sus ojos hacia sus hermanos, y había una muda súplica en su mirada—. Necesito sentirme libre para tomar mis decisiones. —Hizo una corta pausa, meditó unos instantes lo que iba a decir, y por último añadió—: En *El mundo perdido,* aquel libro que tanto me gustaba de pequeña, había un dibujo de un tepuy en cuya cima vivía una especie de bestia prehistórica. Recuerdo que siempre soñaba con ella, y aunque me despertara aterrorizada, al día siguiente volvía a mirarla porque estaba convencida de que ésa era la única forma que tenía de dejar de temerla. Y al fin descubrí algo muy importante: lo que en verdad me daba miedo no era aquel monstruo, sino la montaña en que vivía.

—Quisiera poder entenderte... —susurró apenas Aurelia—. ¿Qué pretendes decir?

—No lo tengo muy claro —admitió Yáiza—. Pero estoy comenzando a descubrir que lo que en verdad me ha asustado estos años no han sido los muertos que venían a verme, sino el lugar en que habitan.

—¿Tu propia mente? —insinuó el húngaro.

—Tal vez —admitió Yáiza—. Conan Doyle sostenía que en la cima de los tepuys podían subsistir los monstruos porque se habían mantenido aislados del resto del mundo durante millones de años. A mí, de niña, me gustaba «ser distinta», y por ello me apartaba de los demás. Creo que ha llegado el momento de cambiar.

—¿Y crees que ese salvaje pintarrajeado te va a ayudar? —inquirió Sebastián escéptico—. Lo único que conseguirá es confundirte, pero hemos llegado demasiado lejos, y resultaría estúpido no dar el último paso. Puedes estar segura de que no intervendré en lo que hagas por mucho que me duela.

Yáiza se volvió a su hermano Asdrúbal.

—¿Y tú?

—Descuida.

—Gracias. —Besó las manos de su madre—. A ti no necesito pedírtelo; sé que lo harás... —Cerró un instante los ojos con gesto de fatiga—. Y ahora me gustaría descansar —dijo—. Ha sido un día muy pesado.

Cinco minutos después dormía, pero no porque se sintiera en verdad fatigada, sino porque tenía una urgente necesidad de conciliar el sueño para conseguir que Xanán viniera a visitarla y le aclarase las múltiples dudas que en los últimos días le asaltaban.

—Ya estoy aquí —le dijo en cuanto lo vio surgir de las tinieblas y acomodarse aferrado a su arco, junto al fuego—. Ya he llegado a donde tu brujo quería, pero no creo que sea capaz de explicarme qué es lo que pretende de mí. ¿Lo sabes tú?

El indio asintió con un imperceptible gesto de cabeza:

—Ahora lo sé —admitió.

—¿Puedes decírmelo?

—Aún no.

—¿Por qué?

—Porque antes tienes que conocer a mi pueblo, y mi pueblo tiene que conocerte a ti.

—¿Qué necesitan saber de mí?

—Que en verdad eres como imaginaban, sus ruegos fueron escuchados, y no se trata de una nueva fantasía de Etuko.

—Hizo una corta pausa—. Creo que tienen derecho a sentirse seguros.

—¿Y tú qué opinas?

—Los muertos no tenemos derecho a opinar. Vivir y opinar son una misma cosa. Yo, desde que estoy muerto, sé lo que es verdad y lo que es mentira, y por lo tanto no puedo opinar.

Yáiza pareció un tanto perpleja por semejante razonamiento, y no pudo por menos de hacérselo notar:

—Nunca creí que un «yanoami» pudiera hacer algo así —admitió.

—De este lado ya no existe «yanoamis» o «racionales»; sólo muertos.

Le contempló con profunda lástima.

—Empiezas a estar cansado de todo esto, ¿no es cierto?

—Tanto como tú. Vivos o muertos necesitamos saber donde nos encontramos, y ni tú ni yo lo sabemos.

Yáiza no respondió, cerró los ojos y por primera vez en el transcurso de la noche, pudo disfrutar del sueño y permitir que su cuerpo se relajara, pero esta vez, Xanán no se perdió de nuevo entre las sombras, sino que continuó en el mismo lugar, aferrado a su arco y con los ojos fijos en el fuego, velándola, mientras comenzaba a canturrear de nuevo su monótona oración:

Omaoa era su nombre,
y nada había a su alrededor.
Le respondió su propia voz
cuando llamó a las oscuras sombras,
y la inmensa soledad le llenó el corazón de tristeza.

Se interrumpió unos instantes, observó con extraña fijeza a la muchacha que dormía, y repitió la última estrofa:

Le respondió su propia voz
cuando llamó a las oscuras sombras,
y la inmensa soledad le llenó el corazón de tristeza.

Bachaco Van-Jan sabía que cuando los «guaharibos» o los «guaicas» decidían construir un puente, aunque se tratase de un «puente» tan estrambótico y endeble, se debía al hecho indiscutible de que en más de media jornada, aguas arriba o aguas abajo, no existía lugar alguno por el que resultara factible vadear el río.

Resultaba evidente, también, que el «coronel» Sven Goetz parecía muy capaz de mantenerse oculto en la espesura de la margen opuesta para cazarlo como a un mono trepado en una rama en cuanto pretendiera atravesar nuevamente lo que el mestizo *Mapurite* había calificado acertadamente de «trapecio», y decidió por tanto que lo mejor que podía hacer era volver sobre sus pasos, dar un rodeo y buscar, cauce abajo, aguas más tranquilas.

Perdió casi todo un día en encontrarlas y en fabricar una especie de frágil almadía que le permitiera vadear la corriente llevando consigo sus armas y provisiones, y aunque al cruzar pasó momentos angustiosos imaginando que el alemán, los «guaicas», o incluso los caimanes, podían atacarle cuando más indefenso se encontraba, su mayor dificultad estribó en conseguir asirse a la rama de un samán y alzarse luego a pulso hasta la orilla poniendo a salvo sus escasas pertenencias.

Durmió allí mismo, acurrucado y silencioso, y con la primera claridad del día inició una rápida marcha a través de la selva más despejada y menos calurosa que había conocido a lo largo de toda una vida en La Guayana, eufórico y sin que le inquietaran ya el alemán, los salvajes ni las bestias, e incluso le alegraba que sus hombres hubieran decidido abandonarle porque desde la noche anterior le invadía la sensación de que «La Madre de los Diamantes» le aguardaba únicamente a él y era un yacimiento que no debía ser compartido con una banda de zarrapastrosos ignorantes, que tan sólo sabían convertir las «piedras» en ron y putas.

Él, Hans Van-Jan, entraría a formar parte de la leyenda de La Guayana, al igual que el escocés McCraken o el mismo Jimmy Angel, y se le recordaría como al primer hombre que en solitario supo enfrentarse a todos los peligros y adversidades para reencontrar la mítica mina perdida en la cima de un tepuy, para regresar a San Carlos tan inmensamente rico que ya nadie se atrevería nunca a llamarle «negro de mierda».

Aceleró el paso, como si sus pies tuvieran alas, y no sentía calor, fatiga, ni aun tan siquiera el peso del rifle o la mochila, y la única vez que se detuvo fue para mordisquear unos pedazos de cazabe y carne seca, aprovechando el tiempo para releer una vez más el manoseado cuaderno de notas que guardaba en el bolsillo de la camisa, y en el que su padre le había dejado su «testamento» escrito en flamenco con su personalísima letra alta y picuda:

> *«Si alguna vez consigo que un gran diamante lleve mi nombre "El Van-Jan", tendré la certeza de que me habré convertido en inmortal, porque nada existe ni puede existir, ni más antiguo ni más eter-*

no que un diamante, que permanecerá inmutable incluso más allá del día en que el Universo salte al fin hecho pedazos.»

El viejo tallador holandés no había visto cumplido su deseo de alcanzar aquella particular forma de inmortalidad, pero aún resultaba posible que después de tantos años su sueño se hiciera realidad, porque su hijo estaba convencido de que en la perdida mina encontraría una de aquellas «piedras» portentosas a las que se concedía el privilegio de ser bautizadas con el nombre de su descubridor, y él no cometería el error de Jaime Hudson, que consistió que la fabulosa gema que había encontrado y que en un principio se llamó «Barrabás» fuera rebautizada más tarde, por absurdos intereses políticos, con el nombre de «Libertador de Venezuela».

Bolívar tenía ya de por sí suficiente gloria sin necesidad de arrebatársela a un pobre minero que lo único que había conseguido en la vida era aquella hermosa «piedra», y si de algo podía estar seguro el mundo, era de que «El Van-Jan» llevaría ese nombre pasara lo que pasara incluso «más allá del día en que el Universo saltara al fin hecho pedazos».

La capacidad de perdurar en el tiempo y en la historia de los diamantes llegaba a ser tan asombrosa, que un tallador holandés, Lodewijch Van-Berchen, continuaba siendo recordado trescientos años después de su muerte tan sólo porque había sido el cortador de dos «piedras» famosas: «El Sancy», y el «Gran Duque de Toscana», y nadie sabría ya que Thomas Hope fue un riquísimo banquero de su tiempo, de no haber sido porque le dio nombre a «La Joya Maldita» que había traído la desgracia sobre las cabezas de todos sus propietarios.

Y ahora él, Hans *Bachaco* Van-Jan, mulato desarraigado que jamás quiso atravesar el ancho Orinoco para evitar las burlas de quienes despreciaban su mezcla de sangre, se encontraba a la vista del lugar en el que le aguardaban «piedras» que nada tenían que envidiar a aquellas que eran ya legendarias y por las que cientos de hombres habían robado y miles de mujeres se habían prostituido.

«Mañana seré rico», escribió bajo la última frase de su padre, y continuó su marcha, como el más alegre niño en vacaciones hasta que a media tarde le detuvo una mole de piedra negra que parecía nacer de las mismas raíces de los árboles y que se perdía en un cielo de blancas nubes algodonosas que jugaban a esconder su cima para que ningún extraño pudiera adivinar el hermoso secreto que allá arriba se ocultaba.

Se torció el cuello mirando hacia lo alto, y le angustió comprobar que la pared de la roca amenazaba con venírsele encima, lisa y pulida, lustrosa y brillante, limpia y patinada, porque los vientos y las lluvias de millones de años se habían entretenido en convertirla en la más gigantesca de las joyas.

Era como un cristal pulimentado a mano, o como la piel tersa y sedosa de su primera amante jamaiquina, y aunque se le antojó que ni siquiera un lagarto podía trepar más de diez metros por semejante superficie, recordó que cuarenta años antes dos hombres lo habían hecho y se aferró a la idea de que en tan corto espacio de tiempo ni el viento ni la lluvia podían haber destruido la ruta de McCraken.

Comenzó por tanto a rodearla muy despacio, con la mirada atenta a cada reborde y cada grieta, acariciando a veces la tibia y negra roca, palpando su fuerza y su textura, buscando percibir a través de la palma de su mano la vida que sin duda latía en el profundo corazón de aquella montaña que era ya para él como una hermosa mujer que se resistía a entregarse, y se movía a su alrededor mimándola y hablándole, decidido a violarla en cuanto descubriera su punto débil.

Y allí estaba, a más de veinte metros de altura; una estrecha cornisa casi invisible desde el suelo pero que parecía ceñirse firmemente a su cintura, ascendiendo en un ángulo de unos cuarenta grados, hasta perderse de vista hacia lo alto.

Y una vez más se admiró del coraje y la astucia de aquellos dos locos prodigiosos, porque llegó a la conclusión de que no había más forma de alcanzar la parca repisa, trepar hasta la copa de un alto paraguatán cercano, para lanzarse, desde una de sus ramas, al vacío.

—¡Le echaron bolas! —masculló francamente asombrado—. ¡Le echaron bolas y se ganaron a pulso sus diamante, pero si tuvieron coraje suficiente para hacerlo, a mí me sobra!

Caía la noche y durmió recostado en el tronco del paraguatán como si temiera que aprovechando la oscuridad alguien pudiera arrebatarle aquella escalera que habría de conducirle a la gloria y la fortuna, y fue tan profundo y placentero su sueño, que ni siquiera prestó atención a los rugidos de un jaguar encelado, ni a las mil voces de una selva eternamente insomne.

El amanecer le sorprendió trepado al árbol, el primer rayo de sol le hirió en los ojos cuando se deslizaba con paciencia de iguana por una ancha rama que llevaba años pugnando por conseguir acariciar la lisa pared de roca, y los «diostedé» iniciaron su canto matutino en el instante en que tensó hasta el último músculo de su fibroso cuerpo y se lanzó al vacío.

Había dejado junto al paraguatán el rifle y la mochila y le colgaban del cuello las botas para que sus descalzos pies se adhiriesen mejor al suelo de la cornisa, pero aun así el impulso del salto le obligó a rebotar contra la pared, y a punto estuvo de salir despedido y precipitarse de espaldas al vacío.

Tuvo los reflejos necesarios como para lanzarse al suelo aun a riesgo de partirse un brazo o una costilla. En el último instante descubrió una diminuta grieta en la que engarfió los dedos que estuvo a punto de arrancarse de cuajo, y permaneció luego muy quieto durante un tiempo infinito saboreando la sangre que le manaba de un ancho corte en la frente, venciendo el dolor de su brazo aplastado, y contemplando a menos de una cuarta de distancia sus dedos desollados.

Sonrió. Se había lanzado sobre «su montaña» y «su montaña» le había recibido.

Cuando al fin tomó asiento con las piernas colgando en el vacío se anudó el pañuelo en la frente para contener de algún modo la hemorragia, se palpó el brazo magullado, y se lamió insistentemente los dedos antes de colocar la palma de la mano sobre la negra roca y sentirla latir afirmándose en su primitiva idea de que aquella montaña respiraba.

Existen pocos momentos en la vida de un hombre en los que pueda sentirse por completo satisfecho de sí mismo, pero aquél fue sin lugar a dudas el gran momento en la vida de Hans Van-Jan; momento en el que incluso olvidó todas sus frustaciones de *bachaco* por el que ni siquiera sus padres experimentaron jamás un auténtico aprecio. Para el viejo holandés nunca fue en realidad más que un bastardito hijo de una putita trinitaria, y para su madre «un accidente» que siempre parecía estar echándole en cara el haberle traído al mundo.

Pero ahora, sentado allí, sobre aquella hermosa montaña cuyo corazón no podía ser otra cosa que el más gigantesco de los diamantes, al mulato no le importaron sus orígenes, ni los desprecios que siempre había recibido por su aspecto, ni el rechazo de cuantas mujeres pretendió que le amaran, ni aun la deserción de unos hombres que demostraron sentir por él tan poco afecto que a la primera dificultad le abandonaron.

Ahora él, *el Bachaco,* podía equipararse al más poderoso de los reyes de la Tierra, porque tenía su negro culo aposentado sobre una fortuna que haría palidecer de envidia al mismísimo Gran Khan que reviviera, y estaba convencido de que aquella montaña le amaba con el mismo amor que él había sentido por ella desde el instante en que la vio.

Imaginó luego la cara de Jimmy Angel cuando descubriera que le había arrebatado limpiamente un tesoro que creía suyo, y cómo le obligaría a tragarse sus palabras de desprecio de aquel día en que le ofreció ser su socio y se negó.

—¡Comerás mierda, «gringo»! —musitó sonriente—. Comerás mierda y te comerás el hígado el día que te permita ver mis «piedras».

Se puso luego tranquilamente en pie, e inició, sin prisas y sin miedo, la ascensión por la dura pendiente que hubiera preocupado a una cabra salvaje, y cien metros más arriba no pudo por menos que detenerse a contemplar maravillado el increíble espectáculo que le ofrecían unos rayos de sol muy bajos deslizándose apenas sobre las copas de millones de inmensos árboles que parecían jugar a ser todos los verdes y un solo verde al mismo tiempo.

Bandadas de garzas blancas viajaban hacia el Oeste, un puñado de ibis rojos adornaban casi a sus pies las ramas de un flamboyán amarillo y un gavilán altanero trazaba anchos círculos a la altura de sus ojos.

Allá al fondo, por donde corría el cauce del río, la bruma desdibujaba los contornos, y hacia el Nordeste una estrecha columna de humo se diluía en el pálido cielo azul de la mañana, delatando el lugar exacto en que los «guaicas» habían establecido su poblado.

—Tal vez se estén desayunando al húngaro —comentó divertido—. Tal vez si estuvieran más cerca me llegaría el olor a chuletas de húngaro a la brasa.

Tuvo un corto recuerdo para la muchachita que le había mostrado el camino a su montaña, pero olvidó bien pronto todo cuanto no se refiriese a sí mismo y el maravilloso día que le había tocado vivir, y continuó la ascensión en busca de sus diamantes, procurando prestar toda su atención al sendero y no pensar en que el abismo se hacía a cada paso más profundo.

Y de improviso acabó todo.

Inexplicablemente, sin razón lógica alguna y en contra de lo que se le había antojado ya su manifiesto destino triunfador, la cornisa alcanzó una corta explanada de no más de tres metros cuadrados y murió tal como había nacido: de la nada, como si más que un sendero que la Naturaleza se hubiera encaprichado en grabarle a la montaña se tratase de la vieja cicatriz que hubiera dejado en su oscuro rostro una gigantesca cuchillada.

No podía creerlo. Se negaba a admitir que los dioses tuvieran el suficiente poder como para jugarle una pasada tan horrenda, y tuvo que tomar asiento en el repecho y permanecer largos minutos como alucinado para llegar al fin al convencimiento de que sus sueños se esfumaban tal como se esfumaba el humo del fuego de los «guaicas».

Roca y vacío; vacío y roca; nada más existía excluyendo el peligroso sendero de retorno y golpeó con el puño la negra pared resbaladiza, gritándole y llorándole como si pretendiera ablandar su pétreo corazón y abrirle un hueco por el que penetrar hasta las entrañas mismas de la mina.

Pero ni sus gritos ni sus llantos tuvieron más eco que el chillido de las aves y el escandaloso bullicio de los monos, y durante más de una hora Hans Van-Jan permaneció como un roto muñeco desmadejado sobre la diminuta explanada, recostada la espalda en el altísimo muro y con los vidriosos ojos perdidos en la distancia.

—¡Tiene que existir otro camino! —musitó tras una larga meditación—. Estoy seguro de que ésta es la montaña y tiene que existir otro camino. Tal vez por la ladera sur, donde no sopla el viento y no está erosionada... —Se puso en pie cansinamente, como si en aquella hora hubiera envejecido de pronto veinte años—. Tiene que existir otro camino... —repitió machaconamente—. Y si McCraken lo encontró, también yo sabré encontrarlo.

Se detuvo a estudiar el sendero que descendía, mucho más peligroso de lo que se le antojó a la subida, pues tenía ahora el abismo de cara, y en el momento en que se disponía a dar el primer paso, sintió un chasquido, una esquirla de roca saltó a medio metro de sus ojos, y al poco le llegó nítidamente a los oídos, una apagada detonación.

—¡Buenos días, señor Van-Jan! —le saludó desde abajo una inconfundible voz de marcadísimo acento—. ¡Le advertí que si cruzaba el río le mataría! ¡Debió hacerme caso! ¡Un oficial alemán siempre cumple su palabra!

—El «Yanoami» siempre fue un pueblo valiente, que se enfrentó a todos sus enemigos a los que derrotó en los campos de batalla sin permitir que jamás pisaran su territorio. —Xanán separó una mano de su arco, y la extendió en círculo como pretendiendo abarcar cuanto se extendía a su alrededor en todas direcciones—. Ésta es nuestra tierra desde hace miles de años, y ni siquiera los «racionales» con sus armas de fuego han conseguido invadirla. —Hizo una de sus larguísimas pausas, de las que cabía pensar que jamás iba a salir y por último continuó en el mismo tono, tranquilo y monocorde—: Pero hay algo contra lo que los «yanoami» no saben luchar y que ha destruido a muchas tribus antaño tan numerosas como la de los «Krainkores» que poblaban las márgenes del gran Amazonas: las enfermedades que los «racionales» arrastran consigo como la maldición de «Máuari», el ángel malo. El «catarro», el sarampión, la sífilis y la tuberculosis, barren a nuestros pueblos con la misma fuerza con que el viento barre las cimas de los tepuys arrojando al abismo hasta la última brizna de hierba. —Agitó la cabeza negativamente, pesimista—. Y contra eso, de nada sirve el valor de los guerreros «yanoamis». Lo comprendes, ¿verdad?

—Lo comprendo —admitió Yáiza—. Pero lo que no comprendo es por qué todos se empeñan en que puedo hacer algo contra eso. Ya una vez lo intentaron y resultó inútil. Nada sé de medicina.

—Pero eres una «racional» y tu cuerpo esconde los secretos de esas enfermedades. Y eres «Camajay-Minaré».

—¡Eso es una tontería! Me conoces lo suficiente como para haberte dado cuenta de que no soy ninguna diosa de tu tribu.

—«Camajay-Minaré» no es una diosa «yanoami». Nosotros no tenemos más dios que Omaoa, que habita en la cima del Gran Tepuy. No me importa si eres o no una diosa, pero Omaoa necesita una mujer blanca; una esposa «racional» que le revele los secretos de sus enfermedades para poder continuar protegiendo a su pueblo hasta el fin de los siglos.

—¿Una esposa? —se asombró Yáiza.

—Una esposa —repitió Xanán—. Omaoa tiene el corazón repleto de tristeza porque aún le responde su propia voz cuando llama en la oscuridad. Creó la luz, las selvas, los ríos, los animales e incluso a los seres humanos, pero se olvidó de crear lo único que podía llenar su soledad. —La miró con inquietante fijeza, a lo más profundo de los ojos—. Pero ahora has llegado tú, y todo va a cambiar.

Yáiza no dijo nada porque no encontraba nada que decir. La idea de que quisieran ofrecerla como esposa a un dios, aunque se tratara del dios de los «guaicas», sobrepasaba cualquier predicción e iba más allá de todos sus temores. Cerró los ojos y una vez más le vino a la mente la imagen de aquel monstruo prehistórico que habitaba en la cumbre de una montaña amenazante y una vez más, también, llegó a la conclusión de que su larga odisea había constituido como temía tan sólo un penoso camino de regreso a los terrores de su infancia. De nuevo volvía a ser una niña asustada por insistentes pesadillas, con la diferencia de que ahora la única forma que existía de intentar escapar de tales pesadillas no era despertar, sino cerrar los ojos y rogar para que el auténtico sueño acudiera en su ayuda.

Se preguntó si de algún modo no habría sido ella misma la que tejiera poco a poco aquella malla que la aprisionaba como una trampa gigantesca, porque cada día se aferraba más al convencimiento de que cuanto había sucedido e incluso pudiera sucederle en un futuro, estaba de alguna forma impreso en algún rincón de su mente desde muchos años atrás, y a medida que el fin se aproximaba le resultaba más difícil sustraerse a la tentación de sentirse culpable, y aceptar su total inocencia sobre semejante cúmulo de catástrofes y calamidades.

Había momentos en la vida de Yáiza en que se inclinaba a aceptar cuanto le estaba sucediendo como un castigo por el hecho de que antes incluso de tener uso de razón ya había cometido el atroz delito de «atraer a los peces, aplacar a las bestias, aliviar a los enfermos y agradar a los muertos» y como estaba claro que ninguno de sus vecinos pudo nunca adivinar cuándo y por dónde iban a entrar los atunes, ni dominar con una simple mirada a un camello furioso, quizás ya desde entonces la Yáiza niña se estaba emplazando a sí misma para pagar por ello el día de mañana.

—¿Tienes miedo?

Se volvió al que fuera en un tiempo altivo y hermoso guerrero y en que en los últimos tiempos parecía irse apagando como si una enfermedad más terrible aún que la propia muerte le consumiera por momentos y asintió:

—¿Acaso no debo tenerlo? —inquirió—. ¿Cómo es Omaoa?

—No lo sé. Nunca lo he visto. Nadie lo ha visto.

—¿Ni siquiera Etuko?

—A él le habla, pero no puede verle. Habita en la cima del Gran Tepuy, pero jamás se muestra a los humanos.

Se hizo un nuevo silencio, y por último Yáiza, aventuró:

—¿Y si me niego?

—Nadie puede obligarte, pero yo sé que no regresarás para vivir siempre en la duda, y porque ahora sabes que los «yanoami» te necesitan.

—Te repito que nada puedo hacer por ellos.

Yáiza sabía muy bien lo que decía. Observaba a todas horas a los indígenas consciente de que la observaban a su vez a cada instante, y al tiempo que se maravillaba por su hermosura como raza y la sencillez de sus costumbres, se sorprendía por el hecho de que hubieran conseguido mantenerse tan puros y apartados de toda contaminación de los temidos «racionales», pero Xanán tenía razón y al igual que había ocurrido con docenas de tribus de la selva, el sarampión o un simple catarro llevaría pronto o tarde la destrucción a aquellas gentes cuyo cuerpo carecía de defensas y vivían en un aire tan limpio y transparente, que incluso las heridas cicatrizaban de inmediato sin que llegaran a infectarse. El mundo de los «yanoami», donde no existía calor ni frío, y donde había agua y comida para todos porque vivían adaptados a su entorno y jamás exigían a la tierra más de lo que ésta podía ofrecerles, no resistiría el embate de la brutal cultura de los blancos, y se derrumbaría como un castillo de naipes bajo un violento manotazo.

Sesenta personas habitaban en el «shabono» de los «shorinoteri», porque sabían que ésa era la máxima carga humana que soportaba su entorno sin que llegara el hambre, y podía ver a las mujeres amamantando a sus hijos hasta que cumplían casi los cuatro años, pues mientras así lo hicieran no quedarían de nuevo embarazadas y no aumentaba por tanto el número de habitantes del poblado.

Pero si uno de aquellos niños moría, de inmediato, y sin que mediara ningún tipo de manipulación, la mujer concebía un nuevo hijo y era aquél un misterioso mecanismo interno que portaran en su organismo las «yanoami», conscientes desde que el dios Omaoa las colocó en aquel paraíso de que la única forma de no perderlo era no superpoblarlo jamás.

Morían dulcemente los ancianos, a los que los jóvenes cuidaban con infinito amor hasta el último momento para consumir un año más tarde sus cenizas, y tan sólo entonces se engendraba al miembro de la tribu que viniera a sustituirle para conservar el equilibrio que se mantenía idéntico generación tras generación a través de los tiempos.

Todo era común en la enorme vivienda circular, y sin embargo cada objeto era privado en la sección correspondiente a cada familia sin que nunca a nadie se le ocurriera apoderarse de algo que no le pertenecía. Disponían de mucho tiempo para hablar y reír porque necesitaban poco tiempo para cazar, pescar o recolectar los plátanos y los frutos del «pijiguao», y podían dormir durante todo el día para despertar sin embargo a cualquier hora de la noche e iniciar una amena conversación al amor del fuego, porque nada parecía estar reglamentado y los «yanoami» eran, ante todo y por encima de todo, impenitentes charlatanes y descarados chismosos. Devoraban durante horas con infinito cuidado los piojos del vecino o empleaban esas mismas horas en pintarse artística y caprichosamente el cuerpo con rojo jugo de «onoto» o negro tizne de vasija, y pese a que no conociesen ni un solo instrumento musical, sus hermosas voces compensaban semejante ignorancia y a menudo medio pueblo cantaba mientras el otro ejecutaba una monótona danza, para intercambiarse de improviso los papeles.

No usaban vestidos ni más adornos que algunas flores y plumas de ave, y los larguísimos arcos, las flechas y el curare les bastaba para la caza, la pesca o la defensa. Todo se comía: mamíferos, peces, serpientes, gusanos, larvas, hormigas, «arañamonas» y una infinita variedad de aves exceptuando el águila, pero aborrecían la vista de la sangre y rechazaban todo tipo de carne que no estuviera prácticamente achicharrada. Improvisaban sus «chinchorros» con un simple haz de bejucos amarrados por los extremos, y bebían inclinándose sobre el agua, sin utilizar jamás las manos ni ningún tipo de recipiente.

No era mucho por tanto lo que le pedían a la vida, ni era al parecer mucho tampoco lo que la vida les exigía, y si Omaoa había sido un buen dios colmándoles de bienes, ahora Omaoa tenía miedo a las enfermedades de los blancos que amenazaban con destruir su obra, y ellos deseaban tranquilizar al dios y tranquilizarse a sí mismos ofreciéndole una esposa «racional» que sirviera de puente entre ambos mundos.

La observaban tan grande, que la mayoría de las mujeres apenas le llegaban al pecho y con un color de ojos tan sólo semejante a las hojas del plátano húmedas aún por el rocío de la mañana, enormes manos de larguísimos dedos, un rostro sin el menor rastro de adorno, y una voz tan profunda como el trueno que retumbaba en la lejana cordillera, preguntándose si Omaoa podía sentirse atraído por una criatura semejante, y si era aquélla una diosa de otra raza o tan sólo se trataba de fantasías de un hechicero drogado con «ebena».

La vida en el «shabono» se mantenía en apariencia inalterable pese a la presencia de los cinco extranjeros, pero cien ojos se clavaban en Yáiza en cuanto abandonaba su «maloka», como si cada hombre, mujer o niño quisiera desentrañar la auténtica identidad de la inmensa guaricha.

No había prisa, y ni siquiera Etuko, el brujo, parecía inquietarse, permaneciendo durante horas tumbado en su hamaca en el centro del círculo mágico, y era tal vez el único miembro de la tribu que nunca espiaba a Yáiza, como si su convencimiento de que era la persona elegida por su dios, estuviera desde siempre más allá de toda duda.

—¿A qué esperan?

La pregunta la había hecho Zoltan Karrás una tarde en la que todo era quietud en el poblado, y Yáiza, que se sentaba a su lado entretenida en remendar una destrozada camisa a la que las hormigas habían devorado en parte, alzó el rostro y observó sonriendo aquellos ojos que desde todos los rincones la acechaban.

—Me estudian —dijo—. Y se lo toman con paciencia.

—¿Por qué?

No quiso confesarle, ni al húngaro ni a nadie, que había sido elegida para casarse con su dios, y optó por encogerse de hombros e inclinar la cabeza sobre la aguja y el hilo:

—Supongo que están tratando de convencerse de que soy «Camajay-Minaré».

—¿Es eso lo que venías buscando? —inquirió él— ¿Que un grupo de indios te reconociera como diosa?

—No. No lo es.

—Entonces es que hay algo más y lo ocultas, ¿no es cierto?

—Sí.

—¿No quieres hablar de ello? —Ante la muda negativa insistió—. ¿Tan malo es?

—No lo sabré hasta que haya sucedido, y prefiero que se mantenga al margen.

—No puedo aunque lo intente... —Se entretuvo en rellenar su cachimba con el magnífico tabaco que le habían regalado los indígenas y por último, sin alzar los ojos, añadió—: Háblame de tu padre.

Sorprendida, Yáiza se pinchó levemente y tras chuparse el dedo por dos veces le miró de reojo:

—¿De mi padre? —repitió como si no hubiera comprendido la pregunta—. ¿Qué quiere que le cuente de mi padre?

—Todo. Cómo era, cómo pensaba, y cómo consiguió constituir una familia que aún parece apiñarse en torno a él pese a que hace tanto tiempo que está muerto.

La muchacha meditó mientras reanudaba su labor, y por último negó con la cabeza:

—No —dijo—. No creo que deba hablarle de mi padre. Cuanto le dijera sería parcial porque lo adoraba y eso resultaría contraprudecente para usted.

Zoltan Karrás se interrumpió en su tarea de encender su cachimba y pareció molesto.

—¿Qué quieres decir con eso? —quiso saber—. ¿Qué tengo que ver yo con tu padre?

—¡Oh, vamos Zoltan! —rió ella—. «No me navegue con bandeja de pendejo», como dicen por aquí. Pretende que le hable de mi padre para hacerse una idea de lo que continúa significando para mi madre... —Le miró a la cara—. ¿O no?

El húngaro tomó la cómica actitud de un niño cogido en

falta, esuvo a punto de protestar, pero al fin hizo un claro ademán de impotencia:

—Aunque fuera cierto... ¿Qué hay de malo en eso?

—Que no es a mí, sino a ella, a quien debe pedirle que le hable de mi padre.

—No lo hará.

—Lo sé. Sus recuerdos los guarda para sí.

—Nadie puede vivir eternamente de recuerdos.

—Pues a menudo valdría la pena hacerlo. Los recuerdos suelen ser mejores que la realidad... —Inclinó una vez más la cabeza sobre la costura, pero al poco, añadió—: Si quiere un consejo, no mencione a mi padre. Él pertenecerá siempre a otra dimensión, y nadie podrá ocupar su puesto. Es posible que un día mi madre evolucione, pero una cosa es la evolución y otra el olvido. —Hizo una pausa—. Quizá yo la deje pronto, por lógica lo harán también mis hermanos, y ella necesitará entonces alguien en quien apoyarse, pero ese alguien tendrá que tener su propia identidad sin ningún tipo de relación con el pasado. —Le sonrió apenas—. Al menos, eso es lo que yo pienso.

—¡Vieja! —fue la burlona respuesta—. A veces se me antoja que eres más vieja que los tepuys de la sabana... ¿Realmente no tienes más que dieciocho años?

Yáiza sonrió de nuevo sin alzar la vista, y cuando él hizo ademán de levantarse, la interumpió con un gesto:

—Espere —rogó—. No se vaya. Tengo un mensaje para usted.

—¿Para mí? —se sorprendió—. ¿De quién?

—De Xanán. Quiere que duerma junto al fuego, y no lo haga nunca a oscuras, porque en la oscuridad la sombra de los hombres se separa de su cuerpo, y es entonces cuando «Kanaima» puede robarla. Al parecer «Kanaima» quiere robar su sombra.

—¿Por qué?

—No lo sé. ¿Lo sabe usted?

—¿Cómo podría saberlo? —replicó Zoltan Karrás visiblemente malhumorado—. Yo no hablo con los muertos.

—Pero sabía que «Kanaima» quería robar su sombra... —Ante el desconcierto del húngaro, dejó a un lado la destrozada camisa y extendiendo la mano la colocó sobre una de sus rodillas—. Los «yanoami» creen que la sombra de los hombres no es otra cosa que su conciencia. Casi siempre va detrás de él, pero a veces, también se le adelanta para obligarle a que la vea. Puede ser muy grande o muy pequeña, según la luz que la ilumine, pero siempre está unida a su destino y tan sólo se diluye cuando se diluye el humo de su cuerpo que se quema. Aquel que consiente que «Kanaima» le robe su conciencia está perdido.

—¿Qué pretendes decir con eso?

—No lo sé exactamente. Son palabras de Xanán, e imagino que él espera que usted comprenda su significado.

—¿Cómo puedo saber lo que espera de mí un indio muerto? —replicó Zoltan Karrás con manifiesta hostilidad—. Jamás me gustaron las charadas y empiezo a cansarme de tanta incongruencia...

Se puso en pie, decidido a marcharse, pero al bajar la vista descubrió que el sol del atardecer alargaba casi hasta el centro del patio del «shabono» su flaca y desgarbada sombra. Permaneció unos instantes muy quieto, observándola, movió las manos como si tratara de cerciorarse de que le imitaba y era en efecto su sombra y se volvió luego al expectante rostro de Yáiza.

—En ocasiones —dijo—, me convenzo a mí mismo de que deseo protegerte como un padre, pero otras experimento un incontenible deseo de arrancarte la ropa y violarte mil veces. —Agitó la cabeza como si tratara de alejar con ello sus negros pensamientos—. Es muy duro tenerte siempre cerca... —añadió—. Muy duro, y «Kanaima» lo sabe.

—Xanán también lo sabe.

—Y tú... ¿Lo sabes?

Ella sonrió con profunda tristeza:

—Lo sé desde un atardecer en que mi padre me pidió que

no volviera a sentarme en sus rodillas. Tal vez ese día, también él tenía el sol a las espaldas, pero yo me sentí muy desgraciada.

—¿Y ahora?

—Ahora todo es distinto. Usted no es mi padre y yo ya estoy acostumbrada.

Gritaba al vacío y tan sólo le respondía el silencio.

Las verdes copas de los árboles, barridas por una suave brisa, se agitaban como leves olas de un mar oscuro y sólido constituyendo un manto impenetrable bajo el cual, no sabía dónde, se ocultaba un hombre decidido a matarle.

Las blancas garzas regresaban a sus nidos, los «coro-coros» continuaban adornando de rojo el flamboyán amarillo, el gavilán se había posado en la cima de la negra pared de roca como mudo testigo de su miedo, y el humo seguía manchando un cielo añil por el que el sol se deslizaba hacia su ocaso.

Llamó una vez más a su enemigo, pero su enemigo eran los miles de árboles que le daban cobijo.

¿Dónde estaba?

¿De dónde partían los disparos que buscaban su muerte en cuanto pretendía asomar la cabeza por el borde de la cornisa?

Era como si todo el Universo se hubiera vuelto hostil porque allí arriba estaba él, y abajo el resto de los seres vivientes —y aun de las cosas— que se habían puesto claramente del lado de su enemigo.

Incluso el sol le acosaba hora tras hora machacando su negra piel y sus cabellos rojos sin permitirle buscar refugio en sombra alguna clavado contra la lisa pared de una montaña que jamás latía ya bajo la palma de su mano.

—¿Dónde estaba?

Una mullida alfombra de mil tonos de verde le invitaba a lanzarse al vacío con la falsa promesa de frenar su caída, y el vértigo le aferraba a cada instante por el cuello murmurándole al oído que nada había más fácil que entregarse al abismo.

¿Dónde estaba?

Se despidió el sol dejándole aún más solo, cambió el tono de voz de los insomnes pobladores de la selva y el croar de miríadas de ranas y la llamada del búho saludaron a una noche engalanada de estrellas que iniciaba su turno de trabajo.

Abajo, ¡tan abajo!, el color negro había concedido un largo descanso a todos los demás colores del espectro y cuando una vez más gritó, ese grito se dividió en mil ecos, como si el aire oscuro hubiese cambiado de improviso su capacidad de espandir los sonidos.

Esperó aún media hora, calculó hasta qué punto su silueta se recortaría contra el cielo estrellado, y temblando de miedo se puso en pie y comenzó a descender centímetro a centímetro por la estrecha y empinada cornisa que se perdía de vista en las tinieblas.

¿Dónde estaba?

Dos metros, tres, tal vez cuatro, eso fue todo porque una llamarada iluminó el abismo, advirtió cómo el fuego le abrasaba, y gimiendo de dolor, a gatas y mordiscos, trepó de nuevo hasta su refugio y se acurrucó como un niño enfermo y asustado.

Cuando al fin pudo recuperar el control de sí mismo, comprobó, atónito, que la bala le había destrozado una rodilla, la pierna le colgaba, y una sangre espesa y olorosa, borboteaba en la herida.

Apoyó la nuca en el muro, a sus espaldas, contempló la Osa Mayor que en esos momentos colgaba seobre su cabeza, y experimentó unos profundos deseos de llorar porque comprendió que hiciera lo que hiciera estaba muerto.

Pese a ello aún tuvo suficiente presencia de ánimo como para despojarse del cinturón y anudárselo en el muslo apretando al máximo hasta convertirlo en un torniquete que detuviera la hemorragia, mordiéndose al mismo tiempo los labios para no aullar de dolor demostrándole así a su enemigo que había conseguido alcanzarle.

Más tarde sintió un vahído, perdió la noción del tiempo y el lugar en que se encontraba y permaneció en confusa semiinconsciencia hasta que un violento chaparrón pareció arrojarle de improviso a la cara toneladas de agua que descendían por la alta y lisa pared del tepuy amenazando con arrastrarle al abismo como si de una simple hoja seca se tratase.

Fue cuestión tan sólo de minutos porque la nube se alejó con rapidez arrastrada por el viento, pero el agua le dejó empapado, tembloroso y plenamente consciente ahora del terrible dolor que comenzaba a apoderarse de su pierna y la invencible laxitud que se adueñaba poco a poco de su ánimo.

Fue una larga noche.

Cerraba los ojos y los recuerdos acudían en tropel a confundir en su mente pasado con presente y con otros muchos pasados más remotos, e incluso en ciertos momentos le asaltó la sensación de que no estaba viviendo la realidad sino rememorando la lectura de aquella libreta que guardaba en el bolsillo y en la que su padre dejó escritas sus sensaciones al saber que iba a morir en lo alto del Auyán-Tepuy porque se había quebrado las piernas y nadie acudiría nunca en su ayuda.

¿Cuántos años habían pasado?

¿Cuántos años hacía falta que pasaran para que la historia volviera a repetirse, con la diferencia de que él sólo tenía una pierna inservible y no se encontraba en la cima del Auyán-Tepuy, sino a mitad de camino de otra montaña aún más distante y desconocida?

—Tú no tenías a ningún hijo de puta esperándote abajo con un rifle, viejo —musitó como si en verdad creyera que su padre estaba oyéndole—. Y yo no llegué hasta aquí en una cómoda avioneta, sino a pie.

Le había superado. Había conseguido la difícil hazaña de que su fracaso fuera aún más sonado que el del gran borracho Hans Van-Jan, con la única diferencia a su favor de que nadie subiría hasta aquella repisa de roca a registrar su cadáver.

Cuando hubiera muerto los zamuros y los buitres devorarían su cuerpo, y si algo quedaba, la lluvia y el viento se encargarían de desperdigarlo sobre las copas de los árboles, y de ese modo nadie sabría nunca qué fue del famoso *Bachaco* Van-Jan, jefe indiscutible de los temidos «rionegrinos» de San Carlos, el único de sus líderes que había sido elegido dos veces por votación popular. Pasaría a engrosar la inacabable lista de los mineros que se habían adentrado en territorio «guaica» y jamás regresaron, y su desaparición contribuiría a alimentar la leyenda de que aquellos salvajes se comían a sus víctimas.

Le dio tiempo de tener incluso un recuerdo para su madre, y se preguntó qué habría sido de ella en aquellos años, pues la última vez que la vio ejercía su oficio en Úpata, aunque era más el tiempo que pasaba canturreando exorcismos en una macumba que en la cama del burdel, y llegó a la conclusión de que si su maldito viejo no hubiera estado tan obsesionado por los diamantes, todo hubiera sido muy distinto.

¡Los diamantes!

Los diamantes se encontraban allí, en la cima de aquella montaña, y el hecho de saberse atrapado y prácticamente muerto no le impelía a cambiar de opinión. Aquél era el tepuy en el que aterrizó Jimmy Angel, y aplicando el oído al negro muro podía «Escuchar su Música», que era ya en este caso una marcha fúnebre cantada en voz muy baja por los millones de voces de las «piedras».

Desde hacía treinta años, nadie, nunca, se había encontrado tan cerca de «La Madre de los Diamantes», y ése sería siempre un mérito que no podrían negarle; un mérito tan sólo empañado por el hecho, imprevisible, de que un alemán desquiciado se había cruzado en su camino inexplicablemente.

—Debí matarlo —murmuró—. Debí seguir aquel impulso que me empujaba a rebanarle el cuello sin escuchar la opinión del pastueño.

Comenzó a amanecer y desde su atalaya pudo advertir cómo la bruma se iba extendiendo sobre la selva infinita, y cómo tan sólo los árboles que superaban los cincuenta metros conseguían asomar la punta de sus copas por encima de la gran masa algodonosa de un gris desvaído que se había adueñado de la llanura hasta perderse de vista en el horizonte.

Una vez más cambiaron los sonidos. Como encadenadas y sin solución de continuidad, las voces de las bestias nocturnas fueron dando paso al canto de las aves que saludaban el nuevo día en aquel largo proceso siempre nuevo y siempre monótonamente igual a sí mismo que venía repitiéndose desde millones de años atrás, porque todo era semejante y todo era distinto, en esta ocasión aunque resultaba por completo diferente ya que abrigó el convencimiento de que aquél sería el último amanecer de su vida.

Cientos de «coro-coros» se alzaron al fin del amarillo flamboyán en que había dormido y se alejaron perdiéndose de vista entre las brumas. Nunca se le antojaron tan hermosos aquellos estrafalarios ibis de color escarlata, largo cuello e inmenso pico, y aunque desde niño los había visto revoloteando a su alrededor sin darle más importancia que a cualquier otra de las mil especies de aves de la selva, en aquella postrera mañana se le antojaron dotados de maravillosas características por el simple hecho de que habían sabido hacerle compañía en sus últimas horas. Ellos, las garzas blancas, el gavilán, y algunas guacamayas de corto vuelo, eran los únicos seres vivientes que habían decidido emerger de la verde superficie para dejarse contemplar.

¿Dónde estaban los otros?

¿Dónde estaba «él»?

A medida que la masa algodonosa se iba deshaciendo para convertirse por arte de alguna incomprensible reacción química en transparente aire limpio que le permitía distinguir cada detalle de cuanto se desparramaba a sus pies, le asaltaba con mayor fuerza la pregunta que le obsesionaba, aunque en su fuero interno aceptaba que era aquélla una pregunta que ni siquiera valía ya la pena hacerse.

¿Qué importancia tenía que el alemán continuara encaramado a la copa de un caobo, un roble o un paraguatán, o que hubiera emprendido el regreso a su choza para no volver nunca?

Lo había matado. Aquel maldito zarrapastroso del que ni siquiera el nombre recordaba había matado al poderoso Hans *Bachaco* Van-Jan, y era más que probable que ni siquiera hubiese decidido quedarse a disfrutar de su agonía.

Poco después nació, insolente, un sol que venía decidido a exterminarle, y a su luz pudo distinguir con claridad el gran charco que formaba su sangre y el desgarro de su rodilla que no era ya más que una informe masa de huesos, carne ensangrentada, y jirones de tela entremezclados.

Pero ya no sentía dolor, como si hubiese decidido prescindir antes de tiempo de su cuerpo, y no sentía tampoco hambre o sed porque tan sólo experimentaba un profundo vacío del que ya de antiguo tenía conocimiento, pues su propio padre había escrito sobre él muchos años atrás.

> *La muerte no me llega a causa de mis heridas o la sed que estoy sufriendo. La muerte me llega porque me estoy vaciando interiormente como un viejo caserón del que no están dejando más que los muros y pronto sus inquilinos abandonarán para siempre.*
>
> *Ya nada me mantiene en pie, más que el endeble armazón de mis huesos y mi piel, y soy como la ceniza de un cigarro que conserva su forma pero*

a la que el primer soplo transformará en polvo definitivamente.

Más adelante, y con letra casi ilegible por la debilidad y la fiebre, su padre añadía:

Todos se han ido; la muerte es ya mi única inquilina, y cuando la siento trastear en mi interior y sus pasos resuenan en mi inmenso vacío, me pregunto qué hace aún aquí, y por qué no se marcha al fin para que me pueda derrumbar sin más demora.

Y luego, en la última página, la frase que más trabajo le había costado descifrar:

No hay vida que merezca semejante agonía. Fueran cuales fueran mis pecados, conmigo han sido injustos.

¿Y no era injusto, también, que tantos años más tarde su propio hijo tuviera que padecer idéntico tormento?

Buscó un lápiz con ánimo de escribir sus impresiones, pero tras meditarlo llegó a la conclusión de que resultaba inútil, porque todo lo que pudiera decir ya lo había dicho anteriormente otro Van-Jan que había tenido, al menos, la inmensa fortuna de que nadie le hubiera calificado nunca con el despreciativo apodo de *el Bachaco.*

Omaoa era su nombre,
y nada había a su alrededor.

No existía la Tierra,
ni el cielo del que cuelgan las estrellas.
No había selvas,
ni hermosos ríos de transparentes aguas.
No había hombres,
ni animales que dejaran sus huellas en la arena.
Le respondió su propia voz,
cuando llamó a las oscuras sombras,
y la inmensa soledad le llenó el corazón de tristeza.

Se volvió a Yáiza que le contemplaba en silencio, y casi con un susurro, añadió:

—Omaoa te espera.

—¿Ha llegado el momento?

—Sí. Ahora el tepuy está libre de intrusos. Te espera.

—¿Arriba? —Ante el mudo gesto de asentimiento del indígena, añadió—: ¿Cómo llegaré?

—Etuko te acompañará aunque sólo tú puedes llegar hasta donde vive Omaoa. —Hizo una pausa—. ¿Estás decidida?

—Lo estoy.

—Eres muy valiente.

—No. No soy valiente. Únicamente deseo acostarme cada noche sabiendo que voy a descansar sin sobresaltos. Y si no lo consigo prefiero estar de tu lado que del mío.

—No —protestó Xanán—. A este lado nada se siente, más que envidia. Envidia hasta del último perro que continúa con vida; hasta del más miserable de los hombres que aún respira.

—¿Por qué? ¿Por qué si habéis alcanzado el bien de la paz absoluta y el reposo perfecto?

—Eso tan sólo son palabras que nada significan. Es preferible ser brasa que se consume en una hoguera que estar muerto. Mejor el dolor, que no ser nada; gritar de desesperación, que guardar silencio para siempre. —Se puso en pie lentamente, y la miró como jamás la había mirado; como si quisiera llevarse su imagen hasta el fin de los tiempos—. Si no me hubieran matado, lucharía con Omaoa por tu causa —dijo—. Pero donde yo estoy ni siquiera el amor nos está permitido. ¡Adiós! —añadió—. Tampoco sé adónde voy, pero sí sé que ya nunca podré verte.

Yáiza se despertó, y le sorprendió descubrir que su madre y sus hermanos la miraban.

—¿Qué ocurre? —se alarmó.

—Le hemos oído.

—¿A quién?

Aurelia hizo un gesto indeterminado a su alrededor, como si quisiera señalar al aire o a la nada:

—A él. Al indio. Su voz resonaba con tanta claridad como si estuviera aquí sentado, junto al fuego... ¡Dios! ¡Dios de los cielos! —Se retorcía las manos y temblaba como aquejada por un ataque de malaria—. ¡Tanto tiempo sabiendo que estaban a tu alrededor, pero jamás se manifestaron de este modo! ¿Por qué?

—Quizás es su forma de despedirse para siempre.

—O la tuya.

Sebastián lo había dicho impulsivamente, casi agresivo, y Yáiza no pudo ofenderse porque leyó en su rostro la profundidad del dolor que le embargaba. Extendió la mano, le acarició la cabeza como a un niño y trató de consolarle:

—No temas —musitó—. Nunca ha sido mi intención abandonaros. Tan sólo la muerte me separaría de vosotros, y sé mejor que nadie que la muerte no es la liberación que necesito.

—Pero te vas.

—Sí, —admitió—. Pero si regreso, me tendréis para siempre, y no como hasta ahora que me compartíais con extraños. —Los miró como si estuvieran intentado conseguir que comprendieran sus razones—. Quiero ser yo, ¡yo sola!, para tener la libertad de entregarme por completo a los que amo, o no ser nada.

—¿Y qué será de nosotros sin ti?

—Lo mismo que conmigo. Debéis volver a Lanzarote porque es el único lugar del mundo en que seríais felices. Resulta inútil hacerse otras ilusiones: allí están nuestras raíces y fuera de Lanzarote no somos nada.

—Pero, ¿y tú?

—¡No lo sé! —replicó impaciente—. ¡No lo sé! Subiré a ese tepuy y si dentro de una semana no he vuelto, quiero que emprendáis el camino de regreso a casa.

—¡Pero...!

Colocó la mano sobre la boca de Asdrúbal que intentaba protestar, e insistió:

—¡Una semana! Ni un día más. Si para entonces no he vuelto significará que no volveré nunca. —Señaló la hoguera—. Xanán se ha ido y era el último. Ahora tengo la certeza de que me he librado de ellos. Ya no atraigo a los peces, ni alivio a los enfermos, ni amanso a las fieras, ni agrado a los muertos. Lo he conseguido —concluyó—. Pero eso tiene un precio y debo pagarlo.

Se puso en pie y abandonó la «maloka» porque no quería darles tiempo a reaccionar convirtiendo la despedida en una escena trágica, y se encaminó directamente al lugar en que el húngaro había colgado su «chinchorro».

—Vengo a decirle adiós —dijo en cuanto abrió los ojos—. Hoy es el día.

Zoltan Karrás observó el cielo del que ya habían desaparecido la mayoría de las estrellas y pareció calcular cuánto faltaba para el amanecer:

—¿Cómo lo sabes?

—Xanán me lo ha dicho. —Le tomó la mano—. Quiero que me prometa que dentro de una semana se los llevará de aquí.

—No puedo obligarles.

—«Tiene» que obligarles —fue la firme respuesta—. No sé qué va a ocurrir allá arriba, pero no quiero que mi familia se quede anclada aquí, alimentando unas esperanzas que no tendrían sentido. Ya han sufrido demasiado por mi culpa, y si no vuelvo significará que estoy bien.

—¿Estás segura de que sabes lo que haces, pequeña?

—No. No estoy segura —fue la sincera respuesta—. No estoy en absoluto segura de nada, salvo de que quiero convertirme en una persona «normal», y eso es lo único que importa. —Le acarició la mano con afecto—. ¿Se los llevará? —quiso saber.

El húngaro asintió con una leve sonrisa:

—¿Adónde?

—A Lanzarote.

—¿A Lanzarote? —se sorprendió él—. Muy lejos queda eso. ¿Qué se me ha perdido a mí en Lanzarote?

Ahora fue ella la que sonrió apenas:

—Todo —replicó—. Usted sabe que de ahora en adelante lo que le importa está donde esté mi familia, y mi familia debe estar en Lanzarote.

Él le acarició el cabello con gesto paternal y su sonrisa se hizo más ancha y comprensiva:

—¿Qué esperas que haga un viejo buscador de diamantes en Lanzarote? ¿Hay diamantes en Lanzarote?

—No. En Lanzarote no hay diamantes, pero usted admitió el otro día que ya no le importan... ¿O aún le importan?

—No tanto como antes. Derrochar dinero a mi edad ya no resulta divertido.

Comenzaba a clarear y Yáiza pareció advertir que el tiempo apremiaba, porque súbitamente se inclinó sobre Zoltan Karrás y le besó en la frente.

—¡Adiós! —dijo—. Recuérdelo: quiero que se los lleve y no se detengan hasta llegar a casa... —Ya a punto de marcharse se volvió y le dirigió una larga mirada de afecto—. ¿Sabe una cosa? —añadió—. Si no hubiera conocido a mi padre, me hubiera gustado que fuera como usted.

Se alejó sin darle tiempo a responder, y se encaminó al punto en que el brujo dormía, pero no lo encontró tumbado como siempre en su «chinchorro», sino acuclillado junto al fuego, con su emplumado bastón en la mano, aguardando.

Abandonaron el «shabono» bajo la silenciosa mirada de la tribu que debía saber ya, también, que aquél era el día elegido por Omaoa, dejaron atrás el platanal, y se introdujeron en la selva por un diminuto sendero que conducía directamente al lejano tepuy que aún permanecía oculto por la bruma.

Fue un largo viaje en el que el indio disfrazado de jaguar marchaba con paso rápido y seguro, como si conociera cada metro de aquel camino que le llevaba a la casa del dios de sus antepasados, y Yáiza le seguía con aire ausente, hundida en sus negros pensamientos sin prestar atención a cuanto le rodeaba como si los árboles, los animales o incluso las hermosísimas orquídeas que estallaban de color aquí y allá, hubiesen dejado súbitamente de existir.

Etuko no se detuvo ni una sola vez, ni ella se lo pidió, pues pese a la viveza del paso no se sentía fatigada, y cuando dos horas más tarde se encontró de improviso al pie de la impresionante mole de piedra del tepuy, le sorprendió descubrir que habían llegado y a pesar de que el sol estaba muy alto le asaltó la impresión de que tan sólo hacía unos minutos que habían iniciado la marcha.

El hechicero hizo entonces un gesto para que se quedara donde estaba y recorrió muy despacio los escasos metros que le separaban del nacimiento de la pared de roca en la que apoyó la frente para permanecer así largo rato, como si rezara o rindiera pleitesía a la montaña. Luego, la llamó con la mano y comenzó a rodear la escarpada muralla aunque de tanto en tanto se detenía a escuchar, y resultaba evidente que todos y cada uno de sus sentidos se encontraban alerta.

Yáiza le dejaba actuar limitándose a detenerse o seguirle según le indicara, impresionada únicamente por la altura y la verticalidad de aquel tepuy que se diría diseñado por el más meticuloso de los arquitectos modernistas, hasta que el «yanoami» apartó un espeso grupo de altos matorrales que crecían al pie del muro, y penetraron en lo que parecía una caverna natural en la que se habían tallado anchos y toscos escalones sumamente resbaladizos a causa del agua que rezumaba e iba cayendo en forma de diminutas cascadas.

Ascendieron con prudencia durante unos treinta metros, alumbrados tan sólo por la escasa luz que llegaba desde lo alto, y cuando emergieron de nuevo al exterior, Yáiza no pudo por menos que admirarse por la belleza de un paisaje en el que la selva se extendía hasta perderse de vista en una lejana cadena de montañas que apenas se vislumbraba hacia el Sur.

Un sendero de unos dos metros de ancho trepaba formando una pronunciada pendiente que con frecuencia se hacía necesario salvar por medio de viejos peldaños que manos anónimas habían labrado muchísimos años atrás, y ahora sí que experimentaba una fatiga tan acusada, que de tanto en tanto se veía obligada a detenerse para recuperar el aliento y permitir que el corazón dejara de latirle con violencia.

El sol caía a plomo cuando alcanzaron un amplio descansillo en el que se había remansado el agua formando una especie de piscina transparente y poco profunda en la que el indígena se introdujo para beber de aquella forma tan característica de su raza, y Yáiza lo hizo utilizando las manos para concluir por dejarse caer junto a una piedra y dormirse tal como no había dormido quizás en mucho tiempo.

El «yanoami» aguardó impasible a que abriera los ojos y se puso entonces de nuevo en marcha velozmente aunque el sendero se iba haciendo cada vez más estrecho, empinado y peligroso, hasta el punto en que al llegar a los recodos se hacía necesario aferrarse a los salientes de la pared. Más tarde, y a medida que se aproximaban a la cumbre, se fueron haciendo cada vez más frecuentes las cataratas que se precipitaban sobre ellos como duchas gigantescas, pero unos metros más abajo el agua se evaporaba diluyéndose en el aire como una blanca cola de caballo que se transformara por caprichos de la Naturaleza en un incompleto arco iris que destacaba contra el verde fondo de la selva.

No cabía sentir vértigo. Cuando setecientos metros en vertical les separaban de las primeras copas de los árboles, el vértigo constituía un lujo inadmisible, y tenían que limitarse a fijar la vista al frente y confiar en que el sendero no se volviera aún más escarpado ni la roca más resbaladiza.

Una hora después, y tras cruzar bajo dos grandes cascadas que les dejaron empapados y temblorosos, desembocaron de improviso en una explanada cubierta de chaparros y pedruscos, en la que Etuko se detuvo indicándole que desde allí debía continuar sola mientras él permanecía esperando.

El sol se encontraba casi a la altura de sus ojos cuando reemprendió la marcha, y unos treinta metros más arriba se volvió para observar cómo el «yanoami», acuclillado junto a la pared de piedra, la observaba a su vez. Hizo un leve gesto de despedida con la mano pero el otro ni siquiera se movió, y en el siguiente recodo del camino lo perdió de vista por completo.

Al alcanzar la cima le impresionó ante todo su soledad y su silencio. No tendría más de dos kilómetros de largo por uno de ancho, y aparecía lisa y casi sin accidentes, como una inmensa caja de zapatos que un gigantesco cíclope hubiese tenido el capricho de colocar en el centro de la llanura, y de la que el agua y el viento se habían encargado de arrastrar, con el transcurso de los siglos, hasta la última mota de polvo.

Algunos matojos, de un verde muy oscuro, casi negro, pugnaban por asomar naciendo entre los resquicios del suelo de piedra, y en los charcos que se formaban en algunas hondonadas crecían mustios nenúfares de gruesas flores de tonos carmesí.

Únicamente un águila solitaria alzó el vuelo a su paso, no se hizo presente ningún otro signo de vida, y cuando el ave se perdió de vista en el abismo en busca de su nido, le invadió la sensación de que se había convertido en el último habitante de un planeta muy lejano y ya muerto.

Al concluir de atravesar la meseta para asomarse al borde opuesto, el sol la línea del horizonte, y la selva, a sus pies, no era más que una ancha y mullida alfombra sobre la que trazaba caprichosos dibujos un río lejano cuyas aguas adquirían tonalidades que oscilaban del oro al ocre.

De pie a casi mil metros de altura en el filo de una pared de negra roca cortada a cuchillo, le invadió al fin una profunda sensación de paz y el convencimiento de que había llegado al término de todos los caminos, porque aquél era sin duda el punto en que Dios cortó el cordón umbilical que le unía a la Tierra y la dejó marchar para que comenzara a girar alejándose por sí sola en busca de su lugar en la inmensidad del Universo.

Caía la noche; más quieta, más callada; más noche que ninguna otra noche que pudiera haber existido anteriormente, porque no soplaba la más ligera brisa que trajera siquiera un rumor muy lejano, no había vida, ni luz, ni movimiento, y cuando el cielo se engalanó con estrellas y galaxias, el abismo se volvió aún más profundo y tenebroso, lo que le hizo abrigar la sensación de que se encontraba suspendida en el vacío, a mitad de camino entre la selva y el infinito.

Estaba allí: en *El mundo perdido* de sus terrores infantiles; en la cima del tepuy en que habitaba el monstruo de tantas pesadillas; sola y a oscuras, cansada e indefensa pero firme y serena porque no le temía ya a las bestias prehistóricas, a los dioses indígenas, a los muertos que venían a inquietarla, ni aun a su propia muerte tan insistentemente presentida.

Estaba allí, esperando a Omaoa, pero Omaoa no acudía.

Tomó asiento al borde del precipicio, recostó la cabeza en una roca, y decidió aguardar la llegada del dios, buscando reconocer en aquellas estrellas las que su abuelo le enseñara de niña. Allí estaban todas, tan fieles como siempre, pero acompañadas por millones de otras nuevas, porque allá arriba el aire era tan limpio y la visión tan clara, que cada estrella parecía haberse dividido en mil mágicamente.

Tuvo tiempo de pasar revista a sus recuerdos. Mucho tiempo. El dios «yanoami» se hacía esperar, y recostada allí, en el más lejano y portentoso mirador jamás creado, permitió que su vida fuera cruzando ante sus ojos como si cada escena naciera de la profunda selva oscura y ascendiera hacia ella con el único fin de hacerle revivir momentos ya olvidados.

Luego cerró los ojos y al presentir su llegada buscó a su alrededor ansiosamente.

Era como una sombra nacida de las sombras que avanzaba sin prisas por el borde del tepuy sin miedo a que un traspiés la lanzara al abismo, y le costó un gran esfuerzo reconocerla pese a lo extraordinariamente familiar que le resultaba su figura, aunque cuando tomó asiento frente a ella no le cupo ya duda de quién era.

—¿Quiere esto decir que estoy muerta? —inquirió roncamente.

—En cierto modo... ¿Te sorprende?

—Nada puede sorprenderme ya, pero he llegado hasta aquí en busca de un dios y no esperaba encontrarme contigo... —La observó largamente tratando de captar los minúsculos y casi imperceptibles detalles que las diferenciaban, y que incluso a ella misma le costaba trabajo descubrir—. ¿Por qué tú? —añadió.

—Porque ya has comprobado que no hay sitio para ti en el mundo de allá abajo... Adondequiera que vas llevas contigo la desgracia, y lo lógico es que te quedes aquí, con Omaoa.

—¿Crees que lo harás mejor?

—Sí.

—¿Cómo lo sabes?

—Lo sé, y es suficiente... —Hizo una pequeña pausa y alargando la mano añadió—: ¡Mira esto...!: es un diamante... Por aquí hay docenas; tal vez cientos... ¿Qué harías con ellos?

Yáiza cogió la piedra y la observó. Tenía el tamaño de una nuez grande, e incluso a la escasa luz de las estrellas lanzó infinitos destellos cuando lo hizo girar entre sus dedos. Al fin se lo devolvió encogiéndose de hombros:

—No haría nada... —admitió—. No me interesan los diamantes.

—En eso estriba el problema... Pero fíjate bien: es grande, azul perfecto, y vale, sin duda, una fortuna... Con unos cuantos como éste seremos ricos para siempre.

—Yo no quiero ser rica. Lo único que quiero es volver a Lanzarote.

—¡No! Tú no quieres volver a Lanzarote... Tú quieres volver a aquel Lanzarote en que el abuelo Ezequiel te contaba historias maravillosas y papá te dejaba sentarte en sus rodillas... Pero el abuelo ha muerto. Y papá ha muerto... Y aquel Lanzarote también ha muerto, y como sabes que nada de eso puede comprarse con diamantes, no te interesan los diamantes... Por eso tienes que quedarte ahora aquí arriba para siempre.

—No es justo.

—Sí lo es. Siempre deseaste llegar hasta este tepuy. Era tu meta y estás aquí, pero para conseguirlo dejaste el camino sembrado de cadáveres... ¡Bien...! Tu sueño se cumplió, pero ahora no te queda adonde ir.

—No lo hice a propósito.

—¿Estás segura...? —Le miraba con dureza; aquella dureza que ella jamás había poseído y que era uno de los detalles que más las diferenciaban—. ¿Estás segura? —repitió.

—Fueron las circunstancias.

—Pero tú nunca te paraste a pensar hasta qué punto eras capaz de provocar tales circunstancias. Creías que tu destino estabba en la cima de este tepuy y de alguna forma aprendiste a forzar ese destino, pero ahora te espanta cuanto obligaste a que sucediera, ¿no es cierto?

—Era una niña.

—Y aún continúas siéndolo, y por eso te quedarás donde nunca más causes daño. Esperarás aquí a tu dios Omaoa y yo descenderé sin ningún «Don», pero con las manos repletas de diamantes. Y ya no provocaré inquietud, sino seguridad; y no llevaré conmigo la desgracia, sino alegrías, y Asdrúbal y Sebastián no tendrán que sacrificar eternamente sus vidas protegiéndome.

—¿Te gusta ese papel?

—No se trata de que me guste o no, sino de que es el que en estos momentos me corresponde. El tuyo puede que fuera más hermoso, pero ya no tenía futuro y ha llegado el momento de que coja el relevo.

—¿Qué debo hacer?

—Lo que he hecho yo todo este tiempo: permanecer oculta en un rincón hasta que llegue el día, tal vez cuando seamos muy viejas, en que se nos permita vivir juntas. Por ahora no es posible.

Comprendió que tenía razón; que todo había acabado y había llegado el final de su camino, y poniéndose pesadamente en pie, Yáiza, la que «atraía a los peces, aplacaba a las bestias, aliviaba a los enfermos y agradaba a los muertos», se alejó por el borde del tepuy, y muy poco a poco se fue diluyendo en las sombras de la noche a la busca de un dios que la estaba aguardando en algún lejano rincón del Universo.

Yáiza la observó hasta que desapareció por completo de

su vista, advirtió que un profundo vacío y una honda amargura la invadían, pero apretó con fuerza el puño que guardaba el inmenso diamante, y musitó como si ello pudiera compensarle por todos los sueños e ilusiones que perdía:

—Se llamará «Maradentro», y será mundialmente famoso.

Luego lloró por última vez calladamente.

Lanzarote, marzo 1985

Este libro se imprimió en los talleres
de Printer Industria Gráfica, sa
Sant Vicenç dels Horts
Barcelona

[illegible] impreso en los talleres
de Printer Industria Gráfica, s.a.
Sant Vicenç dels Horts
Barcelona